हिन्द पॉकेट बुक्स

अन्तराल

मोहन राकेश नई कहानी आन्दोलन के सशक्त हस्ताक्षर थे। पंजाब विश्वविद्यालय से आपने हिन्दी और अंग्रेज़ी में एमए किया और फिर जीविकोपार्जन के लिए अध्यापन से जुड़े। कुछ सालों तक आपने *सारिका* का संपादन किया। *आषाढ़ का एक दिन*, *आधे अधूरे* और *लहरों के राजहंस* आपकी प्रसिद्ध रचनाएँ हैं। आप संगीत नाटक अकादमी से सम्मानित लेखक हैं। *मोहन राकेश की डायरी* हिंदी में इस विधा की सबसे सुंदर कृतियों में एक मानी जाती है।

अन्तराल

मोहन राकेश

हिन्द पॉकेट बुक्स
पेंगुइन रैंडम हाउस इम्प्रिंट

हिन्द पॉकेट बुक्स

यूएसए। कनाडा। यूके। आयरलैंड। ऑस्ट्रेलिया। सिंगापुर
न्यू ज़ीलैंड। भारत। दक्षिण अफ्रीका। चीन

हिन्द पॉकेट बुक्स, पेंगुइन रैंडम हाउस ग्रुप ऑफ़ कम्पनीज़ का हिस्सा है,
जिसका पता global.penguinrandomhouse.com पर मिलेगा

पेंगुइन रैंडम हाउस इंडिया प्रा. लि.,
चौथी मंजिल, कैपिटल टावर -1, एम जी रोड,
गुड़गांव 122 002, हरियाणा, भारत

पेंगुइन
रैंडम हाउस
इंडिया

प्रथम संस्करण हिन्द पॉकेट बुक्स द्वारा 1986 में प्रकाशित
यह संस्करण हिन्द पॉकेट बुक्स में पेंगुइन रैंडम हाउस द्वारा 2022 में प्रकाशित

10 9 8 7 6 5 4 3 2

ISBN 9789353496708

मुद्रकः रेप्रो इंडिया लिमिटेड

www.penguin.co.in

FSC
www.fsc.org
MIX
Paper from
responsible sources
FSC® C047271

This is a legitimate digitally printed version of the book and therefore might not
have certain extra finishing on the cover.

अन्तराल-1

एयर-कंडीशनिंग प्लांट के रुक जाने से सारी इमारत चलते-चलते ठहर गई।

कुमार ने घड़ी में वक्त देखा और सामने के कागजों का पुलंदा उठा-कर ट्रे में डाल दिया। शरीर और मन की थकान गवाह थी कि काम का दिन पूरा हो चुका था, हालांकि दिन का काम अभी बहुत बाकी था। कोई दिन ऐसा नहीं आता था, जिस दिन दिन के सब काम पूरे हो जाएं। हर आज आने वाले कल के लिए काम की कुछ-न-कुछ विरासत छोड़ जाता था।

कुर्सी से उठा, तो रीढ़ की हड्डी रोज की तरह अकड़ गई थी। कन-पटियां और पपोटे दर्द कर रहे थे। सिर पर जैसे मोटे कागज का खोल चढ़ा था। उसने कई बार पलकें झपकी कि शायद इस कसरत से ही आंखों में कुछ ताजगी लौट आए, फिर जंग-खाई मशीन-सा केबिन से बाहर निकल आया।

बाहर आकर फिर एक बार उसने घड़ी में देख लिया। पांच सत्रह। श्यामा से साढ़े पांच बजे मिलने की बात की थी। टी सेंटर में। वह जगह उसने जान-बूझकर चुनी थी। वहां ज्यादा लोग नहीं आते थे। भरी शाम में भी कई बार एक पूरा कोना खाली मिल जाता था। कितनी ही बार उस हाल में उसने बिलकुल अकेले बैठकर चाय पी थी। जब भी इर्द-गिर्द से अपने को काट लेने का मन होता था, उस जगह चला जाता था। चाय पीकर फिल्म देखने के बहाने काफी-काफी देर वहां के आडिटोरियम में बैठा रहता था। जब किन्हीं लोगों से मिलना होता था, तो उन्हें वह दूसरी-दूसरी जगहों पर बुलाता था। आज पहली बार थी, जब उसने किसी से टी सेंटर में मिलने की बात तय की थी और पहली ही बार उसका मन उस जगह के साथ वक्त की पाबन्दी की बात जोड़ रहा था।

लिफ्टमैन ने दूर से सलाम किया, पर वह बिना उसकी तरफ देखे जीने के रास्ते नीचे उतरने लगा। उसे लग रहा था, जैसे वह कोई बोझ कधों पर लेकर चल रहा हो। कंधों पर नहीं, सिर पर। वजन सिर पर ही महसूस हो रहा था। पता नहीं क्यों यह वजन हर वक्त बना रहता था। अपना-आप कभी पूरी तरह हलका हो ही नहीं पाता था।

और भी लोग जीने के रास्ते आ-जा रहे थे। उसे हैरानी हुई। वह तो खैर अपनी बदहवासी में लिफ्ट से आगे बढ़ आया था और एक बार बढ़ आने पर लौटकर लिफ्टमैन की आईने जैसी स्थिर आंखों का सामना नहीं करना चाहता था, पर और इतने लोगों को क्या हुआ था कि लिफ्ट न लेकर जीने पर अपने पांव थका रहे थे?

चाबी से चलते खिलौने की तरह लगातार धीमी पड़ती चाल से वह चार मंजिल उतर आया। पहली मंजिल पर पहुंचकर सामने दो परिचित चेहरे दिखाई दे गए। उसकी स्टेनो रूबी और स्वतंत्र पार्टी का नीलकांत पटेल। अभी कुछ देर पहले नीलकांत उसकी केबिन में था। हर दूसरे-चौथे दिन आकर वह घंटा-घंटा-भर वहां बैठा रहता था। बातें काफी उलटी-सीधी करता था पर स्वर बहुत गंभीर होता था। वह नीलकांत की सूरत देखते ही अपने को उतनी देर की बोरियत के लिए तैयार कर लेता था। 'हूं-हूं' का ताल देकर पेपरवेट घुमाता हुआ उसके हिलते होंठों का प्रदर्शन पूरा हो जाने देता था। पेपरवेट अगर हाथ में नहीं होता था, तो नीलकांत के उठने तक रद्दी की टोकरी कागज को गेंदों से भर जाती थी। उसके अंदर की लकीरें, दायरे और तिकोन उस कुढ़न के ग्राफ होते थे, जिसे वह चेहरे की कोमलता से ढके रहता था।

रूबी ने उसे देखकर भी नहीं देखा, पर नीलकांत मुसकराता हुआ उसकी तरफ बढ़ आया। कैंटीन में भीड़ होने से उन्हें बैठने की जगह नहीं मिली थी। कुमार के होंठों पर भी हलकी मुसकराहट आ गई। तो उस आदमी के वहां आने की असल वजह यही होती थी कि पांच बजने पर रूबी को कैंटीन में लाकर उसके साथ चाय पी सके? केबिन में चाय पीने से वह इसीलिए इनकार कर देता था? पर एक लड़की के साथ चाय पीने के लिए नीलकांत भाई ने जगह भी चुनी, तो कौन-सी! क्या रूबी उससे नहीं कह सकती थी कि साथ चाय पीने के लिए इससे गलत जगह और नहीं हो सकती? पर शायद वह सोचती हो कि विरोधी दल में होने से बेचारा इससे ज्यादा एफोर्ड नहीं कर सकेगा, फिर यह भी सम्भव था कि मेजबान रूबी हो और जगह उसी की चुनी हो। या मेजबान नीलकांत ही हो, पर बात चाय पिलाने की न होकर पार्टी का प्रोग्राम समझाने की हो।

'रात को ठीक से सोए नहीं क्या?' नीलकांत के होंठ उतना नहीं मुसकराते थे, जितना उसकी आंखें। साथ वह रहस्यपूर्ण ढंग से होंठों पर जबान फेरता जाता था। 'आंखें काफी सुर्ख लग रही हैं।'

'तब तो तुमने नहीं कहा जब मेरे पास केबिन में बैठे थे?

'केबिन की रोशनी में आंखों के रंग का पता ही नहीं चलता। वहां तो सभी रंग एक-से नजर आते हैं।'

नीलकांत ने विदा लेने के लिए हाथ आगे बढ़ा दिया था। कुमार दो उंगलियां उसके हाथ से छुआकर आगे चल दिया। नीलकांत से वह ठीक से हाथ कभी नहीं मिलाता था, क्योंकि वह आदमी अपना हाथ मुरदा-सा दूसरे के हाथ में दे देता था, जिसे पकड़ने से हिलाकर छोड़ने तक की पूरी कोशिश दूसरे को ही करनी होती थी और हाथ मिलाने के काफी देर बाद तक एक छिपकली को छू लेने की-सी बेचैनी महसूस होती रहती थी।

नीचे पहुंचने तक पांच बाईस हो गए थे। यह सोचकर कि इस वक्त टैक्सी आसानी से नहीं मिलेगी, टी सेंटर तक पैदल जानाही बेहतर होगा, वह जल्दी-जल्दी कारिडोर पार करने लगा।

□□

बाहर फुटपाथ पर आकर कुमार को लगा, जैसे फ्लोरा फाउंटेन की जगह वह किसी और ही चौराहे पर निकल आया हो।

शाम शाम होती है और उसका अपना एक रंग, एक व्यक्तित्व होता है, यह बात इन कुछ सालों में भूलती-सी जा रही थी। अनुभव के सीमांत पर समय के दो नाम रह गए थे—दिन और रात। और दो ही रूप—केबिन के ट्यूब की रोशनी और सड़क के हंडों की रोशनी। दोनों के बीच का अन्तराल एक ऐसा झुटपुटा था, जो सिर्फ उन्हें आपस में जोड़ता था। घर और दफ्तर के बीच इलेक्ट्रिक ट्रेन के सफर की तरह। सामने सड़क पर फैली एक सुर्ख बादल की छाया, यह एक बेगाना-सा अनुभव था। उस रंगत में घिरे तेज ट्रैफिक के जोखिम में से होकर उसने फ्लोरा की मूर्ति वाले घेरे को पार किया और फिर एक बार उसी जोखिम में से गुजरकर तारघर के फुटपाथ पर आ गया, पर उतनी ही देर में आस-पास का रंग पहले जैसा नहीं रहा। दायीं तरफ पुरानी किताबों के स्टाल पर एक किताब ने उसका ध्यान खींचा, पर बिना उसे देखने के लिए रुके, भीड़ के जिस बहाव के साथ सड़क पार की थी, उसी के साथ वह आगे बढ़ता गया।

पर मन उसका अपने पैरों के साथ नहीं था। उसके अंदर की जरूरत टी सेंटर पहुंचने से पहले कहीं अकेले बैठने की थी। क्या आज तीन साल बाद श्यामा से मिलने पर वह उससे उस व्यक्ति के रूप में बात कर सकेगा,

जिसे वह उन दिनों जानती थी? या खुद भी उसके साथ परिचय की उन दिनों की कड़ियों में आज की मुलाकात को आगे की एक और स्वाभाविक कड़ी के रूप में जोड़ सकेगा? घंटा-भर पहले फोन पर तो वह उसकी आवाज ही नहीं पहचान पाया था। इसीलिए पूछ लिया था, कौन बोल रही हैं?' इस पर थोड़ी देर उधर खामोशी रही, तो उसे लगा कि किसी का गलत नम्बर मिल गया है। वह रिसीवर रखने ही जा रहा था कि आवाज फिर सुनाई दे गई, 'पहचाना नहीं? इस बीच मेरी आवाज इतनी बदल गई है या तुम्हारे कानों को ही आदत नहीं रही?' इस बार भी वद आवाज नहीं, बोलने का लहजा ही पहचान सका था। 'तुम, यहां? बम्बई में?' वह हड़बड़ी में बोल गया था, 'मुझे तो यकीन ही नहीं आ रहा।' श्यामा उधर से हंस दी थी। वही उदास हंसी, जो एक साथ उसे बेगाना और बहुत आत्मीय बना देती थी, 'सचमुच हैरानी हो रही है तुम्हें? पर तब तो कहा करते थे कि कभी किसी चीज से हैरानी होती ही नहीं तुम्हें।' तब ¨इस शब्द में अतीत की ऐसी गंध थी कि वह अंदर से थोड़ा झुरझुरा गया था। उसे लगा था कि समय के किसी दूसरे बिन्दु पर खड़ा वह एक और व्यक्ति भी है, जिसके विचारों, अनुभूतियों और शब्दों की पूरी जिम्मेदारी उस पर है। फोन पर वह लम्बी बात नहीं करना चाहता था। रूबी और दो-एक और व्यक्ति सामने बैठे थे। शुक्र था कि नीलकांत तब तक उठकर चला गया था, वरना सबसे पहले उसी की जिरह का सामना करना पड़ता। उस आदमी के लिए शब्द स्वतंत्र का अर्थ राजनीतिक दृष्टि से जितना सीमित था, दूसरे के व्यक्तिगत मामलों में दखल देने के लिहाज से वह उसके माने उतनी ही दूर तक ले जाता था। 'ये सब बातें मिलने पर होंगी,' उसने जल्दी से समाप्त करने के लिए कहा था, 'यह बताओ कि साढ़े पांच बजे तुम खाली हो या नहीं? अगर खाली हो तो उस वक्त हम लोग···।' श्यामा उतके स्वर को भांप गई थी, मैं तो खाली-ही-खाली हूं। किसी भी वक्त आ सकती हूं। हां, तुम अपना देख लो। तुम्हारे लहजे से मुझे लग रहा है कि तुम्हें शायद फुरसत नहीं है।' अपने स्वर की असावधानी के लिए उसे खेद हुआ था। किसी तरह बात को संभालते हुए उसने कहा था, 'ऐसा क्यों कह रही हो? पांच बजे दफ्तर से उठूंगा, इसलिए साढ़े पांच कहा है। पांच बजे तक यहां···।' बहुत काम है', श्यामा फिर उसी तरह हंस दी थी, 'इस शहर में जब से आई हूं, ये शब्द बार-बार कानों में टकरा जाते हैं। यहां शायद ऐसा कोई आदमी नहीं है, जिसे हर वक्त बहुत काम न हो। सिवाय मेरे, पर अब तो अपने को लेकर भी मुझे सन्देह होने लगा है।' इस पर वह भी हंस दिया था, एक

बेमतलब हंसी, कि बात किसी तरह आगे निकल जाए, फिर जल्दी से उसने टी सेंटर में मिलने की बात तय कर ली थी। बात करके रिसीवर रखा, तो केबिन में पल-भर की खामोशी भी उसे काफी लम्बी लगी। उसे तुरन्त याद नहीं आया कि सामने बैठे लोगों से वह किस विषय में बात कर रहा था, फिर भी वह चेहरे पर सोचता-सा भाव ले आया, जैसे कि बात-चीत का सूत्र उससे छूटा न हो और टेलिफोन की बातचीत उस महत्त्वपूर्ण प्रसंग में एक अनावश्यक बाधा रही हो।

अचानक उसने पाया कि भीड़ उससे पीछे छूट गई है। क्रासिंग पर बत्ती का लाल रंग देखे बगैर वह सड़क के बीचोंबीच आ पहुंचा था। उसने दौड़कर सड़क पार कर ली। अगर पांच सेकड की भी देर हो जाती, तो वह तेजी से आती एक शिवरलेट के नीचे दब गया होता। उस गाड़ी का माडल इतना नया था कि उसे देखने और उसके खतरे को समझने के बीच समय का संतुलन वह बड़ी मुश्किल मे रख पाया था। सड़क की एक-तिहाई और दो-तिहाई के बीच तेज ट्रैफिक में अपने को घिरे पाकर इस तरह दौड़ना, ऐसा कई बार उसके साथ हो जाता था। जैसे कि दुर्घटना की तरफ बढ़ना और उससे भागना, ये दोनों चीजें एक साथ उसके अस्तित्व में शामिल थीं।

चर्चगेट के पास वह सुरंग में उतरा, तो उसकी टांगें कांप रही थीं। सुरंग की तंग गोलाई और बदली आवाजों का दबाव महसूस करता, वह बहुत आहिस्ता चल कर ऊपर आया। बाहर आते ही उसे ठंडी-सी सिहरन महसूस हुई। जैसे अभी-अभी वह अपने वर्तमान के सुरिक्षत गार में था और अब अचानक वहां से गुजरे कल के चुनौती-भरे मुहाने पर निकल आया था।

चर्चगेट स्टेशन से एक डबल-फास्ट गाड़ी छूटने वाली थी। भीड़ पहले से कहीं तेज चाल पकड़कर उस तरफ बढ़ रही थी। अपने मन के एक हिस्से मे वह भी भीड़ के साथ था, पर दूसरा हिस्सा जबरदस्ती उसे भीड़ से अलग करके सामने की तरफ ले जा रहा था। हिसल देकर गाड़ी प्लेट-फार्म से सरकने लगी, तो निराशा की एक हलकी लहर उसके शरीर में दौड़ गई। गाड़ी के चलने के साथ ही जैसे एक विकल्प उसके हाथ से छुट गया था। मगर तभी दूसरी अनुभूति उसे संतोप की हुई, क्योंकि उस गाड़ी के चलते-न-चलते दूसरी डबल-फास्ट गाड़ी के संकेत चमकने लगे।

सामने के फुटपाथ पर पहुंचते ही एक छोकरे ने वहां खड़ी टैक्सी का दरवाजा उसके लिए खोल दिया, 'टेक्सी साहब?' उसने जवाब नहीं दिया तो छोकरे ने मुंह बिचकाकर दरवाजा जोर मे बन्द कर दिया। बस स्टाप पर लम्बा क्यू था। एक खाली बस तभी आकर रुकी थी। क्यू में खड़े सब

लोग उसमें समा जाने को आशा लिए एक अधीर ठहराव के साथ धीरे-धीरे आगे को चल रहे थे। जो लड़की क्यू में सबसे पीछे थी, उसके शरीर की तराश इतनी आकर्षक थी कि उसकी तरफ आंखें मुड़ी रहने से वह सामने से आते उस व्यक्ति को नहीं देख पाया, जिसने अचानक उसे दोनों बांहों से दबोच लिया, 'देखकर चलो दोस्त! सामने में भी लोग आ रहे हैं।' पी॰ एन॰ पन्त, जो हर शाम चर्चगेट के फुटपाथों पर एक भूत की तरह मंडराता रहता था, हमेशा की तरह उस वक्त भी शायद वह किसी साथ बैठ सकने वाले व्यक्ति की तलाश में था।

'कैसे हाल हैं?' कुमार ने जबर्दस्ती की मुसकराहट के साथ कहा और आहिस्ता से अपनी बांहें छुड़ा लीं।

'मेरे हाल?' पन्त उसके ठंडे लहजे से निरुत्साहित हो गया, 'मेरे क्या हाल होंगे? तुम अपने बताओ।'

'मेरे हाल ठीक हैं।'

'खुश किस्मत आदमी हो।' कहता हुआ पन्त उसका कंधा दबाकर उसी आकस्मिकता से आगे बढ़ गया, जिससे उसके पास रुका था। वह पन्त की आंखों की हताशा, वितृष्णा और शिकायत की छाप मन में लिए टी सेंटर के अहाते में दाखिल हो गया। आसपास बादल की छाया तब तक गहरी हो गई थी और हलकी-हलकी ठंडक उंगलियों के पोरों पर सरसराने लगी थी।

□□

टी सेंटर के अंदर खासी भीड़ थी, जैसी कि अकसर नहीं होती थी। दफ्तरों से उठकर आए अकेले आदमी। अकेली औरतें। दो-एक बास-सेक्रेटरी-नुमा जोड़े। अपने कागजों में खोया एक लेखक-शक्ल विद्यार्थी। सफेद कोट पहने तीन-चार दलाल-सूरत गुजराती, पर किसी कोने में ऐसी कोई लड़की नहीं थी, जिसे देखकर श्यामा का भ्रम हो सकता।

लड़की! श्यामा उमसे कूल तीन साल छोटी भी नहीं थी और वह अब चौंतीस का होने जा रहा था, फिर भी उसके बारे में वह सोच रहा था एक लड़की के रूप में। क्या अपने को यह विश्वास दिलाने के लिए कि वह भी अभी एक लड़का ही है, अपनी तनी नसों, थकी आंखों और दर्द करती रीढ़ के बावजूद? और उन दिनों भी और चाहे जो आकर्षण रहा हो श्यामा में, एक लड़की-सी तो वह तब भी नहीं लगती थी।

बैठते हुए उसने सामने दीवार-घड़ी पर नजर डाल ली। पांच पैतीस। श्यामा ने जिस तरह फोन पर बात की थी, उससे तो लगता था कि वह साढ़े पांच से पहले ही पहुंच जाएगी। 'वक्त से पहुंच जाना,' उसने कहा

था, 'यह न हो कि मुझे अजनबी लोगों के बीच बैठकर इन्तजार करना पड़े।' तो क्या वह इन्तजार से बचने के लिए जान-बूझकर देर कर रही थी या देर से आकर देखना चाहती थी कि पहले से वहां आकर बैठे हुए उसे उसकी आंखों में कैसा भाव नजर आता है? और जब वह अंदर दाखिल होगी, तो उसे क्या एक बदले हुए चेहरे की तलाश होगी या तीन साल पहले के उसी चेहरे की जिसे आखिरी बार उसने रेलवे प्लेटफार्म पर अपनी ओर बढ़ने के साथ-साथ दूर हटते देखा था।

कुमार ने बैठने के लिए जो जगह चुनी थी, वह दरवाजे के ठीक सामने थी। उसे अफसोस हुआ कि वह खम्भे की ओट में कोने की खाली टेबल की तरफ क्यों नहीं बढ़ गया। इस तरह तो लगता था कि वह बहुत उत्सुकता से इन्तजार कर रहा है और नहीं चाहता कि अंदर आने के बाद श्यामा को उसे ढूंढ़ने में जरा भी कठिनाई हो, पर इससे पहले कि वह वहां से उठ—कर दूसरी सीट की तरफ जाता, वेटर आर्डर लेने के लिए चला आया। कुहनियां मेज पर टिकाए उसने अकेले आए व्यक्ति की तरह आर्डर दे दिया, 'नीलगिरि चाय। खूब गरम।'

नीलगिरि चाय इसे पसंद नहीं थी, फिर भी जायका बदलने के लिए वह कभी-कभी मंगवा लिया करता था। वेटर चला गया, तो उसने जेब से एक पुरानी चिट्ठी निकाल ली। जाने कब से वह चिट्ठी ऐसे ही जेब में पड़ी थी। उसका जवाब देना जरूरी नहीं था, फिर भी फैसला न कर सकने के कारण वह हर बार देखने के बाद उसे फिर जेब में डाल लेता था। कपड़े बदलने पर जेब के बाकी सामान के साथ वह भी नयी जेब में पहुंच जाती थी। कई बार उसने चाहा था कि एक पंक्ति घसीटकर उसका निपटारा कर दे, या वैसे ही उसे फाड़कर फेंक दे, पर जो चीज एक बार सोचने की लम्बी प्रक्रिया में चली जाती थी, उसका निर्णय कर लेना आसान नहीं रह जाता था। वह चिट्ठी, एक साधारण इनलैंड, भी उसी प्रक्रिया से जुड़कर खस्ता से और खस्ता होती जा रही थी और वह इतना तक नहीं कर पाता था कि उसे जेब से निकालकर डिक्टेशन की ट्रे में ही डाल दे।

चिट्ठी को उसने सामने मेज पर फैला लिया। एक अपरिचित व्यक्ति। पंचमढ़ी के अस्पताल में तपेदिक का मरीज। वह अपने परिवार के लिए कुछ मासिक सहायता चाहता था। सहायता कर सकने की स्थिति में वह नहीं था, पर उत्तर न देने की बात से भी उसे मन में कुछ असुविधा महसूस होती थी। चिट्ठी के शब्दों को पढ़ते हुए उस व्यक्ति का कल्पित चेहरा उसके सामने आ जाता था और वह जैसे उसके सिरहाने बैठकर उसे अपनी सफाई देने लगता था।

इनलैंड के कई बार पढ़े हुए शब्दों को वह फिर एक बार पढ़ गया। एकाध मिनट पंचमढ़ी में उस व्यक्ति के साथ बिताकर उसने वह टूटता कागज फिर पहले की तरह संभालकर रख लिया। पांच चालीम हो चुके थे। पांच पैंतालीस तक तो श्यामा को आ ही जाना चाहिए था। अगर तब तक भी न आयी तो···?

हर बार दरवाजा खुलने पर कई नये लोग अंदर आ जाते थे। आस-पास भीड़ बढ़ती जा रही थी। उसे आश्चर्य हो रहा था कि आज इतने ज्यादा लोगों ने अपने लिए वह जगह क्यों चुनी है। जिस तरह से लोग बैठे थे, उससे यह भी नहीं लगता था कि वहां किसी पार्टी का आयोजन हो, पर अगले रेले में जो लोग आए, उनमें से दो आदमी बिना पूछे उसके सामने की कुर्सियों पर आ बैठे, तो उनके भीगे सिरों को देखकर उसे कारण का अनुमान हो गया।

वेटर उसके सामने ट्रे रख गया था। वह अपने लिए चाय बनाने लगा।

'यह मानसून से पहले की बारिश बहुत परेशान करती है।' सामने बैठे व्यक्तियों में से एक ने उसकी तरफ दोस्ती का हाथ बढ़ाने की चेष्टा की।

कुमार ने कुछ जवाब नहीं दिया। इस तरह अपनी आंखें दूसरी तरफ हटा लीं, जैसे कि उस आदमी के वहां होने की स्वीकृति ही न देना चाहता हो। हाल में इतने लोग भर गए थे कि उसे संदेह होने लगा कि कहीं ऐसान हो श्यामा भीड़ के किसी रेले के साथ अंदर आ गई हो और उसे न देख पाने के कारण किसी दूसरी जगह बैठ गई हो। पर पूरे हाल में नयी आई स्त्रियां केवल दो ही थीं। दोनों पारसी। दोनों के चेहरे इस तरह मुरझाए हुए थे, जैसे कि अभी-अभी उनकी जेबे काटी गई हों। एक स्त्री और थी, दरवाजे के पास। ढीले-ढाले फ्राक में झुकी-की-सी एंग्लो-इंडियन बुढ़िया, जिसकी आंखे उसके चेहरे से आगे आकर बैठने की जगह तलाश रही थीं।

छह बजने में पांच मिनट···कम-से-कम आज के लिए वे सब संभाव-नाएं समाप्त हो रही थीं, जो श्यामा के आने पर पैदा हो सकती थीं। उसने चाय की दूसरी प्याली भी बना ली और छोटे घूंटों से बड़े घूंटों पर पहुंचकर उसे जल्दी से खाली कर दिया। पांच सत्तावन। उसने सोचा वह पूरे छह बजे तक इन्तजार करके उठ जाएगा, लेकिन तीन मिनट और रुके रहने की मजबूरी भी किसलिए थी? तीस मिनट का इन्तजार सत्ताईस मिनट के इन्तजार से ज्यादा मुकम्मिल क्योंकर था?

उसने वेटर को बुलाकर बिल अदा कर दिया, फिर भी तब तक वहां से नहीं उठा, जब तक सामने मिनट की सूई ठीक बारह पर नहीं पहुंच गई। बाहर बारिश हो रही हैं और वह सीधा निकलकर सड़क पर नहीं जा सकता, इसका ध्यान उसे बरामदे में पहुंच जाने के बाद आया।

बारिश की वजह से बरामदे में बहुत-से लोग जमा थे। रोज बम्बई की सड़कों पर नजर आने वाले वही खास तरह के चेहरे। बाहर आने से पहले जो हलकी-सी आशा मन में थी, उन सबसे कुछ अधिक परिचित या अधिक अपरिचित एक चेहरे को वहां देखने की, वह दरवाजा लांघने के साथ ही समाप्त हो गई थी। हवा की नमी और भीड़ की गर्मी एक साथ महसूस करता वह बरामदे के सिरे पर आ गया। आस-पास प्राय: सभी लोगों की नजरें घड़ियों और बरसाती बूंदों के बीच एक-एक मिनट का हिसाब कर रही थीं। उसने एक बार दोनों तरफ के फुटपाथों पर दूर तक देख लिया। कितना अच्छा होता, अगर पी॰ एन॰ पन्त उसे इस वक्त कहीं नजर आ जाता! उस आदमी की एक विशेष उपयोगिता थी, जिसका उसे स्वयं पता नहीं था। उसके चेहरे की मुर्दनी, आंखों की कड़ुवाहट और पूरे व्यक्तित्व की पस्ती के सामने दूसरा खामाख्वाह अपने को बेहतर महसूस करने लगता था। कुछ विशेष मनःस्थितियों में पी॰ एन॰ पन्त का साथ वह चाहकर ढूढ़ता था। शहर की टंकी से फ्लश होकर वह आदमी नाली के रास्ते लगातार नीचे को बहा जा रहा था, लेकिन यह जिद उसमें ज्यों-की-त्यों थी कि कोई-न-कोई तरीका जरूर होना चाहिए, जिससे फिर से उसी नाली के रास्ते ऊपर को जाया जा सके। उसकी यह जिद ही कभी-कभी उसमें एक आकर्षण भर देती थी, शायद उसके अपने से बहुत अलग होने के कारण या बहुत अलग न होने के कारण।

फुटपाथ लगभग खाली थे, हालांकि पानी से चमचमाती सड़क ट्रैफिक से बुरी तरह घिरी थी। कई-कई रंगों की गाड़ियां उसके अंदर और बाहर दोनों तरफ चलती नजर आ रही थीं। सिंगल-डेकर डबल-डेकर लग रही थीं, डबल-डेकर दोहरी डबल-डेकर। चौराहे की बत्ती लाल रहने पर सड़क के अंदर रंगीन ढांचों का कार्निवाल उमगने लगता, जो बत्ती हरी होते ही एक झटके से छितरा जाता। बूंदों के फैलाव में वह सारा दृश्य जैसे एक पारदर्शक ढकने से ढका था, अपनी सारी हलचल के साथ उसमें कैद।

छह पांच। छह दस। छह पंद्रह। आखिर उसके लिए असम्भव हो गया। एक इंतजार से निकल आने के बाद अब अनगिनत मिनट वह इस दूसरे इंतजार में खड़ा नहीं रह सकता था। जैसे अब जितना भी समय बीत रहा था, वह श्यामा के न आने के सामने उत्तरोत्तर हीन हो रहा

था। वह बरामदे से एक सीढ़ी नीचे उतर आया और कुछ देर वहां रुका रहा। ऊपर से टपकती और जमीन से टकराकर उड़ती बूंदें उसे भिगोती रहीं, फिर सहसा, जैसे अंदर से हरा सिग्नल मिल जाने से, वह अहाता पार करके फुटपाथ पर पहुंच गया, पर उतना चलने में ही सिर इस तरह भीग गया कि सामने खड़ी एक टैक्सी का दरवाजा खोलकर वह सीधा उसमें दाखिल हो गया।

□□

टी सेंटर से चर्चगेट, कुछ गिने हुए कदमों का रास्ता था, जिसके लिए उसने टैक्सी ले ली थी। स्टेशन के बाहर उस आदमी को पैसे देते हुए उसने गौर से उसके चेहरे को देख लिया, पर उस आदमी को जरा भी हैरानी नहीं हुई थी। पैसे जेब में डालकर उसने मीटर ऊपर उठाया और किसी और के इशारा करने पर फिर नीचे गिरा दिया। जैसे कि उसका दिमाग सिवाय टैक्सी-मीटर के कुछ हो ही नहीं। हिंदसों के हिसाब को छोड़कर और हर चीज से बेलाग।

गीले फुटपाथ पर जमा-जमाकर पांव रखता कुमार स्टेशन के अहाते में आ गया। सामने फास्ट गाड़ी के संकेत चमकते देखकर और सब विचार पीछे चले गए। जेब में पास को छूकर वह गाड़ी की तरफ दौड़ने लगा। उसे कहीं लग रहा था कि चाहे जितना तेज दौड़ ले, वह गाड़ी उसे नहीं मिलेगी। इसलिए उसे निराशा हुई, जब उसके ठीक से बैठ जाने के बाद भी गाड़ी कुछ देर नहीं हिली।

गाड़ी में ज्यादा लोग नहीं थे। बारिश के बावजूद या शायद बारिश की वजह से। उसे अच्छा लगता, अगर ठसाठस भीड़ में खड़े होकर उस समय उसे सफर करना पड़ता। धक्के खाते खड़े रहने का संघर्ष ही उतनी देर के लिए मन को उलझाए रखता। मगर अब आराम से खिड़की के पास बैठे हुए उसे अपना-आप भी गाड़ी की तरह खाली लग रहा था, जैसे सिर्फ एक ही विचार था उसके अंदर जो उस खालीपन में पसरकर उसके साथ सफर करने जा रहा था...आज श्यामा का फोन आने के बाद उससे मिलने की बात को उसने इतना महत्त्व क्यों दिया? और अब, पौन घंटा इन्तजार करके चल देने के बाद भी, उसके न आने की बात को इतना महत्त्व क्यों दे रहा था?

मैरिन लाइन्ज स्टेशन पर काफी लोग डिब्बे में आ गए, जिससे आस-पास की सभी सीटें रुक गयीं। भीगी बरसाती पहने एक लड़की उसके पास की दस इंच खाली जगह में घुसड़ आयी। सारी भीड़ में वह अकेली ही थी, जो घर से खराब मौसम के लिए तैयार होकर निकली थी। हरी

बरसाती से फिसलती हुई पारे जैसी बूंदें धीरे-धीरे नीचे की तरफ रास्ता बना रही थीं। बीच में कोई बूंद समुद्र के पास पहुंची नदी की तरह रफ्तार पकड़कर उसकी पतलून पर आ गिरती। लड़की उससे बहुत सट-कर बैठी थी, फिर भी उसका स्पर्श उसे स्त्री-शरीर का स्पर्श न लगकर सिर्फ गीले रबड़ का स्पर्श लग रहा था। लड़की इस ओर से बिलकुल उदासीन थी कि उसके कारण साथ बैठे लोगों को क्या असुविधा हो रही है। उसने बरसाती के अंदर से एक किताब निकाल ली थी और उसे रबर के उभार का सहारा देकर पढ़ने में लीन हो गई थी।

गाड़ी के फिर से रफ्तार पकड़ने तक कुमार खिड़की से बाहर देखने लगा और कुछ ही क्षणों में रबर की बरसाती और उससे टपकती बूंदों की बात भूल गया। सामने आकाश में छितराए बादल थे, जो धीरे-धीरे अपने ही अंधेरे में गुम होते जा रहे थे। बादलों को काटते बिजली के तार थे और उन्हें काटती खिड़की की सलाखें। समुद्र पीछे छूट गया। आसमान में उठे होर्डिंग्ज की लम्बी कतार भी पीछे रह गई। बीच-बीच में यहां-वहां कुछ इमारतें उभर आतीं, पानी की मार से धुंधली पड़ी तसवीरों जैसी। किसी क्षण बिजली की चमक से आकाश में थोड़ी जान आती, फिर वातावरण उसी तरह निर्जीव हो रहता। बारिश अब भी रुकी नहीं थी। हलकी-हलकी बूंदें पड़ रही थीं, पर कुछ देर पहले जिस जोम से पानी उतरा था, उसका उनसे आभास भी नहीं होता था।

एक सलाख पर कुहनी का वजन दिए वह बाहर देखता रहा, जैसे कि कुछ हो जिसे चमकती पटरियों और तेज गुजरती गाड़ियों के बीच से उसे खोज लेना हो। ऐसा कुछ जिसे कई बार समझना चाहकर, समझने के नजदीक पहुंचकर भी वह आज तक समझ नहीं पाया था और अब पट-रियों, तारों और सलाखों की एक-दूसरी को काटती लकीरों के अन्दर से फिर एक बार समझने की कोशिश कर लेना चाहता था। वह कुछ वहीं कहीं था। उदास शाम और झिलमिल बूंदों में घुला-मिला। लोहे की ठंडक और वातावरण की गन्ध में रचा-बसा। उसके अपने अन्दर भी वह था और उस हवा में भी जो ठंडे फाहों-सी आंखों को छू रही थी। बिजली के तारों के उस तरफ, बादलों की ओट में, न जाने कितना कुछ डूबा था, कितनी ऐसी शामें, जिनमें उसने अपने को इसी तरह अस्थिर पाया था, हवा के अन्दर से किसी चीज को पकड़ लेने, समझ लेने की कोशिश में बेचैन, पर वह कोशिश आखिर सिर्फ कोशिश रह जाती थी, एक गहरी उदासी और थकन तक ले जाने वाली कोशिश।

□□

उस छोटे से कस्बाती शहर में शामें बहुत लम्बी होती थीं। शायद इसलिए भी कि कालेज़ में आखिरी पीरियड पढ़ा चुकने के बाद दोपहर से ही शाम शुरू हो जाती थी। जिंदगी इतनी एकतार थी कि किसी नये व्यक्ति से परिचय होना भी एक घटना की तरह लगता था।

उनके एक दोस्त के यहां पार्टी थी। अक्सर मिलने वाले वही पंद्रह-बीस लोग थे, जिन्हें उसने खाने पर बुला रखा था। एक और दोस्त सुभाष की नयी-नयी शादी हुई थी, उस खुशी में। यूं बिना अवसर के भी वे लोग दो-तीन सप्ताह में एक बार किसी-न-किसी के यहां चाय या खाने पर मिल लिया करते थे। लम्बी शामों की ऊब से मन पर जो काई जम जाती थी, उसे छितराने में इससे थोड़ी सहायता मिलती थी। तीन-चार घंटे साथ रहकर वे लोग ताश खेलते। एक-दूसरे की पत्नी से कल्पित प्रेम-सम्बन्ध की घोषणा करके ठहाके लगाते। कभी दो-चार रूपये की हार-जीत पर आपस में झगड़ भी लेते, फिर खाना खाने और सुर-बेसुर में गाए गजलों-गीतों पर वाह-वाह करने के बाद अपने-अपने घर लौट जाते।

उस दिन की पार्टी में वह जरा देर से पहुंचा था। उसे देखते ही कई लोग एक-साथ उससे कुछ-न-कुछ कहने लगे थे। परिचित चेहरों के जमघट में दो चेहरे उसके लिए नये थे। सुभाष की पत्नी कमल और सत्ताईस-अट्ठाईस साल की एक युवती, जो टमाटर-जूस का गिलास हाथ में लिए अजनबी-सी एक तरफ बैठी थी। एक साथ उठती बहुत-सी आवाजों के शोर में उस युवती ने हलके से आंखें उठाकर एक बार उसे देखा, फिर इस तरह गिलास को होंठों से छुलिया, जैसे शोर के कारण उसे काफी निराशा हुई हो, पर इससे पहले कि वह बैठ पाता, शिवालिक कालेज के प्रोफेसर मल्होत्रा उसका हाथ पंजे में कसे उसे उस युवती के पास ले गए, 'लो मिल लो इससे। यही आदमी है, जिससे तुम्हें मिलाने लाया हूं, प्रोफेसर कुमार, अध्यक्ष दर्शन विभाग, नित्यानन्द कालेज। सुनने में लगता है, कोई अच्छा-खासा बुजुर्ग आदमी होगा, लेकिन सिफारिश का जमाना है, देख लो कैसे-कैसे लोग हेड आफ द डिपार्टमेंट लगा दिए जाते हैं! तुम्हारी बदकिस्मती है कि तुम्हें किसी तजुरुबेकार आदमी से पढ़ने का मौका नहीं मिलेगा। इस देहाती विद्वान् से ही काम चलाना पड़ेगा।' और अपनी बलगमी हंसी हंसते हुए उन्होंने दूसरी तरफ से परिचय दिया था, 'मेरी साली, श्यामा। मंडी के एक हाई स्कूल में हेड़ मिस्ट्रेस है। फिलासफी में एम० ए० करना चाहती है, मगर नौकरी छोड़ नहीं सकती, इसलिए कालेज में एडमिशन लेकर पढ़ना इसके लिए सम्भव नहीं है।

मेरे कहने से कुछ दिनों की छड़ी लेकर चली आई है। तुमसे अगर थोड़ी-बहुत गाइडेंस मिल जाएगी, तो इस साल फार्म भर देगी। अपना नाम रखने लिए जो थोड़ा-बहुत आता हो, इसे बता देना। जो न आता हो, गोल कर देना।' और अपनी तरफ से उस विषय में निश्चित होकर वे अपने कालेज की मिस रोहतगी के पास चले गए और आने वाले सीनेट के इलेक्शन की बात करने लगे।

वही सब बातें हुई थीं, जो हर बार इस तरह की पार्टियो में हुआ करती थीं। उसी तरह शब्दों-पर-शब्दों के पत्ते चलकर ठहाके लगाए जाते रहे थे। उनके बीच नयी होते हुए भी कमल नयों की तरह व्यवहार नहीं कर रही थी, पर श्यामा बीच-बीच में मुसकराने की चेष्टा करने पर भी पार्टी का हिस्सा नहीं बन पाई थी। उसे देखकर लगता था, वह बड़ी मुश्किल से वहां समय बिता रही है। खाने के समय उसका सोच-सोचकर एक-एक कौर निगलना और इस तरह प्लेट को नीचे रखना, जैसे कि एक छोटे-से बच्चे को गोद से उतार रही हो, औरों को कैसा लग रहा था पता नहीं, पर उसे जरूर इससे चिढ़-सी हो रही थी। खाना हो चुकने पर गाने का दौर शुरू हुआ, तो कमल से एक बार से ज्यादा कहने की जरूरत नहीं पड़ी। पर श्यामा का चेहरा, उसके नाम का प्रस्ताव होते ही, एकाएक सुर्ख हो उठा, 'जीजा जी जानते हैं मुझे गाना-वाना बिलकुल नहीं आता। आता, तो मैं जरूर सुना देती।' वह एक उमड़ता हुआ भाव था, जिससे उसका चेहरा और-और सुर्ख पड़ता गया; लेकिन इस बार उसे उससे चिढ़ नहीं हुई। मिस रोहतगी को तो उससे इतनी सहानुभूति हो आई कि उसने झट से गाने के लिए स्वयं अपने नाम का प्रस्ताव कर दिया और बिना किसी समर्थन की प्रतीक्षा किए एक गीत गाने लगी।

पार्टी समाप्त होने तक हमेशा की तरह रात के बारह बज गए थे। उन कुछ घंटों में किसी से भी श्यामा ने अपनी तरफ से बात की हो, ऐसा उसे नहीं लगा। जिस किसी ने भी उससे कुछ पूछा, उसे उसने एक दूरी के साथ जवाब दे दिया या उससे भी कम में, केवल मुसकराकर बात को निकल जाने दिया। उससे तो परिचय होने के बाद उसने आंख भी नहीं मिलाई। खाने की मेज के पास भीड़ में सामने पर जाने पर भी हलके-से 'एक्स्क्यूज मी' कहा। जिस बेंगानगी के साथ सारा समय अन्दर बैठी रही थी, उसी के साथ बाहर आने पर सबको हाथ जोड़कर अलग-थलग सड़क पर चलने लगी। अपनी पढ़ाई के बारे में न तो उसने ही जिक्रउठाया, न प्रोफेसर मल्होत्रा ने ही। प्रोफेसर मल्होत्रा तो सड़क पर आकर भी

यूनिवर्सिटी की राजनीति में ही उलझे थे। जहां से उन लोगों के रास्ते अलग होते थे, वहां आकर जरूर श्यामा ने हलके-से उसकी तरफ सिर हिला दिया, मगर अकेले अपने घर की सड़क पर चलते हुए लगा उसे यही कि उस दिन की मुलाकात ही उन लोगों की पहली और आखिरी मुलाकात थी।

□□

लेकिन अगले दिन शाम को घर आने पर श्यामा वहां उसे पहले से बैठी मिली, पर उसकी उस समय की गम्भीरता पिछली रात को गम्भीरता की तरह नहीं थी। एक अपरिचित घर में होने पर भी वह कल की तरह संकुचित नहीं थी। उसे देखकर जिस मुसकराहट के साथ वह खड़ी हुई, उसमें भी कल-सी उदासीनता और दूरी नहीं थी, 'देर हो गई आपको आए?' इस सवाल का जवाब एक शब्द में न देकर कई वाक्यों में दिया उसने। बताया कि वह पन्द्रह-बीस मिनट पहले आ गई थी, तब उसका नौकर घर पर ही था, वह उससे बैठने को कहकर बाजार गया है और कि वह इस बीच घूमकर उसका पूरा घर देख चुकी है, 'देर तक एक जगह बैठे रहना मुश्किल हो जाता है मेरे लिए। यह किताब मैं आपके पढ़ने के कमरे से उठा लाई थी। सोच रही थी एकाध दिन के लिए आपसे मांगकर ले जाऊंगी, पर जिल्द के अन्दर नाम तो किसी और का ही लिखा है।"

किताबें हम सब लोग उधार लेकर पढ़ते हैं,' वह बोला, 'मैं किसी से लेकर आया हूं। आप मुझसे ले जाइए, पर देर तक एक जगह बैठना मुश्किल है आपके लिए, ऐसा कल मुझे नहीं लगा था।'

श्यामा का चेहरा फिर सुर्ख होने लगा। एक सांवले चेहरे को उस तरह सुर्ख होते उसने बहुत कम देखा था, 'कल की बात दूसरी थी, वह अपने को स्वाभाविक रखने की चेष्टा करती बोली, 'मैं एक-एक अपरिचित व्यक्ति से तो ठीक से मिल लेती हूं, लेकिन एक साथ इतने अपरिचित लोगों के बीच अपने को नहीं खपा पाती। आप इसे काम्प्लेक्स समझ लीजिए या जो कुछ भी। शुरू से ही मेरे साथ ऐसा है और अपने से बहुत लड़कर भी मैं अपने को बदल नहीं पाई, इसीलिए कल की पार्टी में मैं आना भी नहीं चाहती थी, पर जीजा जी को तो आप जानते ही हैं। वे यह मानकर चलते हैं, कि जो बात उन्हें सही लगती है, वह दूसरों को भी सही लगनी चाहिए।'

इस तरह शायद श्यामा ने अपने को प्रोफेसर मल्होत्रा से अलगा लेने की कोशिश की थी। प्रोफेसर मल्होत्रा के सम्बन्ध में जो धारणा और सब लोगों की थी, वही शायद श्यामा की भी थी।

'आपके आने से पहले प्रोफेसर मल्होत्रा ने आपका जिक्र नहीं किया,' वह बोला, 'यह हैरानी की बात लगती है, क्योंकि जिस तरह बातें करने की उनको आदत है ···।'

मुझे यह हैरानी की बात नहीं लगती,' श्यामा के होंठों पर दबी-सी मुकराहट उभर आई, 'बात करने पर उन्हें सभी तरह की बात करनी पड़ती, जो कि अब उन्होंने मेरे ऊपर छोड़ दी है। उन्हें लगता होगा कि मेरे सीधे बात करने से शायद···।' और वह बिना बात पूरी किए हंस दी। हंसते हुए उसकी लिपस्टिक का रंग उसके निचले दांतों तक फैला नजर आया। या तो उसे लिपस्टिक लगानी आती नहीं थी या वह आते हुए बहुत जल्दी में लगाकर आई थी। रंग भी उसने ऐसा चुना था कि होंठों से बिलकुल अलग ही नजर आता था। हंस चुकने के बाद बोली, 'देखिए, मैं कल से रोज शाम को कुछ वक्त आपसे पढ़ना चाहती हूं। छह सप्ताह की मेरो छुट्टी है। आप अपनी फीस बता दीजिए।'

'आप रोज शाम को पांच बजे आ जाइए। फीस की बात मैं प्रोफेसर मल्होत्रा से ही तय करूंगा।'

'उनसे क्यों ?'

'क्योंकि मैं नहीं चाहता कि सब चीजें उसी तरह हों जिस तरह उन्होंने सोच रखा है, पर आप इसका यह मतलब भी न लें कि आपके ऊपर कोई भारी बोझ पड़ जाएगा इस तरह। ट्यूशन के तौर पर ट्यूशन मैं करता भी नहीं। यह बात प्रोफेसर मल्होत्रा अच्छी तरह जानते हैं।'

'तब तो ···।'

'तब तो क्या ?' वह चुपचाप सीधी नजर से उसे देखती रही।

'आप कुछ कह रही थीं।'

'मैं कह रही थी कि···शायद मैंने गलती की है इस तरह फ्रैंकली बात करके।'

'क्यों ?'

'क्योंकि आर···कुछ दूसरी तरह से सीरियस हो गए हैं। मैं तो सोचती थी कि आप जीजा जी को मुझसे ज्यादा जानते होंगे, इस लिए—।'

मैं जानता हूं उन्हें, इसीलिए कह रहा हूं कि यह बात आप हम दोनों के बीच रहने दीजिए, फिर भी अगर जाते वक्त आपको लगे कि बात उस तरह से नहीं हुई, जिस तरह कि होनी चाहिए थी, तो आप अपनी तरफ से जैसा चाहें कर लीजिएगा।'

वह फिर भी कुछ देर आंखों से उसे तोलती रही, आप काफी जिद्दी

आदमी हैं न?'

'पर जिद की कौन-सी बात की है मैंने?'

'यह जिद की बात नहीं है? कोई और आदमी होता, तो मैं समझतीं कि यह सिर्फ इनकार करने का एक ढंग है। पर जीजा जी से जितना कुछ सुन चुकी हूं आपके बारे में—।'

'वह तो कोई प्रमाण नहीं है। वे अगर मुझसे प्रशंशा करते हैं किसी की, तो मुझ पर हमेशा उसका उलटा असर होता है।'

श्यामा ने हार मानने की उसांस के साथ सिर हिला दिया, "बातों से की जानेवाली उखाड़-पछाड़ को आप लोग कितना महत्त्व देते हैं, यह मैं कल की पार्टी में जान चुकी हूं। मुझे इसमें आपकी बराबरी नहीं करनी है, पर मैं आपका पिंड छोड़ने की भी नहीं। कल से मैं ठीक पांच बजे आ जाया करूंगी।"

□□

शुरू के तीन-चार दिन वह आने की तरह आई थी, ठीक से तैयार होकर। उसने पढ़ाने की तरह पढ़ाया था, नोट्स सामने रखकर। समय की बंदिश भी बनी रही थी, पांच से छह, मगर चौथे-पांचवें दिन से ही वह बंदिश ढीली पड़ने लगी थी। छह की जगह साढ़े छह और साढ़े छह की जगह सात। श्यामा बिना बाल बांधे दिन की पहनी साड़ी में ही आ जाती थी, 'पता नहीं क्यों मुझे गलत लगता है हर वक्त नये सिरे से तैयार होना। शायद एक मास्टरनी की अकेली जिंदगी बिताने से ऐसी आदत हो गई है। वहां स्कूल के अहाते में क्वार्टर है, इसलिए जरूरत ही नहीं पड़ती इस सबकी। सुबह एक बार जिस तरह निकले, रात तक उसी तरह बने रहे। यहां आकर कुछ दिन जीजा जी की बात मानकर चलती रही हूं। उन्हें बहुत ध्यान रहता है इसका कि कहां किस तरह जाना चाहिए, किस पर किस तरह का प्रभाव डालना चाहिए, पर अब मैंने उनसे कह दिया है कि मुझसे यह सब नहीं चलेगा। मैं जो हूं वह हूं, उसके सिवा और कुछ कैसे हो सकती हूं? उन्हें तो इस बात से भी एतराज है कि आपको मैंने अपने विधवा होने की बात क्यों बता दी। आप क्या सोचते होंगे कि यह विधवा होकर बिंदी-लिपस्टिक लगाती है?'

वह उसे बता चुकी थी कि शादी के दो साल बाद ही टाइफाइड से उसके पति की मृत्यु हो गई थी। एक बच्ची के अतिरिक्त अपनी सास और ननद की भी बहुत-कुछ जिम्मेदारी उसके सिर पर आ पड़ी थी। बी॰ ए॰ उसने ब्याह से पहले किया था, बी॰ टी॰ पति की मृत्यु के बाद। मंडी में हाई स्कूल की नौकरी करते उसे दो साल हो चुके थे, मगर वहां से उसका

मन ऊब रहा था, इसलिए एम०ए० करके वह किसी कालेज में लेक्चररशिप के लिए कोशिश करना चाहती थी, 'लेकिन डर भी लगता है मुझे कि कालेज की नौकरी में अब कर भी पाऊंगी या नहीं। कितनी अजीब बात है कि जिन चीजों से आदमी का मन ऊबता है, उन्हीं की उसे इतनी आदत भी हो जाती है कि उनसे वह अपने को छुड़ा नहीं पाता। यहां आने के बाद से हर रोज मेरा मन अपने क्वार्टर में वापस जाने के लिए तड़पता है। अगर पढ़ाई की लगाम न होती, तो शायद अब तक चली भी जाती।'

कुछ भी बात करते हुए श्यामा बहुत ध्यान से उसके चेहरे की प्रति-क्रियाओं को देखती थी। आंखें उसकी जैसे होने वाली प्रतिक्रिया के सम्बन्ध में पहले से ही आशंकित हो जाती थीं। उसके मन में उठता हर भाव उसकी आंखों में लहरा जाता था। आंखों के अतिरिक्त उसकी पतली नाक और दुबले चेहरे की अण्डाकार गोलाई पर भी। उसकी आंखों से जो आत्म विश्वास की कमी झलकती थी, उसकी काफी क्षति-पूर्ति उसके होंठों से हो जाती थी। होंठ चेहरे की तुलना काफी लाल और भरे हुए थे और बिना लिपस्टिक के अधिक आकर्षक जान पड़ते थे।

शापेनहावर का मृत्युबोध या स्पेंसर की नैतिकता-सम्बन्धी धारणाएं श्यामा के लिए जैसे दुनिया भर के दार्शनिकों ने उसी की जिंदगी को सामने रखकर अपने सारे निष्कर्ष निकाले और सिद्धान्त रचे थे। वह जो कुछ भी पढ़नी-सोचती थी वह जैसे अपनी ही किसी समस्या को सुलझाने के लिए। उसके सामने किसी चीज की व्याख्या करते हुए कई बार अचानक वह बीच में रुक जाता था। श्यामा आंखें मूंदकर उसकी बात सुनती हुई उस बात से आगे कहीं और पहुंच चुकी होती थी। कुछ क्षण खामोशी में बीतने से जैसे उसके अन्दर की लय टूट जाती थी और वह आंखें झपकती हुई अपने को सचेत कर लेती थी, 'कुछ समझ में नहीं आता और जो कुछ समझ में आता है, उससे दिमाग और गुंझल में फंस जाता है।'

श्यामा जब देर तक सीधे उसकी आंखों में देखती रहती थी तो उसके अपने विचारों का तार भी टूटने लगता था। वह श्यामा की आंखों में उसकी उलझन के अतिरिक्त और भी कुछ ढूंढ़ने लगता था। उसे लगता था कि पढ़ना श्यामा के लिए केवल एक बहाना है, एक ओढ़ा हुआ लबादा जिसके अन्दर से उसका अपना-आप बाहर आने के लिए छटपटाता रहता है। कोई चीज है, जिसे स्वीकार करने की सीमा पर पहुंचकर भी उसे वह बिन्दु नहीं मिल पाता, जहां उसे स्वीकार किया जा सके, इसलिए वह जब भी देखती है, उसकी नजर में एक तोलने-परखने का-सा भाव रहता है। यह जानने का कि सामने बैठा व्यक्ति कहां तक इस बात का अधिकारी है

कि उसके सामने अपने-आप को खोलकर रखा जा सके और इस सम्बन्ध में उसका निर्णय हर कुछ क्षणों में बदलता रहता है।

कभी श्यामा उसे केवल एक मानसिक इकाई की तरह लगती थी, एक स्त्रीत्वहीन स्त्री, जिसे अपने अन्दर के कुछ प्रश्नों का हल ढूंढ़ना था। बस, इतना ही लगाव था उसे अपने से बाहर की किसी भी और इकाई से। उसकी आंखों की तटस्थता और चेहरे की उदासीनता उसे लकड़ी काटकर बनाई गई आकृतियों का-सा रूप दिए रहती थीं; पर किन्हीं दूसरे क्षणों में अपने होंठों पर जबान फेरती हुई वह एकाएक एक युवा स्त्री के रूप में सजीव हो उठती थी। तब लगता था कि वह और कुछ न होकर केवल एक हिलता सांस लेता शरीर है, उससे तीन फूट के फासले पर, जोकि अपनी हार चेष्टा से उसका ध्यान अपने अकेलेपन की तरफ खींचना चाहता है।

श्यामा हर चीज का सम्बन्ध किसी-न-किसी तरह अपने जीवन के किसी-न-किसी प्रसंग से जोड़ लेती थी, जिससे उसके व्यक्तिगत जीवन के बारे में कुछ-न-कुछ जानकारी हर रोज हासिल होती रहती थी। उसका बचपन मध्य प्रदेश के जंगली इलाके में बीता था, लगभग आदिवासियों के बीच, क्योंकि उसके पिता वहां जंगल विभाग में कर्मचारी थे। नौ-दस साल की उम्र तक वह काफी अकेली रहती थी। तीन साल की थी, जब मां गुजर गई थी, उसके बाद घर पर कोई देख-भाल करने वाला नहीं था। सगा बहन-भाई कोई नहीं था, प्रोफेसर मल्होत्रा की पत्नी उसकी मौसेरी बहन थी। उन लोगों के यहां वह पहली बार रहने आई थी, पर कोई चीज थी, जिसके कारण वह वहां रहकर खुश नहीं थी, 'पहले दो दिन तो दीदी बहुत बातें करती रही थीं मुझसे, पर अब तो सिवा खाने-पीने की बात के और कोई बात होती ही नहीं उनसे। उन दोनों का आपसी बरताव भी ऐसा है जैसे मिलकर अपने बच्चों के लिए एक होस्टल चला रहे हों वे। उस दिन पार्टी में साथ आने से दीदी ने यह कहकर मना कर दिया था कि उनकी तबी—यत ठीक नहीं है; पर बाद में मुझे पता चला है कि वे कहीं भी उनके साथ नहीं जातीं। पता नहीं वे खुद नहीं जाना चाहतीं, या जीजा जी नहीं ले जाना चाहते। इस बारे में इतनी अंडरस्टैंडिंग है दोनों में कि कभी इस चीज को लेकर वे आपस में बात ही नहीं करते। जीजा जी को जब कहीं जाना होता है, तो वे उनके कपड़े निकाल देती हैं और अपने काम में लगी रहती हैं। कभी-कभी मुझे शक होता है कि कहीं मुझे लेकर तो कोई बात नहीं है? जीजा जी रोज रात को खाना खाने के बाद एक-डेढ़ घंटा मुझसे बात करते हैं। ज्यादातर यही पूछते हैं कि आज क्या-क्या पढ़ा है, लाइ-

बेरी से कौन-सी किताबें निकलवाई हैं, कोई आर्टिकल लिखा है या नहीं; पर दीदी अगर उस वक्त पास बैठी हों, तो भी उठकर चली जाती हैं। मुझे लगता है कि कोई चीज है, जो उन्हें पसन्द नहीं है, पर उसका जिक्र वे जबान पर नहीं लाना चाहतीं। वैसे जीजा जी के बात करने के ढंग में कुछ है, जो मुझे भी कहीं अखरता है। खासतौर से जब वे कुरेद-कुरेदकर पूछने लगते हैं कि मंडी में मेरी जान-पहचान के दायरे में कौन-कौन लोग हैं वहां मैं अपनी शामें किस तरह बिताती हूं, मेरी छुट्टी का दिन किस तरह कटता है। या जब वे अपने बारे में बात करने लगते हैं कि यहां इतने परिचितों के होते हुए भी वे अपने को कितना अकेला महसूस करते हैं। जितने लोगों को वे जानते हैं, उनमें से हर एक की अन्दर की जिंदगी कितनी खोखली है। वे अगर अपनी शामें घर पर ठीक से बिता सकें, तो कभी किसी के यहां जाना पसंद न करें। उनकी बातचीत में कहीं एक इशारा दीदी की तरफ होता है और दूसरा इस तरफ कि मैं आपसे पढ़ने आती हूं, तो मुझे थोड़ा सावधान रहकर आना चाहिए, क्योंकि पिछले दिनों आपको लेकर खासा स्कैंडल उठ खड़ा हुआ था एक। आप पढ़ाते अच्छा हैं, लेकिन···,' और वह हंस दी थी, 'उन्हें शायद आपसे ईष्या है कि मैंने ऐसा विषय क्यों चुना है, जो आप पढ़ा सकते हैं, वे नहीं पढ़ा सकते। वे आपके बारे में पता नहीं कितनी बातें बता चुके हैं मुझे। कि आपके कालेज में थी कोई। लता नाम बताया था शायद। आप ही के विभाग में पढ़ाती थी। पहले आपसे पढ़ती थी, बाद में आपने उसे अपने विभाग में ले लिया था। अफवाह थी कि हर दोपहर को वह कालेज से आपके यहां आ जाती है और शाम होने पर घर जाती है। इससे उसके घर के लोगों ने उसकी नौकरी छुड़वा दी थी। बाद में सुना जाने लगा था कि आप भी नौकरी छोड़कर उसके साथ कहीं निकल जाने वाले हैं; पर फिर पता नहीं क्या हुआ कि बात जहां-की-तहां रह गई और उसकी किसी दूसरी जगह शादी हो गई। ठीक बात है यह?'

'हां, ठीक ही है एक तरह से।' उसने जिस स्वर में कहा था उससे-श्यामा पर स्पष्ट हो जाना चाहिए था कि वह उस विषय में और बात नहीं करना चाहता; लेकिन अपनी बात की धुन में श्यामा का इस तरफ ध्यान नहीं गया था या शायद जान-बूझकर उसने ध्यान नहीं दिया था।

'एक तरह से मतलब?'

'मतलब कोई भी बात उतनी सीधी-सपाट नहीं होती, जितने सपाट ढंग से वह कह दी जाती है।'

'इसीलिए तो मैं आपसे जानना चाहती हूं। आप सचमुच उसे बहुत

चाहते थे?'

उस पहली बार श्यामा पर गुस्सा आया था। वह क्यों नहीं समझ पा रही थी कि कुछ बातें आदमी के लिए इतनी निजी होती हैं कि वह किसी दूसरे से उन्हें नहीं बांट सकता, बल्कि अपने-आप के उस दुखते अंश को वह खोलकर अपने सामने भी नहीं ला सकता। दो साल पहले जो कुछ हुआ था उसका बेहतर पक्ष इतना ही था कि वह अब बीत चुका था। वह क्यों मजबूर होकर उस बीते अक्स को आज के चौखटे में देखने की कोशिश करे?

उसके खामोश रहने को श्यामा ने सोचने के अर्थ में लिया था, 'यह भी सोचकर बताने की बात है का?'

'समय इतना बीत चुका है कि बिना सोचे हां या न कह देना भी आसान नहीं है, वह अपनी खीझ पर किसी तरह काबू पाकर बोला था, 'आज इतना ही कह सकता हूं कि हर आदमी की जिंदगी में एकाध अवसर ऐसा आता है, जब वह किसी-न-किसी के प्रति विशेष आकर्षण अनुभव करने लगता है और अपने जाने उसे वह आकर्षण असाधारण भी लगता है। कुछ ऐसी ही बात थी उसे लेकर मेरे साथ भी।'

'कैसी थी वह देखने में? बहुत सुन्दर थी?' अपनी खीझ में भी उसका मन हंसने को हुआ था। एक मुकाम पर सब स्त्रियां एक-सी हो जाती थीं।

'वैसी ही थी, जैसी बाईस-तेईस की कोई भी लड़की होती है।'

'कोई भी दो लड़कियां एक-सी होती हैं क्या?'

'एक जमाने में लगता है कि नहीं होती; पर धीरे-धीरे पता चल जाता है कि सभी नहीं तो कई-कई लड़कियां एक ही तरह की होती हैं। एक खास तरह की लड़कियों में से वह भी थी।'

'फिर भी···औरों से अलग भी तो होगी वह किसी रूप में।'

'हां, अलग इस रूप में कि उससे मेरा निकट का परिचय था, जो कि औरों से नहीं था।"

इतनी देर के बाद श्यामा उसके भाव के प्रति सचेत हुई थी, अच्छा, अब इस बारे में और बात नहीं करेंगे,' उसने जैसे अपने को झिड़ककर कहा था,' वह हमें अपने बारे में बात करते सुने, तो कैसा लगे उसे सुनकर—थी, थी, थी। कितनी अपशगुन की बात है!'

और थोड़ी देर में कांट के व्यावहारिक दर्शन की व्याख्या में वह बात बिलकुल खो गई थी, लेकिन कुछ ही दिन बाद वह प्रसंग एक बार फिर उभर आया था।

□□

अकेले प्रोफेसर मल्होत्रा की बात नहीं थी, उस शहर के वातावरण में ही कुछ था जिससे चार साल वहां काट चुकने के बाद उसका मन लगातार वहां से उचाट होता जा रहा था। अपने अन्दर से वह बहुत दिन पहले उस शहर को छोड़ चुका था, अगर कोई चीज उसे रोके हुए थी, तो वह थी अपने इरादे को प्रयत्न में बलदने से पहले की असुविधापूर्ण मनःस्थिति, जिसमें जैसे अपने अस्तित्व को ही उसने एक अनिश्चित काल के लिए स्थगित कर रखा था। उसका वहां रहना, जैसे रहना न होकर कहीं और जाकर रहने से पहले का अन्तराल-भर था, किसी दूसरी भूमिका में जीने से पहले का विराम। वह दूसरी भूमिका किसी बड़े शहर में जाकर शुरू होने को थी। कहां और किस तरह से, यह वह नहीं जानता था, क्योंकि कुछ दिन 'सिचुएशन्स वैकैंट' का कालम पढ़ने के बाद उसने उतना-सा प्रयत्न करना भी छोड़ दिया था। एक और चीज भी थी जिसने पिछले दो साल वहां गुजारने में सहायता दी थी। लता वाला प्रकरण समाप्त हो जाने के बाद वह उसी तरह अपने आस-पास की प्रतिक्रियाओं का साक्षी बना रहा था, जैसे एक प्राणान्तक दुर्घटना में से गुजरने के बाद कोई व्यक्ति स्वयं उसकी छान-बीन में शामिल होने का अवसर पा जाए।

वह अपनी जिंदगी में एक जगह आकर रुक गया था, तो सारा शहर ही उसे रुका हुआ लगता था। हर रोज साथ उठने-बैठने वाले जितने लोग थे, बाली, जगधर, सुभाष, मिर्जा, उमेश, हजारिया, वे सब उसे अपने आस-पास के गतिरोध का हिस्सा बल्कि उसका कारण जान पड़ते थे। बाली की हर एक से अतिरिक्त आत्मीयता अन्दर की उदासीनता का ही एक रूप थी। सामने रहने पर वह जितनी तत्परता से किसी की समस्याओं में दिलचस्पी लेता था, सामने से हट जाने पर उतनी ही आसानी से उसके विषय में भूल भी जाता था। सुभाष और हजारिया की एकमात्र आवश्यकता 'अच्छा समय' बिताने की थी। उनके लिए किसी की भी उपयोगिता इस बात में थी कि उससे उन्हें 'थोड़ी देर हंसने' में कितनी सहायता मिलती है। मिर्जा की ज़िंदगी से विरक्ति उस सीमा तक पहुंच चुकी थी कि किसी तरह एक शाम और काट लेना ही उसके लिए अपने में एक उद्देश्य होता था, जब और कोई चारा नजर नहीं आता था, तो वह सारी शाम कनब में जाकर रमी खेलता हारता और कुढ़ता रहता था। जगधर और उमेश ब्यिर पीने के साथी थे। साथी इस अर्थ में कि उमेश को सामने बैठकर गाली सुन सकने वाले एक व्यक्ति की आवश्यकता रहती थी, जिसे जगधर अच्छी तरह पूरी कर देता था। जब दोनों में झगड़ा हो जाता था,

तो मध्यस्थता के लिए वे उसे बीच में ले आते थे। प्रोफेसर मल्होत्रा और मिस रोहतगी उसके हाल के परिचितों में से थे। परिचय की भूमिका इतनी ही थी कि यूनिवर्सिटी से सम्बन्धित सब मामलों में वे उसकी गिनती एक वोट के रूप में करते थे। वे दोनों साथ होते थे, तो उनमें कोई मतभेद नहीं होता था; लेकिन अलग-अलग से मिलने पर उनके कुछ आधारभूत विरोध सामने आने लगते थे। मिस रोहतगी को प्रोफेसर मल्होत्रा के चौकन्नेपन से शिकायत थी, तो प्रोफेसर मल्होत्रा को मिस रोहतगी की बुजदिली से। इसके अतिरिक्त छोटेपन की शिकायत दोनों को एक-दूसरे से थी।

थोड़े दिनों में वहां से छोड़कर चले जाने की बात पहले वह बहुत कहा करता था; पर धीरे-धीरे बात मजाक का विषय बन गई थी, इसलिए उसने उसकी चर्चा करना छोड़ दिया था। सोचता था कि जाने से पहले वह अब अचानक ही सब लोगों के बीच इसकी घोषणा करेगा, पर वह दिन कब आएगा और आएगा भी या नहीं, यह सोचकर उसे अपने से कुढ़न होती थी। श्यामा के आने के बाद से इतना अन्तर पड़ा था कि हर रोज उन्हीं लोगों के बीच शाम बिताने की पहले की-सी मजबूरी नहीं रही थी। श्यामा कई बार दो-दो, ढाई-ढाई घण्टे उसके यहां रुकी रहती थी। इससे शाम और रात के बीच का वह नाजुक वक्त, जो किसी भी तरह अकेली नहीं काटा जा सकता था, अपने-आप कट जाता था। वह जानता था कि श्यामा को लेकर भी उन लोगों के बीच चेहमेगोइयां होने लगी हैं। उसके दायरे के प्राय: सभी लोग एक-एक करके किसी-न-किसी दिन उस वक्त उसके यहां दस्तक दे चुके थे, जब श्यामा उसके पास आई होती थी। यह जैसे उन लोगों की आपसी साजिश थी कि आज फलां व्यक्ति उसके यहां जाएगा और आज फलां। यहां तक कि मिस रोहतगी भी, जो कि कभी उसके यहां अकेली नहीं आई थी, एक बार चक्कर लगा चुकी थी। उन सबके आने, अन्दर झांकने और मुसकराने की तरह मुंह से कहने का वाक्य भी निश्चित होता था, 'काम हो रहा है? सारी। डोंट बी डिस्टर्ब्ड।' श्यामा भी जानती थी कि वे लोग जान-बूझकर ऐसा करते हैं; पर उसे यह एक खेल की तरह लगता था, जिसका वह बुरा नहीं मानती थी। अगर कोई ऐसा व्यक्ति था, जो उस बीच नहीं आया था, तो वे थे प्रोफेसर मल्होत्रा। वे तो उस दिन की पार्टी के बाद से वैसे भी उसके सामने पड़ने से कतराते थे। पता नहीं यह फीस के प्रकरण से बचने के लिए था या किसी और कारण से। श्यामा एक बार इस तरफ इशारा कर चुकी थी, 'मुझे लगता है जीजा जी अब मेरे यहां से जाने के बाद ही आपसे मिलेंगे, इसलिए आप न चाहते हों, तो भी फीस-वीस की बात आपको

आखिर मुझी से तय करनी पड़ेगी।'

□□

उस दिन कालेज से उसे छुट्टी थी; पर दिन-भर वह घर से बाहर नहीं निकला था। कुछ देर पुराने कागज छांटता रहा था, फिर किसी से प्रजेंट में मिला सिगार सुलगाकर छांटे हुए कागजों को फाइलों में लगाता रहा था। कभी साल-छह महीने में एक बार वह यह काम कर लिया करता था, जिससे अपने आस-पास का बासीपन कुछ हद तक दूर हो जाता था और कम-से-कम एक शाम नयी शुरुआत की ताजगी में बीत जाती थी। कागजों के साथ उसी रौ में कमरों की भी सफाई हो जाती थी, कुर्सियों—मेजों को थोड़ा इधर-से-उधर सरकाकर एक नयी सेटिंग का आभास पा लिया जाता था। इसी प्रक्रिया में एक बार अपने अन्दर की यात्रा भी हो जाती थी। मुद्दत से टाले हुए संदेहों और संशयों से सामना कर लिया जाता था।

खाना खाने के बाद पूरी दोपहर उसकी क्लब-चेयर में लेटकर श्यामा के बारे में सोचते हुए बीती थी। श्यामा जब से आने लगी थी, एक दिन की भी छुट्टी या नागा उसने नहीं किया था। जैसे कोई बंदिश थी, जिसके अन्तर्गत श्यामा को हर रोज शाम को आना ही होता था और उसे घर पर रहकर उसके आने की प्रतीक्षा करनी ही होती थी। अगर श्यामा के आने के समय वह दूसरे कमरे में कुछ काम कर रहा होता, तो वह चुपचाप आकर बाहर के कमरे में बैठ जाती थी, नौकर के हाथ भी अपने आने की सूचना उसे नहीं भेजती थी; लेकिन ऐसा बहुत कम होता था कि श्यामा के चुपचाप हलके पैरों उधर आ बैटने पर उसे उसके आने का पता न चले। उस कमरे की हवा में ही कुछ ऐसा परिवर्तन आ जाता था कि वह हाथ का काम छोड़कर उस तरफ जा पहुंचता था, 'आ गयीं आप? ज्यादा देर तो नहीं हुई आये?' पर वह भी जानता था और श्यामा भी कि उसका यह सवाल झूठमूठ का होता है।

श्यामा हर रोज आती थी, हर रोज बात उसकी पढ़ाई के किसी पक्ष को लेकर ही शुरू होती थी, लेकिन कई दिन हो गए थे जब से पहले दस-बीस मिनट के बाद, जैसे एक आपसी समझौते से, वे लोग उस विषय को छोड़कर किन्हीं और ही विषयों पर बात करने लगते थे। श्यामा अधिकतर प्रोफेसर मल्होत्रा के घरेलू जीवन की चर्चा करती थी या अपनी चार साल की बिटिया की, जिसे छोड़कर आने के लिए रोज उसे नये नये बहाने सोचने पडते थे या मंडी के अपने घर की, जहां चार कमरों में वह अकेली रहती थी। वह अपने आस-पास के परिचितों के

बारे में बात करता था, उस शहर में रहने की ऊब के बारे में, या अपने कालेज के प्रिंसिपल, वाइस प्रिंसिपल और स्टाफ के बारे में जो सब-के-सब अध्यापन को एक दोमंजिला मकान बनाने का साधन मानते थे। जो दो घण्टे वे आमने-सामने बठे रहते थे, वह जैसे उन दोनों के लिए अपने-आप का लेखा-जोखा करने का समय होता था। जैसे दोनों के पास कहने की जितनी भी निरर्थक बातें थीं, उन्हें कह सकने का यह अक्सर वे खोना नहीं चाहते थे। दो अलग-अलग शहरों में रहने के कारण सामान्य सूत्र कोई न होने से वे लोग जितना खुलकर हर विषय और व्यक्ति के बारे में अपने अन्दर की भड़ास एक-दूसरे के सामने निकाल सकते थे, उस तरह हर रोज की सामाजिक जिंदगी में अपने से जुड़े हुए किसी व्यक्ति के सामने निकाल सकना सम्भव नहीं था, इसलिए जैसे वे इस स्थिति का पूरा लाभ उठा लेना चाहते थे।

फिर भी किसी-किसी समय उसे लगता था कि बात इतने तक ही सीमित नहीं है, अपने अन्दरूनी कसाव को ढीला करके एक-दूसरे के सामने इतनी तरह की बातें करने का कुछ और उद्देश्य भी है। श्यामा जिस कुर्सी पर बैठती थी, वह खिड़की के बहुत पास थी और आने के काफी बाद तक पर्दे से छनकर आती धूप उनके चेहरे पर पड़ती रहती थी, जिसमे उसके एक गाल के रोएं सुनहले हो उठते थे। धूप-छांह की झिलमिल में उसका चेहरा चमड़े के एक मुखौटे की तरह दो हिस्सों में बंटा लगता था। दोनों हिस्सों के भाव भी तब अलग-अलग तरह के नजर आते थे। एक हिस्मा काफी दूर और तटस्थ जान पड़ता था, जबकि दूसरा बहुत पास और आतुर। श्यामा के मुंह से निकलते शब्दों में भी उसे दोनों तरह की ध्वनियां सुनायी देती थीं। क्या सचमुच श्यामा के उसके पास आने और इस तरह समय बिनाने के पीछे वैसी ही कोई चाहना थी, जैसी कितनी ही बार उससे बात करते हुए उसे अपने अन्दर महसूस होने लगती थी? और श्यामा, उसके इतने पास बैठी हुई, क्या उसकी आंखों में वे डोरे देखती नहीं थी? जिस तरह कभी-कभी वह अपनी आंखों में बिना कारण एक शिकायत का भाव ले आती थी, उसमे यह लगता भी था कि वह इस सम्बन्ध में बिलकुल अनबूझ नहीं है; लेकिन वह शिकायत सचमुच की शिकायत होती थी या उसकी आंखों में दिखायी देते निमन्त्रण की परोक्ष स्वीकृति?

श्यामा उस दिन साढ़े पांच के करीब आई थी और किसी दिन इतनी देर उसने नहीं की थी। दिन-भर धूप रहने के बाद घंटा-भर पहले से हलके-हलके बादल घिरने लगे थे। वह कमरे से बाहर आकर

लान में टहल रहा था। श्यामा गेट से दाखिल होते ही उसे सामने देखकर मुसकरा दी थी। उसे शायद लगा था कि उसके देर कर देने से वह उसी की प्रतीक्षा में बाहर निकल आया है। पास आकर वह बोली थी, 'आप आज नाराज तो नहीं हैं?'

'क्यों?'

'कहते होंगे कि रोज आकर तो वक्त बर्बाद करती ही है, आज न आकर कर रही है।'

'मैं सोच रहा था आज शायद छुट्टी की है तुमने।'

'दिन तो सचमुच ऐसा है कि छुट्टी करनी ही चाहिए। मेरा मतलब है कि कमरे में बैठकर मगजपच्ची करने से छुट्टी। मैं आ रही थी, तो बहुत अच्छा लग रहा था मुझे सड़क पर चलते हुए। कैसा रहे अगर एक दिन की क्लास सड़क पर रखी जाए?'

श्यामा के स्वर में एक तरह की चुनौती थी। जानते हुए भी कि उस बस्ती में उन दोनों के साथ-साथ घूमने निकलने पर किस तरह की टिप्पणियां की जा सकती हैं, क्या वह जान-बूझकर उस चीज का खतरा उठाना चाहती थी? उसके मन में क्या सचमुच कहीं कोई डर नहीं था या वह सिर्फ उसे आजमाने के लिए एक दिखावा कर रही थी?

'मुझे कोई एतराज नहीं है,' वह उसके साहस की सीमा आंकता बोला था, लेकिन इतना सोच लो कि रास्ते में अगर पानी पड़ने लगा, तो···।'

'ज्यादा-से-ज्यादा भीग जायेंगे, इतना ही तो!'

श्यामा की आंखों में एक उपहास-सा था कि बताओ इसके बाद और किस चीज का डर दिखा सकते हो मुझे?

'चाहो, तो एक छाता साथ में ले सकते हैं।'

आंखों का भाव श्यामा के होंठों पर फैल आया, 'कितना अजीब लगेगा कि बारिश में भीग रहे हैं, मगर छाता हाथ में लिए हुए। छाते से बचाव कितना होता है?'

वह जिस तर्क से चल रही थी, उसे उसकी सीमा तक निभाना चाहती थी। वह उसे और अक्सर न देकर गेट की तरफ बढ़ गया था, 'मैं यह मानकर चल रहा हूं कि कम-से-कम इस वजह से अब लौटने की बात नहीं करोगी।'

□□

उसका घर बस्ती के एक सिरे पर था। एक तरफ एक ही तरह के बने पीले मकानों की कतारें थीं, दूसरी तरफ ऊंची-नीची जमीन जहां नये

घर बन रहे थे। गेट से कुछ ही कदम आगे जाकर वह दोराहा था, जहां से एक रास्ता वाटर-वर्क्स की तरफ जाता था, दूसरा खेतों की तरफ। वाटर-वर्क्स उस बस्ती की सबसे बड़ी सैरगाह थी जहां बैठने के लिए एक बड़ा-सा शेड और कई-एक बेचें भी थीं। बस्ती के सब अधेड सुबह-सुबह वहां का चक्कर लगाने जाते थे। शाम को कालेज के लड़कों और लड़कियों के अलग-अलग गिरोह वहां सामूहिक चुहलबाजी करते नजर आते थे, क्योंकि उनमें से आधे से ज्यादा उसे जानने वाले थे, इसलिए काफी हद तक. सम्भावना थी, वह उन लोगों की उस शाम की तफरीह का साधन बन जाए।

मगर श्यामा दोराहे से वाटर-वर्क्स की तरफ नहीं मुड़ी, खेतों की तरफ चल दी। नयी मकानियत की बिखरी हुई ईंटों और गारे-मिट्टी से किसी तरह बचते हुए वे कच्ची सड़क पर आ गए। खुदी नींवों में काम करते मजदूरों को छोड़कर दूर तक कोई भी व्यक्ति नजर नहीं आ रहा था। दोनों चुपचाप चल रहे थे। ज्यों-ज्यों मकानियत पीछे छूट रही थी श्यामा की चाल में अधिक निंश्चिन्तता आती जा रही थी। पहले वह उससे तीन-चार फुट आगे चल रही थी। अब उसके बराबर आती बोली, 'दो-चार बूंदें पड़ते ही मिट्टी से कितनी प्यारी बास उठने लगती है!' मिट्टी की बास तो थी ही, उसके अलावा एक और भी बास थी वहां, उतनी ही मद्धिम। फुहार-मिली हवा के झोंके में उसने उस बास को पहचाना। बास श्यामा के रूखे बालों की थी। वे लोग अब उन कंटीले तारों के साथ-साथ चल रहे थे, जिनके उस तरफ खेत थे।

'मगर ज्यादा बरस जाए, तो बास-वास कुछ नहीं रहती। कीचड़-ही-कीचड़ हो जाती है।' उसकी इस बात से श्यामा को झटका-सा लगा, लेकिन वह बिना कुछ कहे खेतों की तरफ देखती उसके साथ-साथ चलती रही। कुछ दूर आगे जाकर कच्ची सड़क भी समाप्त हो गयी। अब सामने भी खेत थे और उन्हें सड़क से अलग करते वैसे ही कंटीले तार।

'अब?' उसने श्यामा की तरफ देखा, 'यहां से आगे कैसे जाएंगे?'

'क्यों?' श्यामा अपना हठ बनाए रखती बोली, 'तारों को लांघ नहीं सकते क्या?' सड़क पर आने के बाद से ही वह काफी बड़ी बन गई थी और जैसे उसके साथ नहीं, उसे साथ लेकर चल रही थी।

'मुझे अपने लिए डर नहीं है, उसने उसके बड़प्पन को अपने बड़प्पन से ढकते हुए कहा।

'मेरे लिए मत डरिये। वहां तार थोड़ा नीचे है। मैं वहां से पार कर सकती हूं।'

वह बिना और कुछ कहे कूदकर तारों को पार कर गया। उधर से हाय बढ़ाकर बोला, "मैं मदद करूं?"

'नहीं, में पार कर लूंगी।' श्यामा ने एक बार कोशिश की कि साड़ी को किसी तरह संभालकर तारों के ऊपर से लांघ आए, पर तार इतने नीचे नहीं थे। दूसरी बार की कोशिश में वह साड़ी को छोड़ती हुई संकोच के साथ पीछे हट गई। उछलना चाहते ही उसकी टांगें जांघों के ऊपरी हिस्से तक पेटीकोट से बाहर उधड़ आई थीं।

वह उसकी कोशिश पर हंसने जा रहा था, जब यह वाक्य सुनकर उसकी हंसी गले में रह गई, 'तुम चलो न आगे, खड़े क्यों हो वहां?' इसमें जहां एक झिड़की थी, वहां एक निकटता का दावा भी था। तो क्या श्यामा को लगा था कि वह उसे उस उपहासास्पद स्थिति में देखने के लिए जान-बूझकर वहां खड़ा रहा था? अगर ऐसा था, तो उसने पहले ही क्यों नहीं उससे आगे चलने को कह दिया था? और असावधानी के उस एक क्षण में उसने श्यामा को जितना देखा, क्या वह उसी के कारण था कि उसके कान गरम हो उठे थे और कनपटियां अन्दर से आवाज करने लगी थीं? श्यामा की आंखों में कुछ ऐसा था, शिकायत से बढ़कर, कि वह चुपचाप मुंह मोड़कर खेतों की पगडंडी पर आगे चलने लगा। मगर चलते हुए भी वह जैसे पीठ से सब-कुछ देख रहा था कि फिर उसी तरह श्यामा ने तारों पर से उछलने की एक और कोशिश की है, कि इस बार भी अपनी कोशिश में वह सफल नहीं हो सकी, कि तारों के उस तरफ अब वह असहाय भाव से खड़ी उसे देख रही है, सोच रही है कि उसे आवाज देकर रोक ले या नहीं। कुछ देर उसी तरह चलते रहने के बाद उसे लगने लगा कि श्यामा अब तक उस तरफ खड़ी नहीं रही, पार करने की कोशिश में उसकी साड़ी तारों में उलझ गयी है, वरना वह जितना आहिस्ता चल रहा था, उसे देखते हुए कोई कारण नहीं था कि वह अब तक उसके बराबर न पहुंच जाती। मगर रुका वह फिर भी नहीं, न ही उसने पीछे मुड़कर देखा ही। देखा जब पीछे से श्यामा की आवाज सुनायी दी, 'सुनो!'

वह आवाज श्यामा की परिचित आवाज से काफी अलग और बारीक थी। उसने देखा कि श्यामा तारों को पार कर आई है, पर इस तरफ आकर जमीन पर बैठी न जाने क्या ढूंढ़ने या ठीक करने की कोशिश कर रही है।

'क्या हुआ?' वह उसकी तरफ लौट पड़ा।

'मैं समझती हूं अब हमें लौट चलना चाहिए।'

क्यों, पैर में मोच-ओच आ गई क्या?'

'नहीं, ऐसा कुछ नहीं हुआ।'

'तो?'

साड़ी तार से उलझकर फट गई है।'

वह उठ खड़ी हुई। साड़ी बार्डर के पास से फटा थी। फटे हिस्से में उसने गांठ दे ली थी।

'मैंने कहा था तुमसे।'

वह मुसकरा दी, 'बड़ों की बात न मानने का यही नतीजा होता है।'

और लौटने की बजाय वह पगडंडी पर आगे चलने लगी, 'तुम मुझसे बड़े हो न?'

'अभी तुम लौटने को कह रही थीं?' वह बोला।

'हां, लेकिन लौटने के लिए फिर से तार पार करने पड़ेंगे, उस मुसीबत का सामना अभी इतनी जल्दी नहीं। तुमने बताया नहीं। मुझसे कितने बड़े हो तुम?'

'कितना बड़ा हूं, यह कैसे बता सकता हूं? इस नवंबर में तीस का हो जाऊंगा।'

'तब तो तुम मुझसे जरा भी बड़े नहीं हो।'

'नहीं हूं?'

'बल्कि एक तरह से मैं ही तुमसे बड़ी हूं।'

यह रोज उसके पास पढ़ने आने वाली श्यामा नहीं थी, उसके सामने की कुर्सी पर बैठकर उसे एक ऊंचाई पर देखने वाली। वहां खुले में उसके साथ चलती हुई वह कोई और ही स्त्री थी, जो बिलकुल दूसरे धरातल पर आकर उससे बात कर रही थी।

'कितनी बड़ी?' वह फिर भी अपनी ऊंचाई कायम रखता बोला।

'कई साल,' श्यामा हलके-से हंस दी, 'मैं पिछले महीने सत्ताईस की हो चुकी हैं। लेकिन चौदह-पंद्रह साल की उम्र से लड़कियां लड़कों से कहीं तेजी से बड़ी होने लगती हैं और फिर उम्र-भर उन्हें अपने बराबर नहीं आने देतीं।

फुहार की जगह अब हलकी-हलकी बूंदें पड़ने लगी थीं। वे लोग पगडंडी के उस हिस्से पर आ गए थे जहां दोनों तरफ दूर तक सरकंडे उगे थे। श्यामा फिर उससे आगे-आगे चल रही थी। बीच-बीच में जैसे उसे प्रोत्साहित करने के लिए मुड़कर पीछे देख लेती थी।

'आज सचमुच लग रहा है कि तुम आदिवासियों के बीच पलकर बड़ी हुई हो,' उससे आंख मिलने पर वह बोला, 'लेकिन यह आदिम पगडंडी

जाती कहां है, इसका भी कुछ पता है?'

'सरकडों के उस तरफ आगे एक रहंट है। मैं एक बार पहले भी दिन में वहां तक जा चुकी हूं। जीजा जी के घर की तरफ से आये, तो रास्ते में तार नहीं पड़ते। उस दिन वहां मुझे भुनी हुई मक्की खाने को मिल गई थी।'

'उस बार अकेली आई थीं या···?'

श्यामा का सिर तेजी से उसकी तरफ मुड़ गया, 'और किसके साथ आती? जीजा जी तो दिन-भर घर पर रहते नहीं और दीदी को घूमने का शौक ही नहीं है। इस लिहाज से सिर-फिरी अकेली मैं ही हूं। आज भी अगर मैं ही खींचकर न लाती, तो क्या तुम भी निकलते इस वक्त बाहर?"

पगडंडी काफी संकरी हो गई थी जिससे वे लोग आगे-पीछे ही चल सकते थे। श्यामा के ब्लाउज की पीठ पर बूंदों की एक जाली-सी बन गई थी, जिससे ब्रेसियर की पट्टी के ऊपर-नीचे का हिस्सा पहले से ज्यादा पार-दर्शक हो गया था। अन्दर से झलकती खाल जैसे बूंदों को अपने में पी रही थी, सूखी मिट्टी-जैसा ही कुछ था उसके रूखेपन में। श्यामा को बिना पीछे देखे भी इस बात का आभास हो रहा था शायद कि उसकी आंखें उसकी पीठ पर अटकी हैं, क्योंकि पगडंडी जरा खुली होते ही वह उसके बराबर आकर चलने लगी। अपने पल्लू को भी जो बार-बार उसके शरीर से छू जाता था, उसने थोड़ा समेट लिया; लेकिन उस तरह चलने से उसकी अधनंगी बांहों के रोएं उसके रोओं से टकराने लगे। कुछ ही कदम उस तरह चलने के बाद श्यामा ने उसे अपने से आगे निकल जाने दिया।

'क्या सोच रहे हो?' कुछ देर में श्यामा ने ही फिर से बात शुरू की।

'पता नहीं क्या? शायद कुछ भी नहीं।'

'कुछ न सोचना तो सम्भव ही नहीं है। मेरा खयाल है मेरे बारे में कुछ सोच रहे हो।'

'तुम्हारे बारे में क्या?'

'पता नहीं क्या; पर जिस तरह अचानक तुम चुप हो गए···।'

वह रुक गया। श्यामा भी उसके बराबर आकर खड़ी हो गई।

'उस दिन प्रोफेसर मल्होत्रा के बारे में जो बात बता रही थीं तुम···।' वह कहने लगा।

'मैं जानती थी तुम यही बात सोच रहे हो। अगर थोड़े में उत्तर दूं, तो कह सकती हैं कि उनके जो रंग-ढंग हैं इन दिनों उनसे मुझे लगता है, मुझे वक्त से पहले लौट जाना होगा यहां से। अच्छा किया तुमने पूछ लिया, नहीं तो अपनी तरफ से बताने में मुझे संकोच होता। कई दिन से

सोच रही थी कि यह बात कैसे तुम्हारे सामने रखूंगी कि मैं अपनी आखिरी पंद्रह दिन की छुट्टी कैंसिल कर रही हूं।' श्यामा का चेहरा अपने अन्दर के भाव से इस तरह तमतमा आया था कि पल-भर के लिए उसे लगा जैसे उनकी छुट्टी कैंसिल करने में प्रोफेसर मल्होत्रा के अतिरिक्त वह भी एक कारण हो।

श्यामा आगे चलना चाहती थी, पर वह थोड़ी देर और उसी तरह रुका रहा, 'मैं इतनी बात और तुमसे जानना चाहता हूं कि...।'

अचानक मोटी-मोटी बूंदें गिरने लगीं। श्यामा बिना उसका वाक्य पूरा होने की प्रतीक्षा किए आगे चलने लगी, 'पहले रहंट तक पहुंच जाएं फिर जो बात जाननी हो, जान लेना।'

मगर वे लोग दस-बीस कदम भी नहीं बढ़े थे कि जोर की बारिश होने लगी। वह श्यामा को बांह से पकड़ कर दौड़ने लगा। सरकंडे वाला रास्ता समाप्त हो चुका था और रहंट अब कुछ ही दूर सामने नजर आ रहा था। श्यामा उसके साथ पैर मिलाने की चेष्टा करती हुई भी नीचे की चिकनी मिट्टी पर अपना संतुलन नहीं रख पा रही थी। उसकी बांह के खिंचाव से बार-बार एक झटका-सा लगता था और आशंका होती थी कि दोनों ही एक-साथ फिसलकर मिट्टी में लथपथ न हो जाएं। एक बार के झटके में श्यामा की बांह उसके हाथ से छूट गई। साथ ही उसके शब्द सुनाई दिए, 'तुम निकल जाओ आगे। मुझसे इस तरह नहीं चला जाएगा।'

उसने रुककर पीछे देखा। उसे पहली बार अहसास हुआ कि साड़ी में गांठ देने के बाद श्यामा को एक-एक कदम आगे रखने में कितना एहतियात बरतना पड़ रहा है। उसके रुकने के साथ ही वह रुक गई, पर शायद किसी और कारण से। कपड़े खाल से चिपक जाने से उसके शरीर की रेखाएं उघड़ आई थीं। खाल का सांवलापन साड़ी के धानी रंग में घुल-मिल गया था। इससे उसकी आकृति इतनी बदल गई थी कि वह रोज उसके यहां आने वाली श्यामा से ही नहीं, थोड़ी देर पहले पगडंडी पर साथ चलती श्यामा से भी बहुत भिन्न लग रही थी। वह एक शरीर मात्र था, भीगे कपड़ों में लिपटा स्त्री का शरीर, जो जैसे मिट्टी के अन्दर से ही सरकंडों और घास की तिगलियों की तरह बाहर उग आया था।

□□

बांद्रा। ब्रेक लगने से चीखते गाड़ी के पहिये।

अभी-अभी कुछ रिसती हुई झोंपड़ियां सामने थीं। भिड़ों के एक बड़े-से छत्ते जैसी एक इमारत थी, जिसमें रस्सी पर कपड़े सूख रहे थे। एक पुल था ऊपर की तरफ, जहां से मोटरें और बसें गुजर रही थीं। एक

न्योन लाइट्स की कतार थी लम्बी-सी। कई प्लेटफार्म थे खचाखच भीड़ से भरे और अब वैसा ही एक और प्लेटफार्म सामने था, जहां उसे उतरना था।

गाड़ी के रुकने के पहले ही कुमार अपनी सीट से उठ गया। खिड़की की ठण्डी सलाख उसकी कुहनी में उभर आई थी। दरवाजे के पास काफी भीड़ थी। अपने लिए रास्ता बनाने में उसे काफी संघर्ष करना पड़ा। उसने प्लेटफार्म पर पांव रखा ही था कि गाड़ी व्हिसल देकर आगे चल दी। कुछ ही क्षणों में आसपास की भीड़ के साथ वह बाहर स्टेशन के अहाते में पहुंच गया। विजिट ख़जुराहो। शालीमार पेंट्स। दो या तीन बच्चे, बस।

वह भीड़ से निकल आया था, फिर भी जैसे कोई चीज पीछे से लगातार उसे धकेल रही थी। जिस प्लेटफार्म पर वह उतरा था, उससे पीछे के दो प्लेटफार्मों पर एक-साथ दो तरफ से दो गाड़ियां आ गई थीं। आस-पास से गुजरती आकृतियों में छातों और रेन कोटों की संख्या अब काफी नजर आ रही थी। जैसे इतनी ही देर में पूरे शहर ने अपने को मानसून से लड़ने के लिए लैस कर लिया था। वह अहाते से सड़क पर आया, तो चारों तरफ उसे एक उदास भीगापन महसूस हुआ। शायद सड़क का मैल धुल जाने की वजह से। पर इससे सड़क पहले से और बदरंग निकल आई थी। यहां-वहां मुट्ठी-मुट्ठी-भर गड्ढों में जमा पानी, जगह-जगह कोलतार की बिगड़ी हुई रंगत, एक आदमी का चेहरा वैसा होता, तो उसके लिए किसी सैनेटोरियम में जगह ढूंढ़ी जाती। सामने एक गीली बस चलने के लिए तैयार खड़ी थी। बहुत-से लोग उस तरफ बढ़ रहे थे। हरे रेनकोट वाली वह लड़की भी जो अभी-अभी गाड़ी में उसके साथ बैठी थी।

बारिश रुकी होने से लड़की ने रेनकोट उतार लिया था और बहुत नाप-नापकर कदम रखती चल रही थी। ऊंचा कद, दमठोंक गोलाइयां, सीधी-सधी हुई चाल। मेक-अप से कमीज-चूड़ीदार तक हर चीज में एक भड़कीलापन। बस के दरवाजे के पास वे लोग साथ-साथ पहुंचे। साथ-साथ अन्दर दाखिल हुए। सीटें तब तक सब रुक चुकी थीं। और भी कुछ लोग चमड-दस्तों को थामे खड़े थे। वे दोनों भी उनमें शामिल हो गए।

बस के स्टार्ट होने के साथ ही कुमार ने मन में स्टाप गिनना शुरू कर दिया। वहां से आठवें स्टाप पर उसे उतरना था। उसके बाद भी अपने कमरे में पहुंचने तक आधा किलोमीटर चढ़ाई का रास्ता पैदल तय करना था।

सड़क, रोशनियां, दुकानें, होर्डिंग। बेटर बाई कैप्स्टन। ड्रीम गर्ल

हेमा मालिनी। डाक्टर पंडारकर्ज मैटर्निटी होम। बस का इंजन काफी आवाज कर रहा था। लग रहा था कि बस पीछे से धुआं भी छोड़ रही होगी। भीड़ का दबाव इतना था कि गरदन इधर से उधर करना मुश्किल था। लड़की का शरीर बुरी तरह उसके साथ सट गया था। उसके शरीर पर कसे हुए रेशम की वजह से उसके साथ सटकर खड़े होना लगातार रंगीन गुब्बारों से सहलाए जाने की तरह था। एक बांह उठी रहने से लड़की की बगल का भीगा हिस्सा नजर आ रहा था, जहां कपड़ा खस्ता होकर बदरंग हो गया था। दोपट्टे से उस हिस्से को ढंके रहने की उसकी कोशिश बस की लगातार बदलती रफ्तार के कारण सफल नहीं हो पा रही थी। कोई हलका-सा सेंट भी था उसके कपड़ों में, पर पसीने की कड़वी गंध उस गंध पर हावी थी।

एक जगह तेज ब्रेक लगने से लड़की लगभग उसके ऊपर गिर आई। दोनों के मुंह से एक साथ निकला, 'सारी'। लेकिन दोनों में से किसी ने दूसरे की तरफ नहीं देखा।

एक-एक स्टाप का अपना एक-एक निशान था। पहला पुणे अल्पा-हार।

दूसरा शिवा जी बीड़ी। तीसरा विश्वास केश-कर्तनालय—।

हर स्टाप पर दो-तीन शरीर पीठ या बांहों को रगड़ जाते थे। एक बार कई शरीरों का एक साथ दबाव आ पड़ने से लड़की की भौंहें तन गयीं, 'उफ्!'

आबादी बहुत बढ़ गई है,' पास खड़े एक व्यक्ति ने सहानुभूति प्रकट की। लड़की पहले से थोड़ा सिमटकर खड़ी हो गई।

'मानसून बहुत खराब मौसम है।' किसी दूसरे ने कहा।

'आदत होने की बात है।'

अभी परसों एक लड़का ऐसी ही भीड़ में बस से गिर गया था। महा-लक्ष्मी के पास।

'उधर गुंडागर्दी भी बहुत होती है।'

लड़की ने दोपट्टा ठीक से बगल में लपेट लिया। एक पास से गुजरती बस ने अन्दर को छीटे उड़ा दिए, 'आउच्।' लड़की पल-भर आंखें मूंदे रही, फिर उसने नीचे से ऊपर तक अपने को देख लिया। उसे तसल्ली हुई कि कोई छींटा उस पर नहीं गिरा था। उसने रेनकोट वाली बांह ऊपर उठा ली जिससे उसका हैंड-बैग झले की तरह हिलने लगा।

'इट्स हारीबल।' आंख मिलने पर लड़की ने उससे पहली बात की।

'क्या चीज, बारिश?'

'नहीं, यह बस का सफर।'

और दो स्टाप। कैडबरीज मिल्क। एम् एम् फोम। इस बीच वह सिर्फ एक बार उसकी तरफ देखकर मुसकराई, क्योंकि कोई कह रहा था, 'आबादी कम करने क दो ही तरीके हैं, या तो शहर पर बम गिराये जाएं या यहां के लोगों को बरफ के घरों में रखा जाए।'

अगला स्टाप आने से पहले वह 'प्लीज' कहकर दरवाजे की तरफ बढ़ने लगी। कुमार ने जगह देने की काफी कोशिश की, फिर भी पीछे का दबाव इतना था कि जाते-जाते लड़की की छातियां उसकी बांह से रगड़ गयीं, फिर एक बार दोनों ने एक साथ कह दिया, 'सारी।' स्टाप आ गया था। ग्लूकोज ग्लैक्सो।

लड़की जब तक दरवाजे के पास पहंची, तब तक बाहर के लोग अंदर आने लगे थे। उनसे जूझते हुए उतरने की कोशिश में उनकी जो आवाज सुनाई दी, वह काफी सख्त और तीखी थी, फर्स्ट लेट मी गेट डाउन प्लीज। आई से, यू वेट देयर। डोंट यू सी ए लेडी इज गेटिंग डाउन?' बम के चलने से पहले एक बार उसकी झलक और दिखाई दे गई, कै स्टन ने वीकट के सामने से गुजरते हुए। वही नाप-नापकर रखे गए कदम। मिनट-भर पहले का सफर वह अब पीछे छोड़ चुकी थी।

कुमार अपने स्टाप पर उतरा, तो बूंदाबांदी फिर शुरू हो गई थी। एक तरफ समुद था, दूसरी तरफ माउंट मेरी हिल। उसी पहाड़ी के एक पुराने खस्ताहाल बंगले में उसे जाना था, लेकिन बारिश के कारण, या समुद्र-तट के खिचाव की वजह से या शायद सिर्फ चाय की जरूरत से, वह पहाड़ी की तरफ न जाकर समुद्र के किनारे बसे उन ईरानी ढाबे में चला गया जहां कई बार सुबह नाश्ते के लिए जाया करता था। वहां की खिड़कियों से चट्टानों से ढका तट दूर तक देखा जा सकता था। समुद्र ज्वार पर होता था, तो वहां बैठकर चाय पीते हुए लगता था किसी जहाज़ की केबिन में सफर करते हुए नीचे उमड़ी लहरों को ताक रहे हैं।

ढाबे के बेसमेंट में, जहां वह बैठा करता था. उस वक्त कोई भी नहीं था। समुद्र उतार पर था, इसलिए उस झुटपुटे में भीगी रेत और काली चट्टानों का फैला सिलसिला खाली और भावहीन लग रहा था। अकेली चट्टानें, एक-दूसरी के ऊपर लदी हुई चट्टानें, सब-की-सब उस खामोश विस्तार में खोई हुई, निरर्थक। पास की एक चट्टान पर तीन-चार मुर्गा-बियां, शायद पानी के किनारे की तरफ लौटने की प्रतीक्षा में, उतनी ही निरर्थक। वह सोचने लगा कि पास जाकर वह उन्हें उड़ाने की कोशिश करे, तो वे किस तरफ को उड़ेंगी, समुद्र की तरफ या उस स्याह पड़ती

चिमनी की तरफ जो किनारे से थोड़ा इधर धुआं छोड़ती नजर आ रही थी?

उसकी चाय आ गई थी। उसने जल्दी से एक जलता घूंट भर लिया। ऊपर टीन की छत पर बूंदें जोर की आवाज करने लगीं।

□□

बरतते पानी में जैसे तैरकर आती ब्रांच लाइन की छोटी-सी गाड़ी। पहले इंजन एक धब्बे की तरह उनकी तरफ बढ़ रहा था, फिर उसके पहिये और गरारियां नजर आने लगी थीं। छोटे-छोटे लाल डब्बों की कतार को खींचते हुए आगे बढ़ने में उसे काफी संघर्ष करना पड़ रहा था। उसकी आवाज एक हांफते हुए बुड्ढे मजदूर की-सी थी जो मजबूरी का बोझ ढोने के कारण मुंह में जाने क्या बड़बड़ा रहा था।

थोड़ी दूर, रेल की पटरी के उस तरफ, ईंटों के भट्ठे थे। दो भैसें, जिनकी चमकती स्याह खालें और कांपती मांसपेशियां नसों में हलकी हलकी उक्साहट भर देती थीं, बारिश में भीगती हई बिलकूल पथराई सी खड़ी थीं। श्यामा पहले उन्हें देख रही थी, फिर आंखों में बच्चों का सा उत्साह लिए सामने से पटरी पर आती गाड़ी को देखने लगी थी। गाड़ी उनके पास से निकलकर कोरियों के पीछे ओझल हो गई, तो उसकी आंखें दूसरी तरफ मुड़ गई। जैसे कि दूर तक के बरसते विस्तार में वे कुछ ढूंढ़ रही थीं, पानी के झिलमिल पर्दे के एक-एक तार में, उन तारों की पूरी बुनावट में और उससे भी परे आकाश के उस हिस्से में जहां इक्का-दुक्का पेड़ों की धुंधली रेखाएं नजर आ रही थी और उनकी पृष्ठ—भूमि में कुछ और धुंधली रेखाएं, तार के खम्भों और पक्के एक-मंजिला मकानों की।

रहंट पर उन दोनों के सिवा कोई नहीं था। कच्ची क्यारियों को रौंदते हुए जब वे वहां पहुंचे थे, तो खपरैल के नीचे रखी एक चारपाई को छोड़कर और कोई आसरा भी उन्हें नहीं मिला था। कोठरियों के दरवाजे बाहर से बंद थे। जो कोई भी वहां रहता था, वह शायद उन्हीं की तरह कहीं और बारिश में घिर गया था।

उस अकेली जगह पर, एक अकेली चारपाई के दो सिरों पर पास-पाम बैठकर शुरू से ही लग रहा था, जैसे समय के किसी और सन्दर्भ में वह घर-जमीन सब-कुछ उनका अपना हो, जहां से अपने घंटा-भर पहले तक के जीवन को भी दूर अतीत की तरह देखा जा सकता हो। श्यामा अन्तर्मुख आंखों से रंहट के डोलचों को ताकती हुई उसे प्रोफेसर मल्होत्रा के बारे में बता रही थी, 'पता नहीं मेरे साथ ही ऐसा व्यवहार करते

रहे हैं या इनका स्वभाव ही ऐसा है। शादी के बाद जब पहली बार हमारे यहां आये थे, तब मैं बारह-तेरह साल की थी। तब भी जिस तरह मुझे अपने साथ सटाकर बात किया करते थे, उससे मुझे अच्छा नहीं लगता था। बाद में जब मैं पन्द्रह-सोलह साल की थी, तब एक बार इन्होंने ऐसी कोशिश की थी कि मुझे इन्हें डांट देना पड़ा था। उस वक्त इन्होंने बहुत मिन्नत की थी कि मैं किसी से कहूं नहीं, ये आगे कभी मुझे शिकायत का मौका नहीं देंगे। उसके बाद बहुत दिनों तक हम लोगों का इनसे पत्र व्यवहार भी नहीं रहा। मेरे विवाह पर इन्होंने एक तार दिया था, फिर मुझे एक पत्र लिखा था देव के गुजरने की खबर पाकर, लेकिन जब से मैंने मंडी में नौकरी की है, तब से दीदी के बहुत पत्र आने लगे थे। पता नहीं वे खुद चाहकर लिखती थीं या इनके कहने से लिखना शुरू किया था उन्होंने। मैं एम॰ ए॰ की तैयारी कर रही हैं, यह जानकर दीदी ने ही यहां आने के लिए लिखा था मुझे। मैं भी यह सोच कर चली आई थी कि इतने साल बीत गए हैं, परिस्थितियां भी बहुत बदल गई हैं, अब कोई उस तरह की बात इनके मन में नहीं होगी, लेकिन यहां आकर लगा कि इनके लिए यही मौका है। जैसे रात को देर-देर तक बातें करना, मेरा हाथ हाथ में लेकर उसकी रेखाएं पढ़ना। मेरा तुम्हारे यहां आना इन्हें बर्दाश्त करना पड़ता है, मगर लौटने में जरा भी देर हो जाए, तो ऐसी नजर से देखते हैं, जैसे मेरी साड़ी की एक-एक सलवट का लेखा-जोखा कर रहे हों मन में। कल की शाम मैं तुम्हारे यहां से गई, तो दीदी घर पर नहीं थीं। बच्चों को साथ लेकर किसी के जन्म-दिन की पार्टी में गई थी। जाना इनको भी था, पर ये काम के बहाने घर पर रह गए थे। मेरी बिटिया भी दीदी के साथ गई थी। मुझे देखते ही इन्होंने डांटना शुरू किया कि मैं इतनी-इतनी देर से तुम्हारे यहां से लौटती हूं, पता है बस्ती में इसे लेकर क्या-क्या बातें हो रही हैं? कहा उन्होंने इस ढंग से कि मेरा रोना छूट गया। इस पर वे पास आकर मुझे चुप कराने के बहाने पहले सिर पर, फिर कन्धों पर हाथ फेरने लगे और धीरे-धीरे···मेरे परे धकेलने से लड़खड़ाकर गिर गए होते, पर संभल गए किसी तरह। मैं अपने बकसे उसी वक्त पैक करने जा रही थी, पर एक तो दीदी के खयाल से रुक गई, दूसरे सोचा साधारण ढंग से जाना ही ठीक होगा, दो-एक दिन और रुककर।'

एक कनखजूरा चारपाई के पास सरसरा रहा था। उसे उसने जूते की नोक से परे उछाल दिया। सिगरेट की जरूरत महसूस होने से जेब से डब्बी निकाली, लेकिन सब सिगरेट भीगकर बेकार हो गए थे। डब्बी को भी उसने कनखजूरे के पास उछाल दिया। श्यामा कुछ देर रुककर

उसकी तरफ देखती रही, फिर बोली, पता नहीं तुम्हें लेकर क्यों उनके मन में इतना मैल है। जिस तरह इस खपरैल से मिट्टी और गोबर नीचे चू पड़ता है, उसी तरह उनके अन्दर का मैल बाहर फूटता रहता है। तुमने फीस की बात टाल दी थी, उसका भी उनके मन में कुछ दूसरा ही अर्थ है। दो दिन पहले फिर एक बार वे लता की बात ले बैठे थे। कह रहे थे कि उसकी शादी इसलिए जल्दी कर दी गई कि तुमसे उसके··· तुम्हें बुरा तो नहीं लग रहा क्यों, मैंने फिर से लता की बात छेड़ दी है?"

श्यामा की आंखों में कुछ था। एक तरह का अपनापा और उसमें मिली हुई उदास-सी उत्सुकता। इसके अतिरिक्त उन वातावरण में कुछ था। चारों ओर क खुलापन, भीगापन और शाम का गहराता रंग। वह बांहें पीछे रखे लता के बारे में सभी कुछ श्यामा को बतलाने लगा था कि उस दुबली-सी लड़की को केन्द्र में रखकर कैसे उसने आगे के जीवन की कल्पना का ताना-बाना बुना था, 'शारीरिक आकर्षण से हटकर एक और आकर्षण होता है, व्यक्तित्व का चुंबक-आकर्षण, जो शारीरिक आकर्षण से कहीं अधिक मन को खींचता है। उस आकर्षण का अनुभव मुझे पहली बार उसी को लेकर हुआ था।'

□□

बस्ती वही थी, लेकिन पर दूसरा था। बाहर सेहन में किसी की भी साइकिल आकर रुकती थी, तो दिल की धड़कन बड़ जाती थी। वह कांपते हाथों मे दरवाजा खोलता। लता मुसकराती हई अन्दर आती और दरवाजा बन्द होते ही आंखें मूंदकर बांहें उनके कंधों पर रख देती। बांहों में कम लेने पर लता का दुबला शरीर और भी दुबला प्रतीत होता था। जैसे कि उतने दबाव से ही वह पहले से आधा रह जाता था। ऐसे कुछ क्षणों में उसे अपने पर आश्चर्य भी होता था। क्या चीज थी उन मुट्ठी-भर हड्डियों में जो उसे इस तरह अपनी ओर खींचती थी? लतः कई बार पूरी-पूरी दोपहर उसके साथ गुजराती थी। उससे बात करती हुई, या बात न करके उसके माथे, होंठों, गालों को हाथों और होंठों से सहलाती हई। अपने-आप को भी वह पूरी तरह उसके हवाले छोड़ देती थी। केवल एक सीमा थी, जहां आकर वह पीछे हट जाती थी, 'अभी नहीं।' लता का यह हठ उसे अच्छा भी लगता था, उस पर उसका विश्वास इससे और गहरा होता था। वह ब्याह की बात करता, तो लता गहरी नजर से उसे देखकर मुसकरा देती और कभी 'हां' और कभी 'न' के रूप में सिर हिला देती। असल में वह क्या सोचती-चाहती थी, इसका वह अनुमान नहीं लगा पाता था। एकाध बार उसने

नाराज होकर बात की, तो लता का चेहरा जिस तरह का हो आया, उसके होंठ जिस तरह फीके पड़ गए, माथे की नसे जिस तरह कांपने लगी और आंखें भीड़ में खो गए बच्चे जैसी हो रहीं, उससे उसे डर-सा लगा कि कहीं उसे हिस्टीरिया का दौरा न पड़ जाए। वह जानता था. लता अन्दर-ही-अन्दर एक दुविधा में है। घर में शासन करने वाली उसकी मां थी। वह मां से डरती थी और मां के कहने से एक सिविल इंजीनियर से उसकी शादी करने की बात तय हो चुकी थी। लता उस शादी से इंकार करना चाहते हुए भी यह बात जबान पर नहीं ला पाती थी। एक बार जब वह चाय पर उनके यहां गया, तो मां ने लता के सामने ही उससे कहा था, 'यह शादी के लिए टालमटोल करती रहती है, आप भी इस समझाइए। आपसे पढती रही है, उम्र का चाहे उतना फर्क नहीं है, फिर भी उस रिश्ते से आपकी बेटी की तरह है। आपकी इज्जत भी बहत करती है। आप समझाएंगे, तो समझ जाएगी। उन लोगों ने इतने दिन मेरे कहने से इन्तजार किया है, पर सालहा-साल तो वे इन्तजार में नहीं बैठे रहेंगे?' उस शाम उनके घर से आकर वह चौरस्ते पर इस तरह खड़ा रहा था, जैसे कि दिमाग में सड़कों का हिसाब ही न बन रहा हो। जब चाय पर बुलाया गया था, तो उसने मन में कुछ और ही सोचा था, लेकिन'—। अपने घर में लता का रूप भी उसे बिलकुल और-सा लगा था। वहां उसने उससे काफी दूरी बनाए रखी थी। व्यवहार में भी, बातचीत में भी। उसकी बड़ी बहन तो बार-बार कमरे में आकर इस तरह संदेह-भरी दृष्टि से उसे देखती थी, जैसे कि उसके वहां रहते कमरे की कोई भी चीज उसे सुरक्षित नहीं लग रही हो। जब मां ने वह बात कही थी, तो लता गुम-सुम होकर एक तरफ देखती रही थी। कुछ क्षणों के लिए उसके साथ कमरे में अकेली होते ही वह कुछ कहने को हुई थी, लेकिन तभी मां के लौटकर आ जाने से उसके शब्द गले में ही अटके रह गए थे। उसके बाद वह एक ही बार और उनके यहां गया था। तब जब लता कुछ दिन बुखार में पड़ी रही थी। उस बार किसी ने उसका आना पसन्द नहीं किया था। लता की मां ने तो उससे बात तक नहीं की थी। वह कुछ ही देर बैठकर वहां से लोट आया था। लता से वह अकेले में इतनी ही बात कह पाया था. 'देखो, अब जल्दी से ठीक हो जाओ, ईश्वर के लिए—।' लता ने बुखार में भी मुसकराने की कोशिश की थी, ईश्वर के लिए? तुम्हारे लिए नहीं?

उस दिन घर लौटकर उन शब्दों को मन में दोहराते हुए उसे लगता रहा जैसे उसे भी हलका बुखार हो आया हो।

उस दिन लता बहुत दिन के बाद उसके यहां आई थी। बुखार से उठने के बाद पहली बार। जुलाई की उमस में उनींदी रात काटकर वह दिन में सोने की कोशिश कर रहा था। बाहर साइकिल की आवाज उसे इस तरह लगी, जैसे नींद में ही सुनी हो। दरवाजे पर दस्तक होने से वह चौंककर उठा। दरवाजा खोलने से पहले ही उसका मन एक आशंका से भर गया था। दरवाजा खोलते ही लता को देखा तो उसका चेहरा उसे काफी जर्द लगा, जो शायद बुखार की कमजोरी के कारण ही था। अन्दर आकर लता ने उसके कंधे पर बांहें नहीं रखीं। अपने को उससे दूर रखते' हुए कहा, 'मैं तनखाह लेने कालेज जा रही हूं, बैठूंगी नहीं।'

'ऐसी जल्दी में क्यों हो ?' वह बोला, तबीयत कैसी है ?'

'तबीयत ठीक है।'

'ऐसी परेशान क्यों लग रही हो? घर पर कुछ और बात हुई है क्या'

'नहीं, बात कुछ नहीं हई। मैं अब जाऊंगी।'

'लेकिन आई हो, तो क्या सिर्फ इतना कहने कि तुम अब जाओगी ?'

वह जड़ आंखों से उसे देखती रही। उसका चेहरा और-और जर्द होता लग रहा था। एक मिनट के लिए बैठ जाओ। बैठकर बताओ कि —।'

'नहीं, बैठूंगी नहीं। मैं सिर्फ एक बात कहने आई थी।'

'बताओ।'

'कुछ बताने नहीं आई थी, सिर्फ माफी मांगने आई थी।'

'माफी किस चीज की ?'

'बीजी परसों ठाका दे रही हैं। अक्तूबर में शादी कर देंगी।'

उसे अपनी सांस उखढ़ती महसूस हुई, और तुमने मान लिया है ?'

'मैं मना नहीं कर सकती।'

'क्यों ?'

'क्योंकि बीजी से कुछ भी कहने की मेरी हिम्मत नहीं है। वे अन्दर से सव-कुछ जानती हैं, फिर भी उन्हें यही ठीक लग रहा है। घर में कोई उनके खिलाफ नहीं जा सकता। बाबू जी भी नहीं। जो फैसला वे करती हैं, वही होता है।' उसकी आंखों में जाने याचना थी, या अनु-नय या शिकायतें या दुख या इन सबका केवल अभिनय।

'लेकिन मैं त। सोच रहा था कि —।'

'मैं जानती हूं। इसीलिए माफी मांगने आई हूं।'

'तुम समझती हो बस ये चार लफ्ज कह देना ही काफी है ?' वह चुप

रही।

'तो मुझे मानना चाहिए कि तुम आज आखिरी बार आई हो?'

'यह तो मैंने नहीं कहा?'

'लेकिन मतलब तो यही निकलता है।'

लता ने दरवाजे के दस्ते पर हाथ रख लिया, 'मैं अब जाऊंगी। कालेज से चेक लेकर दो बजे से पहले कैश कराना है।'

वह सिर में एक तपिश-सी महसूस कर रहा था, जैसे वहां गैस भर रही हो। वह गुस्सा था, वितृष्णा थी या बेबसी थी? जो भी था उससे उसका चेहरा काफी विकृत हो गया था, 'तुमने नहीं कहा, तो मैं अपनी तरफ से कह रहा हूं। आज के बाद तुम कभी मत आना।'

वह दस्ते पर रखे अपने हाथ को देखती रही। नीली नसें जर्द हाथ पर लकीरों-सी दिख री थीं। चमड़ी से अलग ऊपर को उभरी हुई। हाथ हिला और दरवाजा थोड़ा खुल गया। उसने लता का हाथ पकड़कर नीचे को झटक दिया, 'मैं यह मानकर चलूंगा कि जो भी कुछ तय हुआ है, तुम्हारी मर्जी से हुआ है। आज आकर भी मां-बाप के मामने अपनी मजबूरी की बात करना सिर्फ बहाना है। तुमने शुरू से ही मेरे साथ अपने सम्बन्ध को एक बहलावे की तरह समझा है। इससे कुछ दिन ठीक निकल गए, इतना ही काफी नहीं है!'

लता की आंखें फिर उसी तरह भीड़ में खोई-सी हो गई। उसने जैसे कोशिश से अपनी बांहें उठाई और उसके कंधों पर रख दी, 'मुझे माफ कर दो।'

वह उसकी बांहें भी झटके से हटाना चाहता था, पर बहुत आहिस्ता से हटा पाया, वैसे भी मेरे यहां आने का मौका नहीं रहेगा अब। तुम्हें तो जाना ही है यहां से। मैं भी कोई दूसरी नौकरी ढूंढ़कर जल्दी ही इस शहर से चला जाऊंगा।'

लता ने धीरे-धीरे दरवाजा खोला। एक-एक इंच करके। पर बाहर नहीं निकली। कुछ पल उसे देखती रहकर बोली, एक बात कहूं?' और वह फिर एक बार उसके बहुत पास आ गई, यह भी तो हो सकता है कि बिना ब्याह के तुम मुझे—।'

बहुत पास आया हुआ वह चेहरा था, डरा हुआ और असहाय। नाक, ठोड़ी, होंठ, आंखें सब परिचित, फिर भी उसे लग रहा था, जैसे उन सबको पहली बार देख रहा हो। बहुत अचानक वह चेहरा, जो अपनी एक अलग सत्ता रखता था, उसके लिए, एकदम अचानक, उन सब चेहरों जैसा हो गया था, जिन्हें उसी के कारण, वह अपने लिए अजनबी

मानता आया था। कितनी ही बातें एक साथ उसके मन में आईं। कि उसे साथ सटाकर बेतहाशा चूमने लगे, कि उसे बुरी तरह झकझोरकर परे धकेल दे, कि उसे उसी समय जबर्दस्ती अपने साथ कहीं ले जाए, कि कुछ न कहकर चुपचार उसकी आँखों में अटके आंसुओं को देखता रहे। पर वह सिर्फ इतना कहकर बरामदे में निकल आया, देखो, मैंने तुमसे सिर्फ इतना नहीं चाहा था। लता दरवाजा पार करके भी कुछ देर किवाड़ के साथ सटकर खड़ी रही, फिर बरामदे में आकर सेहन में उतरने की सीढ़ी के पास रुकी रही। सेहन में जाकर साइकिल के हैंडल पर हाथ रखे हुए उसने आखिरी बार उसकी तरफ देखा और थके ढंग से साइकिल पर सवार होकर गेट में निकल गई।

□□

श्यामा अपने में सिमटकर बैठी उसकी बात सुन रही थी। बीच में एकाध बार वह सिहर गई थी, शायद अपने ही भीगेपन की ठंडक मे, पर वैसे उस भीगी स्थिति को वह लगभग भूली हुई थी। उस एकान्त में, लगभग पारदर्शक कपड़ों में, किसी के सामने बैठे होने का जरा भी संकोच उसके हाव-भाव में नहीं था। समय और परिवेश की चेतना के अतिरिक्त अपने होने का आभास भी कुछ देर के लिए उसके मन से निकल गया था।

स्थिर आंखों से वह कुछ पल सामने देखती रही, फिर उसकी तरफ मुड़कर हलकी उमांस के साथ बोली, होती है ऐसी बुजदिली लड़कियों में। मैं भी तो ऐसी ही बुजदिल रही हैं।

उसे लगा था, इस बात के आगे और भी कुछ होगा, लेकिन श्यामा पलके झपकाकर चुप हो गई। उसने कुरेदकर पूछने की कोशिश नहीं की। वातावरण में वर्षा का एकतार स्वर, वह अपने में ही जैसे एक सीधा-सा उत्तर था। हवा, फुहार और नमी के स्पर्श में जो आभास था, उसे अनुभव करते हुए शब्दों में कुछ कहने-पूछने की अपेक्षा ही निरर्थक जान पड़ रही थी।

श्यामा सीधी बैठी थी। दोनों के हाथ चारपाई के बांस पर अब बहुत पास-पास रखे थे। एक हाथ श्यामा का, ज्यादा सांवला था, ज्यादा लम्बा और ज्यादा दुबला। उंगलियों के नीचे चार छोटे-छोटे गड्ढे। उनके आसपास से ऊपर को जाती पतली नसें। खाल पर एक-दूसरी को काटती असंख्य लक रें। बहुत महीन रोएं। उस हाथ के पास रखा अपना हाथ उसे इतना चिकना, भद्दा और भारी लगा कि उसने उसे वहां से हटा लिया।

क्या देख रहे थे?' श्यामा ने पूछ लिया। अपने हाथ से ही उसे आभास हो गया था कि उसे कई क्षण लगातार देखा गया है।

'पता नहीं क्या।'

'उलटी तरफ से भी हाथ देखा जाता है क्या?"

'मैं हाथ नहीं देख रहा था।'

'तो?'

'अपने हाथ से तुम्हारे हाथ की बनावट को मिला रहा था।'

'मेरे हाथ की बनावट को?' श्यामा हंस दी और अपने हाथ को उलट-पलटकर देखने लगी, ऐसा बेडौल हाथ किसी का क्या होगा? तुमने अच्छा किया जो अपना हाथ हटा लिया। मुझे शर्म आ रही थी कि तुम्हारे हाथ के सामने मेरा हाथ कैसा मरा-मरा-सा लग रहा है और—।'

ऐसा नहीं है।' वह श्यामा का हाथ अपने हाथ में लेकर बुदबुदाया, पर अपने हाथ में वह हाथ उसे सचमुच बिलकुल बेजान-सा लगा, प्लास्टर आफ पेरिस के लोंदे जैसा, जिसे चाहे जिस तरफ को मोड़ा जा सकता हो।

'नहीं है ऐसा?'

'नहीं।'

श्यामा ने हलकी कोशिश से अपना हाथ छुड़ा लिया, तब तो—।'

'तब तो क्या?'

'तब तो तुम भी—।'

'मैं भी —?'

श्यामा की आंखों में हलकी-सी चमक आकर बुझ गई। वह भट्ठों के उस तरफ देखने लगी जहां आकाश का रंग इधर से कही गहरा था।

"मैं भी—?' इस बार उसने हाथ से श्यामा का मुंह अपनी तरफ कर लिया। श्यामा ने विरोध नहीं किया, इससे उसे अपने शरीर में भूचाल-सा उठता महसूस हुआ, लेकिन श्यामा की आंखों में कुछ न था, आश्चर्य जैसा, जिससे पहले झटके के साथ ही भूचाल हौला पड़ने लगा। श्यामा ऐसी सीधी नजर से उसे देखती रही, जैसे उसे समझ न आ रहा हो कि वह कौन है, कहां है, और जो व्यक्ति उसका चेहरा अपने चेहरे के पास लाकर बात कर रहा है, वह क्या चाहता है, क्या कर रहा है। हाथ में लेने पर जैसा बेजान उसका हाथ लगा था, कुछ वैसा ही बेजान उसका चेहरा भी लग रहा था। कुछ क्षण उसी तरह रुके रहने के बाद उसने अपना हाथ हटा लिया। श्यामा फिर भी उसी तरह अपने अचम्भे में

रुकी-सी उसे देखती रही।

तुम्हारा हाथ और चेहरा दोनों एक जैसे हैं? उसने हंसकर बात को उड़ा देने की कोशिश की, लेकिन श्यामा के भाव में परिर्वन नहीं आया। सिर्फ उसकी आंख दूसरी तरफ हट गई।

एक कुत्ता दौड़ता हुआ बायीं तरफ से आया और ठीक चारपाई के सामने रुककर जोर-जोर से भौंकने लगा। उसका अन्दाज ऐसा था, जैसे कह रहा हो, तुम लोग यहां क्यों हो? क्यों हो? क्यों हो? जाओ। जाओ। जाओ।'

श्यामा की बांहें एकाएक सिमट गई। उस नये प्राणी के आने के साथ ही उसे अपने उधड़ेपन का ध्यान हो आया था। कुत्ते के पीछे-पीछे एक और व्यक्ति भी चला आया। बाईस-चौबीस साल का सरदार जाट, जिसने आते ही कुत्ते के मालिकाना अहं को लताड़ दिया, 'हट पाजी, चल अन्दर।' फिर वे दोनों की तरफ देखकर बोला, 'बहुत बारिश आई है जी आज तो। तौबा बुलवा दी इसने। आप लोगों का तो बुरा हाल है भीगकर।'

'आप लोगों से उसका अभिनाय श्यामा से ही था, क्योंकि आंखें उसकी श्यामा के शरीर पर ही अटकी थीं। श्यामा की आपस में कसी बांहें इससे और कस गयीं, गीले कपड़ों से बाहर झलकते अपने शरीर को किसी तरह ढक लेने की आवश्यकता ने वहां और बैठना उसके लिए असम्भव कर दिया। वह तीखी नजर से जाट युवक की बेबाक आंखों का सामना करती उठ खड़ी हुई, 'मेरा खयाल है अब हमें चलना चाहिए।'

बारिश पहले से कम हो गई थी, पर इतनी नहीं कि उसमें निकलकर वापस जा सके। फिर भी श्यामा के भाव को देखते हुए, उसे उठकर चल देना ही ठीक लगा। श्यामा ने जान-बूझकर अपना हाथ उसकी तरफ बढ़ा दिया, जिससे सूखे कपड़ों की कमी उसके पुरुषत्व की आड़ से पूरी की जा सके।

उन लोगों को एकाएक चलने को तैयार देखकर जाट युवक उनके सामने आ गया, 'अभी इंतजार कर लो जी दस मिनट, वह बोला, पहले ही इतना भीगे हो, ऐसा न हो कि और भीगकर जाते ही बीमार पड़ जाओ। मैं अपने डंगर ले आऊं, फिर आपको चाय बना देता हूं। चाय पीकर ठंड मर जाएगी अन्दर की। पानी भी शायद रुक जाए तब तक।' और कुत्ते को कान से पकड़कर घसीटता वह एक कोठरी की तरफ ले चला। कुत्ता पूरा रास्ता विरोध में चिचियाता रहा कि कम-से-कम बाहर के लोगों के सांमने तो उसे इस तरह अपमानित नहीं किया जाना चाहिए, पर कोठरी खोलकर जाट युवक ने कुत्ते को अन्दर धकेलने के लिए एक

लात और लगा दी। कुत्ते का विरोध फिर भी शान्त नहीं हुआ।

गाय और भैसें शायद मालिक के लौटने की गन्ध पाकर ही उस तरफ बढ़ आई थीं। उन्होंने बहुत सधे ढंग से चलते हुए नाली के उस तख्ते को पार कर लिया जिसे खपरैल तक आने से पहले उन दोनों ने बहुत डरते-डरते और मुश्किल से अपना संतुलन बनाए रखकर पार किया था। अब फिर से ज़ाट युवक के सामने उस तख्ते से गुजरकर जाने का संकोच ही शायद श्यामा को खपरैल से आगे बढ़ने से रोक रहा था। एक कदम आगे जाने के बाद श्यामा के हाथ के दबाव से उसे भी रुक जाना पड़ा।

क्या बात है?' उसने आहिस्ता से पूछा लिया, 'अभी कुछ देर रुककर चलने का मन है क्या?'

श्यामा कोठरी की तरफ देख रही थी, जहां एक चारपाई पर फटा सालू बिछा था। उसकी आंखों में फिर वही भाव नजर आ रहा था, जैसे कि उन अपने वहां होने का होश ही न हो। इसके अलावा अन्दर के किसी दर्द की हलकी-सी छाया भी थी उनमें। वह कुछ छणों के लिए कहीं और किसी और परिस्थिति में पहुंच गई लगती थी। उसकी बात से चौंककर उसने आंखें कोठरी की तरफ से हटा लीं और अपने को समेटती हुई बोली, 'नहीं, चल रहे हैं।'

'चाहो तो चाय की एक-एक प्याली पीकर भी चल सकते हैं।"

'नहीं। मुझे बिटिया की चिता है। ज्यादा देर हो जाने से वह रोने लगती है और···।'

वह जानता था बिटिया का जिक्र वह ऐसे ही बीच में ले आई है। यह भी उसके सुरक्षा के उपायों में से एक था। पहले भी दो-एक बार, ऐसे ही आकस्मिक ढंग से उस प्रकरण को उठाकर उसने उसे अपनी तात्कालिक मनःस्थिति को छिपाने का प्रयत्न करते देखा था।

जाट युवक ने दूसरी कोठरी भी खोल दी थी। उधर से आकर वह अब अपने पशुओं को उसके अन्दर को हांक रहा था। उन दोनों को असमंजस में खड़े देखकर वह दूर से बोला, 'बैठना हो तो चलकर कोठरी में बैठ जाइए। मैं अभी अंगीठी सुलगाता हूं। आग के पास बैठने से कपड़े भी कुछ तो सूख ही जाएंगे।'

उसने श्यामा की तरफ देख लिया। श्यामा की आंखें एक भैंस के मुंह से गिरते जुगाली के झाग पर रुकी थीं। सोच उनमें फिर घिरी आ रही थी। उस सोच की काई को तोड़ती वह आगे बढ़ गई, 'आओ, चलें।'

पर पशुओं को रास्ता देने के लिए उन्हें फिर भी रुके रहना पड़ा। एक-एक करके गाय और भैंसें उनके सामने से निकल गई। उनके शरीरों

की हलकी तुर्श गंध गोबर और मिट्टी की गंध में गडमडा गई।

नाली के तख्ते को श्यामा बिना रुके, जैसे आंखें मूंदकर, पार कर गई। वह भी इस बार काफी आसानी से उस तरफ पहुंच गया। पीछे से जाट ने आवाज दी, "बाबू जी, अंधेरा हो रहा है, लालटेन तो नहीं चाहिए?

उन दोनों ने एक बार पीछे देख लिया। जाट युवक कमीज उतारकर सिर्फ कच्छे में खड़ा अपनी कमीज को निचोड़ रहा था। श्यामा ने उस पर नजर पड़ते ही आंखें हटा लीं। उसने जवाब दे दिया, नहीं, अभी उजाला है थोड़ा। रास्ता ज्यादा नहीं है। हम लाग पहुंच जाएंगे।'

'किसी और चीज की जरूरत हो?'

'नहीं, शुक्रिया।'

'आजकल कोई सब्जी भी नहीं है, जो दे देता आपको। कल थोड़ी मिर्चें उतारी थीं। ले जानी हों, ले जाइए।'

'इस बारिश में अपने को ही संभालकर ले जाएं, बहुत है। शुक्रिया।'

और उनके पगडंडी पर पहुंचने तक पीछे से जाट युवक के गाने की आवाज सुनाई देने लगी :

'मी पैंदा गन्निआं ते। ओए। मी पैदा गन्निआं ते। कि निक्की निक्की निक्की निक्की बंद वे पैंदी। वालो दि मम्मिआ ते।'

सरकंडों के साथ-साथ जाती वही पगडंडी। यहां-वहां जमा पानी, फिसलन। सामने आकाश में थोड़ा उजाला, पैरों के आसपास अंधेरा। दूर तक सरकंड़ों की ऊपरी लकीर, आकाश पर लिखे गए एक टेढ़े-मेढ़े अक्षर की तरह। रुकती बारिश की लगातार कम होती बौछार। हवा से अक्षर का कांपना और एक ध्वनि में बदल जाना। सरर् सरर् सरर्।'

वह श्यामा का हाय अपने हाथ में लेकर चल रहा था। वह हाथ अब भी एक चिकने लोंदे की तरह था। अपने हाथ के सांचे में वह जिस तरह उसे ढालता था, उसी तरह वह ढल जाता था, फिर भी कोई चीज उसके अन्दर कांपती महसूस होती थी। एक धड़कन-सी भी थी कहीं। शायद उंगलियों के पोरों तक आती नसों में, लेकिन श्यामा उसकी तरफ देख नहीं रही थी। वह अपने हाथ से अलग होकर किसी और ही जमीन पर चल रही थी।

'इस तरह खामोश क्यों हो?' उसने पूछ लिया।

'तुम्हीं कहां बात कर रहे हो?' वह बोली।

'बारिश से रास्ता बहुत खराब हो गया है?'

'हां।'

'तुम्हें अफसोस तो नहीं हो रहा ?'

'किस चीज के लिए ?'

'इस तरह बाहर आने के लिए ?'

'नहीं।'

'पर तुम्हारी आवाज कुछ अजीब लग रही है।'

श्यामा के गले से हलका-सा स्वर सुनाई दिया। कहा उसने कुछ नहीं। वे उसी तरह चलते रहे। श्यामा का भीगा शरीर फिसलने से बचते हुए उससे टकरा भी गया, तो जैसे वह नहीं जान पाई।

'तुम कुछ सोच रही हो, नहीं ?' वह फिर बोला।

'नहीं तो।' श्यामा ने खोएपन से निकलने की कोशिश की।

'लग रहा है।'

'शायद सोच रही थी, पर पता नहीं क्या।'

'यह बात बिलकुल तय है ?'

'कौन-सी ?'

'वापस जाने की।

श्यामा का स्वर लटक गया, 'हां, तय ही है।'

'मतलब कल-परसों ही चली जाओगी ?'

'हां, इसी के आसपास।'

'मैं अगर कहूं कि उतना तूल मत दो उस बात को ?'

श्यामा चुप रही। कोई भाव था, जो उसकी आंखों से उसकी नाक की नोक पर आकर अटक गया था।

'जवाब नहीं दिया तुमने ?' वह उसकी तरफ देखता रहा।

'उस घर में मैं अब और नहीं रह सकती।'

भीगी जमीन पर रास्ता टटोलकर चलते पैरों की हलकी आवाज। हवा से सरकंडों में उठती लहर। कहीं, पता नहीं किस चीज की डुबकी। गुड़प गुप् गुप्।

'तब तो तुमसे दो-एक बार ही मुलाकात होगी अब।' वह श्यामा की तरफ नहीं देख रहा था।

'जिस दिन तक हूं यहां, पढ़ने आती रहूंगी।'

'पढ़ने की बात तो गलत है, खैर ···।'

'क्यों ?'

'वह तुम भी जानती हो।'

'यह तो नहीं कि इस बीच कुछ सीखा ही नहीं मैंने। सारी पढ़ाई किताबों तक नहीं होती।'

वह मोड़ आ रहा था, जहां से आगे पगडंडी सर कंडों से नंगी हो जाती थी। खेतों को सड़क से अलग करते कंटीले तार भी ज्यादा दूर नहीं थे। सड़क की बत्तियां जल जाने से इर्द-गिर्द का अंधेरा अचानक गहरा हो गया। सडक इस तरह चमक उठी, जैसे जमीन पर जिंदा खाल की एक परत हो।

उसके पैर रुक गए। श्यामा को भी साथ रुक जाना पड़ा। बिजली की चमक में उसने श्यामा की झुकी हुई आंखों को देखा। बादल गरजा, तो उसे अपने पैरों के नीचे जमीन थरयराती महसूस हुई। वह कुछ क्षण उसी तरह रुका रहा, 'क्या सीखा है तुमने?' उसे अपनी आवाज कांपती-सी सुनाई दी।

श्यामा की झुकी हुई आंखें और झुक गई, 'चलते चलें।' वह अपना हाथ छुड़ाने की असफल चेष्टा करती बोली।

उसने न तो श्यामा का हाथ छोड़ा और न वहां से चला ही। इस बार बिजली की चमक में उसने केवल श्यामा के भीगे शरीर को देखा जिससे उसके अन्दर भी कोई चीज एकाएक सुलग गई, क्या सीखा है तुमने?' फिर से कहते हुए उसने श्यामा को अपनी बांहों में कस लिया और उसके होंठ श्यामा की गरदन से जा सटे। होंठों के नीचे गरदन की एक नस भी उसी तरह धड़क रही थी, 'ओह, तुम भी···।' कहते हुए श्यामा ने अपने को अलगाने की चेष्टा की, पर और कुछ भी कह पाती, इससे पहले ही उसके होंठों ने श्यामा के होंठों को ढक दिया।

एक गंध थी, जो उसके पूरे शरीर में उतर गई थी। वह गंध श्यामा की सांसों की थी, या खाल की, या होंठों के बीच आ गए उसके बालों की? वह गंध एकदम अजनबी नहीं थी। वही आसपास की मिट्टी से उठती गन्ध की तरह आदिम। कुछ-कुछ घिनौनी, फिर भी अपने को और-और पा लेने के लिए बाध्य करती। और एक आवाज थी, जो पहले उसे अपनी कनपटियों के अन्दर से आती महसूस हुई थी, फिर लगा था कि वह अपने से बाहर कहीं है और फिर कि वह अन्दर और बाहर दोनों जगह है। कुछ क्षण वह आवाज हलकी और असाधारण लगी थी, फिर वह ऊंची और साधारण लगने लगी थी। आवाज पानी में टर्राते मेंढकों की थी।

□□

अगले रोज, और उससे अगले रोज, श्यामा नहीं आई।

उसे आशंका थी कि वह नहीं आएगी, फिर भी दोनों शाम वह घर पर ही रहा। कई बार मन में आया कि एक बार प्रोफेसर मल्होत्रा के यहां जाकर देख ले कि वह अभी वहीं है, या वापस चली गई है, लेकिन बात

अपने को तैयार करने तक ही रही, निश्चय में नहीं बदल सकी।

वह पूरी-पूरी शाम घर पर रहा, पर ज्यादातर कमरों में या बाहर के पक्के दालान में टहलता रहा। खिड़की के कांच से छनकर आता धूप का टुकड़ा, या मेजपोश के कोने में चाय की प्याली का दाग, इन पर नजर पड़ने से कुछ देर के लिए पांव रुकते थे, फिर उसी तरह चलते जाने की मजबूरी महसूस होने लगती थी। कोई चीज थी, जिससे दूर-दूर जाता हुआ भी वह उसी के दायरे में घूम रहा था।

दो दिन पहले के वे क्षण बांहों में ताजा हो आते थे। सील-भरे झुटपुटे में ऊंची उठती वह आवाज, टरर् टुक् टरर् टुक् टरर् टुक्। बांहों में कसे श्यामा के शरीर को लेकर एक-साथ विरोध और आत्म-समर्पण की अनुभूति, उसे परे हटाने के लिए उसके कंधों तक आए श्यामा के हाथ और होंठों के दबाव के नीचे श्यामा की लम्बी खिचती सांसें। वह सब कुछ उसके साथ-साथ टहल रहा था। उंगली थामकर चलते बच्चों की तरह। उसकी बांहों से अपने को छुड़ाकर श्यामा, डरकर चलने की तरह कंटीले तारों की तरफ बढ़ गई थी। इस बार तारों को पार करने में उसे कठिनाई नहीं हुई, क्योंकि साड़ी जांघों के किस हिस्से तक ऊंची उठ गई है, इसकी उसने चिन्ता नहीं की, बिजली का खंभा बहुत पास होने से उसकी रोशनी ने उन मांसल गोलाइयों में अपनी चमक भर दी थी। सड़क पर आकर श्यामा उसके कहे शब्दों की उपेक्षा करती चुपचाप चलती रही, जब तक कि वह दोराहा नहीं आ गया, जहां से एक रास्ता कच्ची मकानियत की तरफ जाता था, दूसरा प्रोफेसर मल्होत्रा के घर की तरफ। वहां पहुंचकर दोनों के पैर अपने-आप रुक गए। वह जानता था श्यामा का रुकना दूसरे रास्ते से जाने के लिए है, फिर भी उसने कोशिश की कि वह पहले उसके यहां चली चले। कपड़े थोड़ा सूख जाएं, तभी लौटकर जाए; पर श्यामा ने आंखें मूंदकर सिर हिला दिया, 'नहीं, पहले ही बहुत देर हो गई है।'

'प्रोफेसर मल्होत्रा अगर पूछेगे कि इतना भीग कैसे गई?'

'उनका मुंह है मुझसे कुछ भी पूछने का?'

श्यामा से अलग होकर घर की तरफ आते हुए एक जगह वह मुश्किल से अपने को फिसलने से बचा पाया, नहीं तो एक खुदी हुई नींव में आठ फुट नीचे जा गिरा होता। इस पर उसने मुंह में एक बड़ी-सी गाली दे ली, जाने अपने को, श्यामा को या खुदी हुई नींव को। घर पहुंचने पर पता चला कि पीछे से प्रोफेसर मल्होत्रा आए थे और श्यामा के लिए छाता 'छोड़कर चले गए हैं।

दोनों दिन बीच-बीच में पानी बरसता रहा, जिससे गीले दालान में

अपने पैरों की आवाज से ही किसी और के आने का सुबहा हो जाता था। गेट के बाहर सड़क के पेड़ इस तरह धुल गए थे, गेट भी इतना नया-सा निकल आया था कि किसी-किसी क्षण धोखा होता था कि वह कोई और ही घर, कोई और ही सड़क है। वह दो-एक बार टहलता हुआ सड़क पर निकल गया। वहां से अपना घर उसे एक कोने में सिमटा हुआ, बहुत अकेला-सा लगा। सहक भी इस तरह खाली थी, जैसे लोगों ने उस रास्ते से निकलना ही छोड़ दिया हो। गीला कोलतार, पेड़, बिजली के खम्भे, इनसे हटकर पीले-पीले मकान, किसी मकान के अन्दर से सुनाई देती रेडियो-ट्रांजिस्टर या हंसने, बात करने की आवाजें, सब-कुछ उस खालीपन में डूबा, उसे और गहरा बनाता। एकाध बार मन हुआ कि टहलता हुआ दूर आगे तक निकल जाए, मार्केट में चाय की दुकान पर जाकर चाय की एक प्याली पी ले या वहां से साइकिल-रिक्शा पकड़कर शहर का एक चक्कर लगा आए; लेकिन उस हद से आगे वह नहीं जा सका जहां से अपना गेट दिखाई नहीं देता था।

खुद प्रोफेसर मल्होत्रा के यहां जाकर देख लेने की बात उसने दोनों दिन मन में नहीं आने दी। उस तरह अपने को श्यामा के सामने और हीन नहीं करना चाहता था, पर तीसरे दिन सुबह से ही उसके मन ने इस बारे में उसका साथ देना छोड़ दिया। वह रात उसकी काफी बेचैनी में बीती थी। उसे लग रहा था कि श्यामा वे वापस जाने से पहले वह एक बार भी उससे बात न कर पाया, तो वह बेचनी बाद में भी बहुत दिन बनी रहेगी। कुछ था, जो उस दिन की घटना से पहले या बाद कहा जाने को था और नहीं कहा जा सका था। जो हुआ था, वह अपने में इतना अधूरा था कि उसके आगे किसी भी तरह की गलतफहमी जोड़ ली जा सकती थी। दो दिन तक श्यामा का न आना ही इस बात का सबूत था कि उसने उस घटना से आगे का खाली स्थान किसी भी तरह की कल्पना से भर लिया है।

उसने सोच लिया कि शाम को वह जरूर प्रोफेसर मल्होत्रा के यहां जाएगा। श्यामा से बात करने के लिए नहीं, यह देखने के लिए कि उस घर के वातावरण से उसे किस तरह का आभास होता है। श्यामा जा चुकी होगी, तो स्थिति स्पष्ट हो ही जाएगी और वह वहीं होगी, तो जिस तरह से वह उसका सामना करेगी, उसी से सब-कुछ जाना जा सकेगा। देखने से ही पता चल जाएगा कि उस दिन की घटना की कितनी जिम्मेदारी वह अपने ऊपर ले रही है या कि अपने को जिम्मेदारी से बिलकुल बरी समझती है। इसके अलावा उस घर में श्यामा के प्रति प्रोफेसर मल्होत्रा के

व्यवहार से वह यह भी अन्दाजा लगा सकेगा कि उन्हें लेकर श्यामा ने जो बात कही थी, वह क्या उसी तरह, उसी रूप में, उतनी ही सच थी? ऐसा तो नहीं था कि दूसरे को दहलीज तक लाकर, अपने को दहलीज से बाहर खींचने के लिए उकसाकर, फिर उसे दोषी ठहराने लगना उसका स्वभाव ही हो? उस एक ही शाम में कितनी तरह के उतार-चढ़ाव श्यामा के व्यवहार में नजर आए थे। फिर भी कौन उसने उस सबको अपनी एक-तरफा परिस्थिति बनाए रखना चाहा था। वह एकतरफापन वास्तविकता ही थी उसकी. या जिम्मेदारी से बचने के लिए ओढ़ा गया लबादा?

दो बजे के बाद कोई कलास नहीं थी फिर भी चार बजे तक वह कालेज में रुका रहा। नये टाइम-टेबल से लेकर फुटबाल के मैच तक ऐमी-ऐसी चीजों में दिलचस्पी लेता रहा, जिनमें कभी दिलचस्पी नहीं लेता था। दिनों के बाद कालेज को कैंटीन में अकेले चाय पीते हुए अपना अकेलापन उने अकेलेपन की तरह महसून हुआ। उन दिनों की याद आई. जब एक ही खाली पीरियड में लता और वह दोनों वहां आते थे और अलग-अलग मेजों पर बैठकर चाय पिया करते थे। उस तरह अजनबी बनकर बैठने की आत्मीयता मन' को गुदगुदाती रहती थी। बीच में लता कभी आंखों से मुसकरा भी देती थी, पर वह अपने को बिलकुल गम्भीर बनाए रखता था। कैंटीन से बाहर भी उस दिन कई बार, कई जगह उसे लता की याद आई। खास तौर से कालेज छोड़ने से पहले आखिरी दिनों के उसके बीमार चेहरे की। उसी चेहरे के साथ वह एक नये घर में नयी जिंदगी की शुरु-आत करने चली गई थी। पता नहीं अब भी उसका चेहरा वैसा ही था या बदलकर बिलकुल और तरह का हो गया था।

बहुत तरह से इधर-उधर वक्त काटने के बाद भी वह पांच बजे से पहले घर पहुंच गया। अंधेरा होने से पहले वह प्रोफेसर मल्होत्रा के यहां नहीं जाना चाहता था, इसलिए बीच का समय काटने के लिए पुरानी चिट्ठियां की फाइलें लेकर बैठ गया। बीते हुए क्षण, बीते हुए लोग। बहुत पुरानी मोहरें। पहचाने हुए अक्षर, जो अब पहचान से बाहर चले गए थे। कोनों से मैले कागज। याददाश्त पर जोर देने की कोशिश, यह हवाला कि चीज का है?

काफी चिट्ठियां सरसरी तौर में पलटकर वह उदास मन से एक के अतीत में से गुजर रहा था. जब बाहर आहट सुनाई दे गई। आहट परि-चित थी। पैरों की आवाज के अलावा साड़ी की वह फड़फड़ाहट जो श्यामा के आने का पता दिया करती थी। उसने फाइल बन्द कर दी, लेकिन उठकर बाहर नहीं गया। हवा से हिलते खिड़की के पर्दे को देखता बैठा

रहा, जैसे बीते दिनों में से फिर एक बार गुजरने का भारीपन ही उसे उठने न दे रहा हो।

थोड़ी देर में श्यामा चाय की ट्रे लिए सामने आ गई। वह चाय लेकर आ रही है, इसका पता बाहर सुनाई देती बातचीत से चल गया था। बनवारी ट्रे ला रहा था और वह श्यामा ने रास्ते में उससे ले ली थी। श्यामा के सामने आ जाने पर भी वह कुर्सी से नहीं उठा, 'आमो।' कहकर पहले से थोड़ा सीधा होकर बैठ गया। श्यामा भी बिना कुछ कहे ट्रे तिपाई पर रखकर सामने की कुर्सी पर बैठ गई, जैसे कि असाधारण कुछ भी न हो। रोज वह उसी तरह चाय लेकर आती हो और वे साथ बैठकर चाय पीते हों।

काफी देर खामोशी रही। वह हिलते पर्दे और श्यामा के जरा-जरा उड़ते बालों को देखता रहा। श्यामा केतली में चीनी डालकर चम्मच से हिलाती रही, फिर प्याली में चाय उड़ेलते हुए श्यामा ने पूछ लिया, कुछ काम कर रहे थे?'

'नहीं, ऐसे ही बैठा था।'

'मुझे डर था कि कहीं घूमने न निकल गए हों।'

'और थोड़ी देर में निकल जाता शायद।'

'अब भी निकल जाना चाहे। मैं ज्यादा देर नहीं रुकंगी।' और प्याली उसके हाथ में देकर सीधे उसकी आंखों में देखती हुई वह बोली, मैं आज जा रही हूं। रात की गाड़ी से।

प्याली छलक गई जिससे कुछ बंदें उसके कुरते पर आ गिरी। वह बूंदों को कपड़े के ताने-बाने में फैलते देखता रहा।

'सोचा जाने से पहले एक बार मिल जरूर लेना चाहिए।' श्यामा की आंखें अपनी प्याली पर केन्द्रित हो गई थी, या शायद उसी कोण में उससे परे किसी और चीज पर। उसके चेहरे पर वितृष्णा का भाव था जो लगता था किसी और के लिए न होकर अपने लिए ही है।

मैं भी यही चाह रहा था, वह बोला, इसलिए अगर घर से निकलता, तो शायद तुम्हारी तरफ ही आता।'

श्यामा की आंखें नहीं उठीं। वह जैसे इस बात को जानती थी। प्याली उसके मुंह के इतना नजदीक थी कि उसकी सांस से धुएं की आकृतियां टूट रही थीं।

वह अपने को बिलकुल खाली महसूस कर रहा था, जैसे जो कुछ कहने को था, वह कहा जा चुका था। अब केवल प्रतीक्षा थी, जिसके इस छोर पर चाय पी जा रही थी और उस छोर पर श्यामा को वहां से उठना

और चल देना था।

मैं उस दिन के बाद आ नहीं सकी, क्योंकि···।' क्योंकि' पर थोड़ी देर रुकी रहने के बाद श्यामा ने हलके-से घूंट से बात की पूर्ति कर ली।

'मुझ तभी लग गया था तुम नहीं आओगी।'

'दो दिन बहुत-कुछ सोचती रही हूं।'

'क्यों ?'

'अपनी ही वजह से, क्योंकि मेरे व्यवहार में जरूर कुछ ऐसा रहा होगा, जिससे तुमने···।'

'मैं उस बात के लिए शरमिन्दा हूं उसी वक्त से।'

श्यामा की आंखों में कोई चीज चुभ-सी गई, 'मैं इसी चीज से डर रही थी।' वह चुपचाप उसे देखता रहा, फिर अपने हाथ की आधी खाली प्याली को देखने लगा।

श्यामा जैसे बात पूरी कर चुकी थी, मगर उसकी खामोशी देखकर उसे दोहराने के लिए मजबूर होना पड़ा, 'तुम्हें लगा होगा कि मैंने जान-बूझकर···जान-बूझकर मैंने तुम्हें ओछा करने की कोशिश की है।' ···

'तुम्हारी तरफ से यह बात नहीं लगी थी मुझे। जो बात लगी थी, वह बिलकुल दूसरी थी।' श्यामा की आंखें उसकी तरफ उठी रहीं।

'लगा था कि तुम एक साथ दो मनःस्थितियों में जी रही हो। उनमें से एक तुम्हें दूसरी को स्वीकार नहीं करने देती। इसलिए तुम्हारी कोशिश अपनी उस दूसरी मन:स्थिति को ही ओछा करने की थी।'

श्यामा ने आहिस्ता से प्याली रख दी और छिले भाव से आंखें मूंद लीं, 'तुम जैसा चाहो सोच सकते हो, लेकिन···।'

'मैं जानता था, तुम्हें यह बात सुनने में अच्छी नहीं लगेगी। अगर तुम यहां न आती, मैं तुमसे मिलने वहां आता, तो शायद यह कहने का मौका ही न आता। तब तुम अधिक मानसिक सुविधा के साथ यहां से जा सकती।'

श्यामा ने आंखें खोल लीं, 'तुम्हारा मतलब है कि मेरे उकसाने से ही तुमने··?' और उसका भाव छलहलाते आंसुओं को रोकने का हो गया।

उसे गुस्सा भी आया, सहानुभूति भी हुई। श्यामा का प्रयत्न उसे ठगने का था या अपने-आप को। वह आसानी से आगे कहने की बात नहीं सोच पाया। घड़ी की टिक-टिक की तरह उसे अपनी एक-एक सांस समय का ताल देती लगी, मैं यह नहीं कहता कि जिम्मेदारी सिर्फ तुम्हारी थी' पता नहीं कितने लंबे वकफे के बाद उसने कहा, 'जितनी जिम्मेदारी मेरे ऊपर है, उससे मैं इंकार नहीं करता, लेकिन इतना फिर भी कह सकता

हुं कि दोहरी मन:स्थिति में तम तब भी थीं और अब भी हो।'

श्यामा का चेहरा तमतमा गया था, मगर जल्दी ही उसने अपने को संभाल लिया, 'मैं नहीं जानती मुझे किस तरह से अपनी बात तुम्हारे सामने रखनी चाहिए। मैं तुमसे किसी तरह का ढोंग नहीं करना चाहती, क्योंकि उससे यहां से जाकर मैं अपने को ही तकलीफ दूंगी। भावना साथ दे, तो मैं किसी भी तरह के आचरण को हीन नहीं समझती। उतने कट्टरपंथी संस्कार मेरे शुरू से ही नहीं रहे। आज देव को गुजरे साढ़े तीन साल हो गए। अपनी जिंदगी का कुल डेढ साल मैंने उस आदमी के साय बिताया था, लेकिन आज भी मैं उनके साथ अपने सम्बन्ध को ठीक-ठीक नहीं समझ पाती। वह मेरे लिए बहुत अजनबी है या बहुत अलग, इस विषय में मुझे अपने अन्दर अलग-अलग प्रतिक्रियाएं मिलती हैं। वह जीवित था, तो कितना। कुछ था, जो मैं उससे चाहती थी और मुझे नहीं मिलता था। वह कभी मुझे अपने इतने पास नहीं लगा कि मैं अपने को उसमें खो सकूं। शायद इसीलिए उसे अपने बहुत पास ला सकने की लालसा मेरे अन्दर थी। उसकी मृत्यु से मुझे लगा था, जैसे आखिरी बार फिर उसने सफलतापूर्वक मुझे झुठला दिया हो। उसके शरीर के न रहने का मुझे बहुत कष्ट है, मगर अपना रात-दिन का अभाव भी मुझे उसी का एक चेहरा जान पड़ता है। पुरुष का जो भी रूप मेरे मन में था, उसे मैंने उस एक आकार में ढाल लिया था। आज भी मेरी कोई वास्तविक अपेक्षा है, तो उसी के साथ बैठ-कर अपनी जिंदगी की जरूरतों का निपटारा करने की। मुझे लगता है कहीं उसने मुझे धोखा दिया है। अपने-आप का एक बहुत बड़ा अंश बिना मेरे सामने खोले वह अपने साथ ले गया है। बदने में अपनी कुछ जिम्मे-दारियां मेरे कार छोड़ गया है, जिन्हें मैं जबर्दस्ती, जैसे उससे बदला लेने के लिए, अपने कार ओढ़कर चल रही हैं, क्योंकि उससे आमने-सामने हो सकने का और कोई रास्ता मेरे पास नहीं है। मैं जिस क्षण चाहूं, अपने को उन जिम्मेदारियों से मुक्त कर सकती हैं। उन्हें निभाने की कोई नैतिक मजबुरी मैं अपनी नहीं मानती। फिर उस आदमी का एक लम्बी खामोशी में मेरे साथ डेढ़ साल काटकर चले जाना, वही अपने में इतना अनैतिक लगता है कि उसके बदले में अपनी किसी भी स्वच्छंदता के लिए मैं अपने कोक्षमा कर सकती हैं, लेकिन इसका अर्थ होगा, उसके साथ अपनी जिंदगी का खाता हमेशा के लिए बंद कर देना, उससे मुक्त होकर उसे अपने से मुक्त कर देना। और यही मैं नहीं कर पाती. या नहीं करना चाहती। मैं अब भी उसे बीच में रखकर, अपनी सारी शिकायतें उस पर लादकर ही जीना चाहती हैं, या शायद यह मेरे चाहने पर निर्भर नहीं

करता। मेरे लिए और किसी तरह से जीना अब सम्भव ही नहीं रहा। मैं आज भी उसे अपने सामने जीवित देखना चाहती हूं। उसकी मृत्यु सचमुच मुझसे स्वीकार नहीं होती।'।

अब वह अपनी छलछलाई आंखों को रोक नहीं सकी। आंसू उसके गालों पर बह आए। रूमाल से मुंह माफ करके वह आंखें झपकती कुछ देर चुप रही, फिर बोली, हो सकता है किसी दिन मैं उबर जाऊं इस सबसे, मगर साढ़े तीन साल से जिस तरह मेरे अंदर यह चीज और-और गहरी जड़ पकड़ती गई है, उनसे विश्वास नहीं होता। मैं लोगों के बीच उठती-बैठती हूं, हंसती-बात करती हूं, तो भी उस आदमी की खामोश नजर से अपने को देखती रहती हैं। आगे पढ़ने की मेरी जिद का कारण भी शायद यही है कि उसे मेरी शिक्षा से सन्तोष नहीं था। वह डेढ़ साल भी मेरे साथ जिया नहीं था, सिर्फ मुझे झेलता रहा था। तुम ऐसे आदमी के लिए क्या कहांगे जो कभी खश दिखाई न दे, फिर भी कभी डांटे नहीं, कभी शिकायत मुंह पर न लाए? वह इतना चुप रहता था कि कभी मुझे किसी के साथ देख भी लेता कुछ करते, तो शायद दूसरी तरफ मुंह कर लेता और मैं इस उदासीनता के लिए उसे न तब क्षमा कर सकती थी, न आज कर सकती हुं। उस दिन रहंट से चलते हुए तुमने पूछा था, मैं उतनी खामोश क्यों हूं। मैं उस वक्त भी देव को अपने साथ लेकर चल रही थी। इसके अलावा एक और बात भी थी। मुझे वहां उन कोठरियों के पास से निकलते हुए, अदर बिछी चारपाई को देखते हुए, एक बहुत पहले की पढ़ी कहानी याद आ रही थी। प्रीतो! तुमने पढ़ी है?'

उसने सिर हिला दिया। कृशन चन्दर की काफी रूमानी कहानी थी वह। पूरे चांद की रात और गाड़ी का सफर। एक बूढ़ा जाट जिसके चेहरे पर गहरे घावों के निशान हैं। एक गाल के घाव अंग्रेजी के अक्षर 'वी' की तरह और दूसरे के एक क्रास की तरह। प्रीतो उस जाट की पत्नी थी। एक मात्र स्त्री, जिससे उसने जीवन में प्रेम किया था। ब्याह के बाद प्रीतो चार दिन के लिए अपने मायके गई, तो वह भी उसके पीछे वहां जा पहुंचा। रात को उसने देखा कि प्रीतो उसके पास से उठकर कहीं बाहर जा रही है। वह भी चुपचाप उसके पीछे-पीछे चल दिया। कितने ही खेत लांघकर एक पहाड़ी की ओट में प्रीतो जहां पहुंची, वह एक कुआं या। कुएं के पास बेरी का एक झाड़ था। पीछे एक कच्चा घर था. जिसका दरवाजा आधा खुला था। जाट ने देखा प्रीतो अन्दर एक आदमी से प्रेम कर रही है। उस आदमी के कहने से वह अंधेरी कोठरी से पानी लाने अन्दर गई, तो जाट ने कृपाण निकाल कर उस (आदमी का सिर काट दिया और चुपचाप वापस

चला आया। रास्ते में उसने कृपाण से लहू पोंछ दिया। प्रीतो कुछ देर बाद घर पहुंची। उसे सोया जानकर प्रीतो ने उसकी कृपाण निकाली और तसल्ली करके कि उसके प्रेमी का हत्यारा उसका पति नहीं है, चुपचाप सो गई। जिदगी चलती रही। उनके कई बच्चे-अच्चे हो गए। बरसों बाद एक दिन खाना खाते हुए जाट ने प्रीतो से अन्दर अंधेरी कोठरी से अचार ला देने को कहा। प्रीतो यह कहकर बैठी रही कि उसे अंधेर में अंदर जाने से डर लगता है। तब जाट से नहीं रहा गया। उसने कह दिया कि अपने यार के कहने से वह अंधेरी कोठरी से पानी लाने गई थी, तब क्या उसे डर नहीं लगा था? यह जानते ही कि उसके प्रेमी की हत्या उसके पति के हाथों हुई है, प्रीतो ने तुरन्त जाकर कृपाण निकाल ली और उसके शरीर को छलनी करने लगी। जाट ने किसी तरह अपने को बचाया और वही कृपाण प्रीतो के हाथ से छीनकर उसका सिर काट दिया। अब गाड़ी की खिड़की है और बाहर पूनम की चांदनी। वैसी ही चांदनी जिसमें प्रीतो अपने प्रेमी के पास जाने के लिए घर से निकली थी। गाड़ी में जाट के साथ सफर करता एक और जोड़ा है। पति थोड़ी देर पहले अपनी पत्नी को दुलार-चुमकारक र सोया है। अब पत्नी अकेली जाग रही है और खिड़की की ओट में मुंह किए रो रही है।

श्यामा कह रही थी, सोचती हूं, जब प्रीतो ने अपने पति पर कृपाण उठाई होगी, तब उसे अपने मन में कैसा लग रहा होगा और जब उसके अपने सिर पर वार हुआ होगा, तब एक क्षण के लिए, उस एक क्षण के लिए उसे यह नहीं लगा होगा कि उसका पति सचमुच.सचमुच एक ऐसा आदमी है, जिसके होने से¨¨¨।' और वह चुप होकर बाहर दालान की तरफ देखने लगी, जहां ईंटें फिर हलकी बौछार से भीगने लगी थीं।

वह श्यामा के चेहरे के उतार-चढ़ाव को देख रहा था। खामोश हो जाने के बाद उसका चेहरा पहले से ज्यादा बात करता लग रहा था। भाव ऐसे जल्दी-जल्दी बदल रहा था, जैसे वह खुला समुद्र हो जहां कई-कई लहरें उठकर अपने में डूब जाती हों। सतह पर कभी घटा घिर आती हो, कभी धूप फैल जाही हो। कभी सैकड़ों सी-गल तैरने लगते हों, कभी नितान्त सूनापन घिर आता हो। वह उसके सामने बैठी उससे बात करती हुई भी बिलकुल अकेली हो गई थी। सीधी नजर से उसे ताकते हुए भी जैसे वह उसे नहीं, उसकी जगह अपने अकेलेपन को देख रही थी। अपनी जिंदगी में एक व्यक्ति के न होने को और उस न होने' को लक्ष्य करके उमड़ते अपने अंदर के दर्द को बाहर बिखर आने से बचाना चाह रही थी। कुछ देर चुप रहने के बाद वह फिर बोली, मैं जानती हूं, ऐसी बात करना।

सिर्फ अपने को ठगने काएक बहाना है। देव अब नहीं है, इसलिए उसे लेकर कुछ भी कहना-सोचना बेकार है। यह भी जानती हूं कि उसके बाद उसकी वजह से जिन लोगों की जिम्मेदारी मैं अपने ऊपर लिए हैं, उन्हें मेरे सुख-दुःख से कोई मतलब नहीं है। मतलब है, तो सिर्फ उन पैसों से जो हर महीने में उन्हें भेजती हैं। पैसे वक्त से पहूंच जाएं तो महीने के बावी उन-तीस दिन शायद उन्हें मेरी याद भी नहीं आती। कुछ महीने पहले मैंने बीजी को लिखा था कि मैं बहुत अकेली महसूस करती हैं, इसलिए पूना का घर छोड़कर वे लोग यहीं मेरे पास आ रहे, पर उन्हें शायद लगा कि घर मेरे नाम होने से मैं उसे बेचने का बहाना ढूढ़ रही हूं। बहुत बार लिखने पर वे सिर्फ सीमा की एक महीने की छुट्टी काटने मेरे पास आईं, कि पहले देख लें, यहां रहकर उन्हें कैसा लगता है। वह एक महीना भी पता नहीं किस मुश्किल से उन्होंने मेरे पास बिताया। सीमा तो पहले दिन से ही कहने लगी थी कि ऐसी मनहूस जगह पर वह हरगिज नहीं रह सकती। मुझे लगा कि वह घर से ही यह बात सोचकर चली थी। जिस दिन वे लोग चली गई, मैं अकेले में खूब रोई। लगा. जैसे उस दिन दूसरी बार देव की मृत्यु हुई हो , मन में विद्रोह भी उठा कि मैं क्यों उन लोगों के लिए यह सब कर रही हूं? क्यों उन्हीं की तन्ह मैं भी सिर्फ अपने लिए नहीं जी सकती? फिर यह सोचकर अपने को समझा लिया कि मैं जो भी कर रही हूं, उन लोगों के लिए नहीं, अपने लिए कर रही हूं। देव ने डेढ़ साल में सिर्फ एक बार, एक ही चीज मुझसे चाही थी। वह भी मरते समय कि मैं उसके बाद इन दोनों का ध्यान रखं, खास तौर से सीमा का, जब तक कि उसकी शादी न हो जाए। अपनी छोटी बहन से उसे बहुत प्यार था। शायद मुझसे उसकी उदासीनता की एक वजह यह भी थी कि मैं उसकी छोटी बहन जैसी नहीं थी। एक बार उसने कहा भी था कि लड़कियों को सीमा की तरह जीती-जागती होना चाहिए मेरी तरह बुझी-बुझी नहीं।'

हवा के झोंके से खिड़की का एक किवाड़ झटके से बन्द हुआ, फिर खुल गया। पर्दा किवाड़ और सलाखों के बीच उलझकर मुवत हुआ, तो इस तरह ऊपर को तैर गया कि कमरा सहसा नंगा लगने लगा। सड़क, पेड़, साइकिल पर जाता एक लड़का, सब-कृष्ठ कमरे का हिस्सा बन गया। मगर कुछ क्षण बाद ही पर्दे के सलाखों से चिपक जाने से कमरा फिर बाहर से अलग होकर अपने में ढक गया। पल्ल कंधे से नीचे सरक आने से श्यामा के सफेद ब्लाउज में उठती सांसें गिनीजा सकती थी। वह तीन दिन पहले की तरह उस समय भी अपने शरीर को भूल-सी गई थी। तिपाई पर रखी चाय की खाली प्याली में आंखों से पूछ खोजती वह बात करती रही, 'देव'

जिंदा होता, तो शायद एक दिन मैं उससे अच्छी तरह लड़ लेती। उसे झक-झोरकर कहती कि मेरे साथ अगर तुम हमेशा इसी तरह चुप रहोगे, तो मैं जिंदगी-भर तुम्हारे साथ नहीं रह सकूंगी। फिर भी उसे न बदल पाती, तो शायद सचमुच उसे छोड़ भी देती. लेकिन अब उसके साथ मेरा संबंध जैसे उसी एक जगह रुका है, जहां उसकी मौत के दिन था और उस स्थिति को बदलने का विकल्प मेरे पास नहीं रह गया। मुझे अपने से बहुत कुढन होती है कि जो डेढ़ साल हम लोग साथ थे, उस दौरान ही मैंने क्यों नहीं उससे खुलकर बात कर ली? क्यों मैं भी उसी की तरह चुप रहकर उसकी चूप्पी को झेलती रही? लेकिन उस बीते कल पर आज मेरा वश नहीं है। जब समय था, तब मैं सोच भी नहीं सकती थी कि एक दूसरे के साय हम इतने थोड़े दिनों के लिए हैं कि कहने-सुनने की जो भी बात हो, वह अभी कह-सुन लेनी चाहिए। तब आने वाले दिनों का भरोसा था मन में। पर आज वही भरोसा एक ऐसी फांस बन गया है कि मैं उसे निकाल ही नहीं पाती अपने अन्दर से।'

इस बार श्यामा ने उसकी तरफ देखा, तो उसे लगा कि इतनी देर में वह पहली बार सीधे उससे कुछ कहने जा रही है। अपनी आंखों से जैसे किसी चीज के लिए उसे आश्वासन देती वह बोली, 'तुम्हें मेरे उस दिन के व्यवहार से बहुत अजीब-सा लगा होगा। तुमने शायद इसीलिए कहा है कि मैं उस समय दोहरी मनःस्थिति में थी। दोहरी मन:स्थिति की बात सही हो सकती है, परन्तु उस अर्थ में नहीं जिस अर्थ में तुमने लिया है। मैं उस वक्त तुम्हारे साय थी और बहुत हद तक नहीं भी थी। जीजा जी के साथ जो घटना हुई थी, उसके बाद से ही मेरा मन देव के लिए छटपटा रहा या और एक तरह से अपनी छटपटाहट से बचने के लिए ही मैं उस दिन तुम्हें अपने साथ घसीट ले गई थी। तुमसे बात करके मुझे अच्छा लगता है। यह भी जानती हूं कि इन दिनों मेरी पढ़ाई खास कुछ नहीं हुई, ज्यादातर मैं तुमसे इधर-उधर की बातें ही करती रही हूं लेकिन इसका कारण भी मैं तुम्हें नहीं, अपने को ही मानती हूं। तुमसे मिलने के बाद मुझे लगा था कि तुम एक ऐसे व्यक्ति हो जिससे मैं बात कर सकती हूं। तुम्हें मेरी बात सुन-कर चिढ नहीं होती और न ही तुम सिर्फ झेलने के लिए मेरी बात झेलते हो। इसीलिए आज भी तुमसे इतनी सब बात कह पा रही हूं। किसी से बात कर सकना भी अपने में एक सम्बन्ध है. इसे नाम चाहे जो दिया जाए। और कई सम्बन्धों से यह कहीं गहरा सम्बन्ध है, कम-से-कम मेरे लिए. लेकिन यह सम्बन्ध स्त्री और पुरुष के निर्माण-भेद का सम्बन्ध नहीं है। इसलिए जिस समय मुझे लगा कि तुम्हारी ओर से इसे ऐसा अर्थ दिया जा रहा है,

तो मैं पहले तो कुछ क्षण दुविधा में रही, फिर एकदम पथरा गई। दो दिन तक मेरे यहां न आने का कारण भी यही था। मैं नहीं समझ पा रही थी कि मैं किस तरह अपने को तुम्हारे सामने स्पष्ट कर सकूगी, क्योंकि तुमने मेरे बारे में जो सोचा, वह मेरे उस व्यवहार के कारण ही सोचा होगा, जो देव को अपने साथ देखने की जरूरत ने मेरे अन्दर ला दिया था। मैं उस समय बारिश में भीगती हुई बहुत-कुछ एक स्त्री, एक युवा स्त्री की तरह चल रही थी, इस ओर से मैं अनजान नहीं हूं, परन्तु जिसके लिए मैं स्त्री की तरह व्यवहार कर रही थी, वह मेरे साथ नहीं था और जो मेरे साथ था, उसके मन में पैदा हुई गलतफहमी के लिए मैं उसी को कैसे जिम्मेदार ठहरा सकती हूं? तुमसे मैंने रूखे ढंग से बात की थी जरूर, लेकिन ग्लानि मुझे अपने-आप से हुई थी। मैंने क्यों इस बात का ध्यान नहीं रखा कि तुम्हारे साथ मैंने जो भी या जितना भी सम्बन्ध माना हो, तुमसे मैंने उसकी स्वीकृति नही ली और उस स्थिति में पुरुष होने के नाते तुम मुझे केवल एक स्त्री के रूप में देख सकते हो? इसलिए तुम्हारे साथ चलते हुए मुझे अपने को उतनी ढील देने का कोई अधिकार नहीं था। इसी ग्लानि के मारे मैं दो दिन तुम्हारे सामने नहीं आ सकी, लेकिन दूसरी ओर मेरे लिए यह भी सम्भव नहीं था कि बिना तुमसे मिले और यह सब कहे, यहां से चली जाऊं।'

बोलना शुरू करके जिस तरह वह लगातार बोलती गई, उसी तरह चुप हो जाने के बाद काफी देर तक चुप बनी रही, शायद अब वह उसके बोलने की आशा कर रही थी, लेकिन वह जो महसूस कर रहा था, उसे शब्दों तो क्या, विचारों के घेरे में भी ठीक से नहीं बांध पा रहा था। श्यामा ने जो कुछ कहा था, उसने उसके मन की उदासी को और गहरा दिया था, परन्तु वह उदासी ज्यादा श्यामा को लेकर थी या अपने-आप को? श्यामा के लिए उसके मन में जो भाव था, वह सहानुभूति और दया से आगे एक आक्रोश का था। ऐसी क्या चीज थी, जिसके कारण वह साढ़े तीन साल पहले के अपने जीवन से इस बुरी तरह चिपकी थी कि आज का जीवन उसके लिए कुछ अर्थ रखता था, तो केवल उसी सन्दर्भ में? और वह चिपकना उसके जीवन की सचाई थी या सचाई से बचने का एक हठ-भरा उपाय? वह नहीं सोच पा रहा था कि 'श्यामा के उस सारे संघर्ष में वह स्वयं कहां पर है। क्या वह सममुच उससे अपना एक तरह का सम्बन्ध मानती थी या वह भी एक उपाय ही था, जो केवल एक अनुपस्थिति को अपनी उपस्थिति से भर सकता था?

बीच की चुप्पी काफी अखरने लगी, तो उसने आहिस्ता से पूछ लिया,

रात को तुम्हारी गाड़ी कितने बजे जाती है ?'

'साढ़े नौ पर छुटती है।'

तब तो तुम्हारे पास ज्यादा वक्त नहीं है अब। सामान-आमान बांधने के लिए भी तो वक्त चाहिए।'

सामान ज्यादा नहीं है। जो है वह एक जगह इकट्ठा कर दिया है। बांधने में वक्त नहीं लगेगा, लेकिन बिटिया को रोती छोड़ आई थी, इस-'लिए अब चलना होगा मुझे।'

मगर कहकर भी वह उठी नहीं। जैसे अभी कुछ और कहा जाने को था, न जाने किस की तरफ से, जिसके बाद ही वह वहां से चल सकती थी।

'मैं कोशिश करूंगा रात को स्टेशन पर आ सकूं।' वह बोला।

'आओगे ?'

कोशिश करूंगा।'

श्यामा की आंखों में एक चमक आते-आते बुझ गई। वह कुछ पल सोचती नजर से उसे देखती रही, फिर बोली, 'नहीं; वहां मत आना 'तुम।'

'ठीक है। नहीं आऊंगा।' वह उस प्रकरण पर रुकना नहीं चाहता था।

'मुझे गलत मत समझना।' श्यामा ने अपना हाथ उसके हाथ पर रख दिया।

गलत समझने की क्या बात है इसमें ?' उसने अपना हाथ जरा-सा हिला लिया, पर हटाया नहीं।

मैं इसलिए कह रही थी कि स्टेशन पर वे भी चलेंगे शायद जीजा जी, और मैं नहीं चाहती कि उन्हें ऐसा कुछ लगे, जिससे···।'

उसने अपना हाथ हटा लिया। श्यामा की उंगलियों का हलका पसीना उसे अपनी हथेली की पीठ पर सूखता महसूस हुआ।

'तुम्हारा सोचना ठीक है।' वह बोला।

श्यामा फिर भी उसी तरह बैठी रही। उसके होंठ हलके-हलके कांप रहे थे और उसकी आंखों में फिर आंसू भर आए थे।

'क्या हुआ ?' उसने लगाव के साथ पूछ लिया।

'कुछ नहीं।' इस बार श्यामा ने उसका हाथ अच्छी तरह अपने हाय से ढक दिया।

'अगर यह उस दिन की वजह से है, तो···'

'नहीं, उस दिन की वजह से नहीं है।'

'तो ?'

'मुझे लगता है, मैं कहीं तुम्हें चोट पहुंचाकर जा रही हूं।'

'यह कैसे ?'

'पता नहीं, पर लगता है मुझे।'

उसके गले से एक रूखी-सी आवाज निकली, यह गलत है।'

□□

श्यामा ने अविश्वास की नजर से उसे देख लिया, 'एक काम कर सकते हो ?'

'क्या ?'

'तुम मुझे मेरा मतलब है, अगला स्टेशन यहां से कितनी दूर पड़ता है ?"

'अगला स्टेशन ?' श्यामा के हाथ से ढके अपने हाथ में उसे एक गर्म लहर उतरती महसूस हुई, नौ-दस मील पर है शायद, क्यों ?'

'गाड़ी वहां कितनी देर रुकती है ?'

'मुश्किल से दो या तीन मिनट।'

'यह नहीं हो सकता कि··· ?'

वह हंस दिया, 'तुम चाहती हो मैं तुम्हें वहां मिलू ?'

श्यामा की आंखों में शिकायत भर गई, 'हंसने की बात नहीं थी यह।'

'हंसने की न सही, पर बचपने की तो है ही।'

श्यामा ने हाथ हटा लिया और उठने की तैयारी में अपने को सहेजने लगी, मुझे पता है, मैं कई बार बचपने की बातें सोचती हूं।'

बौछार रुक गई थी, पर बाहर हवा में काफी सीलन थी। श्यामा कुर्सी से उठकर बिना उसकी तरफ देखे दरवाजे तक गई, कुछ देर इस तरह बांह बाहर को फैलाए रही जैसे कि बौछार की वजह से ही उसे इतनी देर वहां रुकना पड़ा हो और उसके पास लौट आई, 'अच्छा··· ।'

वह भी उठ खड़ा हुआ, 'जा रही हो ?'

'हां।'

वह उसके साथ बाहर निकल आया। गीला दालान और उसके बाद का कच्चा हिस्सा उन्होंने चुपचाप पार किया। श्यामा जिस तरह चल रही थी, उससे लगता था कि वह किसी तरह जल्दी से उस घर का गेट पार कर जाना चाहती है, मगर गेट से निकलकर सड़क पर आते ही उसके पांव रुक गए। 'तो··· ?"

'अभी मुलाकात होगी तुमसे ?'

'अब कहां होगी?'

'मैं आऊंगा तुम्हें छोड़ने। अगले स्टेशन पर।'

श्यामा ने इस बार उसे दूसरी तरह की शिकायत के साथ देखा और हाथ हिलाकर सड़क पर बढ़ गई।

□□

छोटा-सा कच्चा स्टेशन। लकड़ी के खम्भों पर कैरोसीन के दो-तीन चौकोर लैम्प। थोड़े-थोड़े फासले पर तीन-चार बेंचें।

वह बिना शेड के अकेले प्लेटफार्म पर अकेला टहल रहा था। जिस गाड़ी से आया था, उससे दो घंटे बाद श्यामा की गाड़ी आने तक और किसी गाड़ी को वहां से नहीं गुजरना था। गाड़ी आने के वक्त एक टिकट-कलेक्टर और दो-चार कुली-खलासी वहां थे, एक मरियल-सा चाय वाला भी था, लेकिन अब वे सब प्लेटफार्म के पीछे अंधेरे में न जाने कहां गुम हो गए थे। प्लेटफार्म प्लेटफार्म न लगकर ऐसे लग रहा था जैसे बियाबान में बना एक चबूतरा हो। एक साया था जो जैसे कहीं से भटककर उस चबूतरे पर आ गया था और अब चबूतरे की हदों से बाहर नहीं निकल पा रहा था। एक चौकोर लैम्प से दूसरे तक, फिर तीसरे तक, फिर वापस।

दो समान्तर पटरियां, अंधेरे को काटकर जाती बुझी-बुझी लकीरें। कोई आकर्षण था जिसके मारे कभी-कभी वह प्लेटफार्म के बिलकुल सिरे पर चलने लगता था, पटरियों के बहुत पास, फिर उन पटरियों पर एक गाड़ी के आने की संभावना मन में डर भर देती थी, जिससे कदम अपने-आप वहां से दूर हट आते थे। एक सुनसान प्लेटफार्म पर दो घंटे टहलना, सिर्फ इसलिए कि एक गाड़ी के आने पर किसी से दो मिनट बात की जा सके, उसे अच्छा लग रहा था कि ऐसी बेवकूफी की हरकत का कोई गवाह नहीं था।

वह वहां क्यों आया था? इस सवाल पर उसके कदम रुक जाते थे। केवल शिष्टाचार निभाने? या श्यामा को किसी ऐसी चीज का विश्वास दिलाने जिस पर कि वह समझता था उससे अलग होने तक उसे विश्वास नहीं था?

वहां आने के लिए गाड़ी पकड़ने से लेकर अब तक कितनी ही बार वह यह सवाल अपने से पूछ चुका था। टिकट घर से टिकट खरीद चुकने के बाद भी उसे वापस कर देने की बात एक बार मन में आई थी। उसके इस तरह वहां आने से क्या कोई गलतफहमी दूर होने को थी? और किस की गलतफहमी?

चलते-चलते वह चोर-नजर से पीछे देख लेता था। अपने को अपने

अकेले होने का विश्वास दिलाने के लिए। जैसे जिस अंधेरे में टिकट-कलेक्टर और कुली जाकर गुम हो गए थे, उसमें से अब उनकी जगह कोई भी निकलकर आ सकता था। उसे जानने वाले सब चेहरे जैसे अंधेरे की उस दीवार के पीछे से उसे देख रहे थे। बड़ी-बड़ी आंखों वाला एक दुबला जर्द चेहरा अंधेरे से बाहर आने को सबसे ज्यादा कसमसा रहा था। वह उस चेहरे से ध्यान हटाने के लिए बार-बार घड़ी में वक्त देख लेता था। गाड़ी के आने में अब भी एक घंटा बाकी था।

यह खयाल आने से कि वह एक घंटे से लगातार टहल रहा है, उसे एकाएक थकान महसूस होने लगी। वह जाकर सबसे नजदीक की बेंच पर पसर गया। बेंच के पास ही एक लैम्प था, जिसके शीशे पर धुएं और मौसम ने कई-एक आकृतियां बना दी थीं। वह बेंच की बांह पर सिर रखकर लेट गया। मैले चौकोर शीशे पर उभरी आकृतियों में उसे कई-कई शक्लें नजर आने लगीं। यह उसकी हमेशा की आदत थी। सड़क से गुजरती गाड़ियों के नम्बर जोड़ना और कहीं कोई दाग नजर आते ही उसके सिर-मुंह-पर निकालने लगना। लैम्प का चौकोर शीशा एक स्क्रीन था और उस पर दिखाई देती तीन आकृतियां। पहली दुबली-पतली आकृति लता की थी। दूसरी स्वस्थ आकृति श्यामा की और तीसरी? वह एक बुड्ढा कमजोर आदमी था, जो घुटनों के दल वहां गिरा हुआ था। वह आदमी वहां क्यों था? शेष दोनों आकृतियों को अपनी बेबसी दिखाकर वह उनसे क्या पाना चाहता था?

तीनों आकृतियां सपाट थीं। गोलाक्ष्यां उनमें नही थीं। आकाश एक काले पोस्टकार्ड की तरह था। पोस्टकार्ड पर लैंप की तसवीर थी। तसवीर में कुछ और तसवीरें। एक के अन्दर दूसरी। बुड्ढा कमजोर आदमी एक लाज से दोहरी लड़की में बदल गया था। लड़की चेहरा हाथों में छिपाकर किसी तरह अपने को दूसरों की नजरों से बचाए रखना चाहती थी। पास की दोनों आकृतियां उसे घूर रही थीं। इनमें एक वह खुद था। दूसरी आकृति एक लम्बे-ऊंचे आदमी की थी। उसे वह नहीं पहचानता था। पर वह आदमी काफी नाराज नजर आ रहा था और लाज से झुकी लड़की, वह अब लड़की नही थी, एक टूटा पेड़ था। पास की दोनों आकृतियां एक खस्ता इमारत की टूटी दीवारें थीं, जो पेड़ के ऊपर ढह आने को थीं।

उसने आंखें हटा ली। गाड़ियों के नम्बर गिनने से भी इसी तरह मन ऊब जाता था। अपने को झकझोरकर वह इकाई-दहाई-सैकड़े के चक्कर से बाहर निकलता था। मगर थोड़ी ही देर में संख्या और आगे बढ़ जाती

थी। पी बी एल् तीन पांच सात दो। पांच तीन आठ, आठ सात पन्द्रह, पन्द्रह दो सत्रह। सात और एक आठ। नौ सौ इकानवे और आठ नौ सौ निनानबे। नाइन नाइन नाइन।

कमजोर टांगों वाला बुड्ढा हंस रहा था। शेष दोनों आकृतियां शरम से आंखें चुरा रही थी। उसने आंखें मूंद लीं। इस तरह उन आकृतियों से तो छुटकारा मिल गया, लेकिन लकड़ी की चुभती बांह पर सिर रखकर ज्यादा देर लेटा नहीं गया।वह एक झटके से उठकर फिर से पहले की तरह टहलने लगा। दूर, खाली पटरियों की लकीर पर सिग्नल की लाल रोनी से आगे एक सफेद रोगनी नजर आ रही थी। पता नहीं किस चीज की रोशनी थी वह, पर जब से वह आया था, तभी से वह अकेली रोशनी वहां झिलमिला रही थी। बार-बार उसे देखकर भ्रम होता था गाड़ी आ रही है। पर रोशनी अपनी जगह से हिलती नहीं थी, तो लगता था, गाड़ी सिग्नल न मिलने से वहां आकर रुक गई है। वह हर बार उस गाड़ी को अपनी आंखों से धकेलकर प्लेटफार्म पर ले आता था। एक-एक करके डब्बे सामने से निकल जाते थे। पर किसी भी डब्बे में उसे श्यामा नजर नहीं आती थी। वह जब गाड़ी के साथ-साथ चलकर डब्बों में झांककर देखने लगता था, तो गाड़ी ह्विसल देकर आगे चल देती थी। तीन या चार डब्बों के बाद शेष सब डब्बे अनदेखे छुट जाते थे। उसके बाद आंखें फिर उस रोशनी पर जा अटकती थीं और वह नये सिरे से गाड़ी को प्लेटफार्म पर ले आने लगता था।

आखिर जब सिग्नल की बत्ती हरी हो गई और अंधेरे में सुनाई देती घंटी की आवाज के साथ-साथ तेज रोशनी उस रोशनी से आगे निकल आई, तो उसके लिए यह तय करना मुश्किल हो गया कि उसे प्लेटफार्म के किस हिस्से में खड़े होना चाहिए। टिकट-चेकर और कुलियों के अलावा और भी कुछ लोग तब तक प्लेटफार्म पर आ गए थे। उसके और आने वाली गाड़ी के बीच जो अकेलेपन का सम्बन्ध था तब तक, उसमें उन लोगो का आसपास होना एक खलल की तरह था। प्लेटफार्म का अकेला-पन चुक जाने से उसके श्यामा से मिलने आने का उद्देश्य ही समाप्त हो गया था जैसे।

गाड़ी आकर रुकी, श्यामा को ढूंढने में उसे कठिनाई नहीं हुई। वह जनाना सेकेंड क्लास के दरवाजे पर खड़ी थी, जैसे कि उसी स्टेशन पर उतरना हो। श्यामा का डब्बा जितना पास आकर रुका, वह भी उसे अस्वाभाविक-सा लगा। रुकने का झटका लगने तक वे दोनों बिलकुल आमने-सामने थे। श्यामा झट से प्लेटफार्म पर उतर आई।

उतर क्यों आई?' वह उसका बढ़ा हुआ हाथ अपने हाथ में लेकर बोला, गाड़ी अभी छूट जाएगी।'

'पहले ह्विसल तो देगी,' श्यामा ने उसके वहां होने की कृतज्ञता से उसका हाथ अपने हाथ में कस लिया, 'तुम्हें कितनी देर हो गई आए?'

'दो घंटे।'

'दो घंटे?' वह मुसकरा दिया, 'इतना समय तुमने इस अकेली जगह पर कैसे बिताया?'

उसकी आंखें लैंप-पोस्ट से जा टकराई। आकृतियों के कुहासे में लग रहा था जैसे कोई व्यक्ति आंखें मूंदकर सो रहा हो। उसने कहना चाहा कि कई बार तो आदमी अपनी पूरी जिदगी एक अकेली जगह पर खड़ा रहकर काट लेता है, पर कहा उसने इतना ही, 'मुझे बल्कि काफी अच्छा लग रहा था यहां, क्योंकि जो लोग इस वक्त नजर आ रहे हैं, उनमें से कोई भी नहीं था।' श्यामा न जाने किस चीज से सिहर गई।

क्यों?' उसने प्रयामा की डूबी आंखों में देखते हुए पूछ लिया।

श्यामा ने उत्तर नहीं दिया।

कई बार यह चाह नहीं होती कि आदमी कई-कई घंटे बिलकुल अकेला रहे?'

'इस समय भी ऐसा ही चाह रहे थे क्या?' पर श्यामा यह सिर्फ कहने के लिए ही कह गई थी। सोच वह कुछ और ही रही थी।

'नहीं, इस समय गाड़ी का इन्तजार कर रहा था।'

'और अब भी शायद गाड़ी का इन्तजार ही कर रहे हो।'

दोनों हंस दिए। श्यामा उसकी एक-एक उंगली पर अंगूठा फिराती बोली, 'एक बात कहनी थी तुमसे।'

वह रोओं पर उसका सहलाना महसूस करता उसे देखता रहा।

'अगर किसी दिन मैं उबर सकी अपने-आप से, तो···।' गार्ड की ह्विसल के साथ ही इंजन की लम्बी चीख ने उसकी बात को बीच में काट दिया। श्यामा उसका हाथ छोड़ कर जल्दी से पायदान की तरफ बढ़ गई, 'बेबी अंदर सोई है।' हड़बड़ी में ऊपर चढ़ते हुए उसकी चप्पल साड़ी में उलझ गई। उसने सहारा देकर उसे ठीक से दरवाजे तक पहुंचा दिया। दोनों तरफ के हत्थे पकड़कर श्यामा फिर उसी तरह खड़ी हो गई, जसे गाड़ी आने के समय खड़ी थी। ब्रेक खुलने से पहले इंजन की लम्बी सूं-ऊं। फिर डब्बे की तरफ दौड़ते एक आदमी के पैरों की आवाज। पीछे से गुजरता मरियल चाय वाला। चाय गरेम, चाय।'

श्यामा अपनी बात कहने के लिए थोड़ा नीचे को झुक गई। वह सुनने

के लिए गाड़ी से बिलकुल सटकर खड़ा हो गया, मैं कह रही थी कि अगर सचमुच मैं कभी उबर सकी अपने-आप से, जिसकी कि मुझे आशा नहीं है, तो सबसे पहले मैं तुम्हारे पास आऊगी। तुम तब चाहे···।'

इंजन की हलकी चीख के साथ ब्रेक खुल गई। श्यामा का हाथ फिर। उसकी तरफ बढ़ आया, पर उसके पकड़ने-पकड़ने तक गाड़ी के झटके ने उसे छुड़ा दिया, मैं अब ज्यादा दिन यहां नहीं रहूंगा।' वह गाड़ी के साथ-साथ चलता बोला, 'ज्यों ही कहीं कोई दूसरी नौकरी मिलेगी, मैं यहां से चला जाऊंगा।'

'मैं जाकर तुम्हें पत्र लिखूंगी,' श्यामा का हाथ अब काफी नीचे को झक आया। गाड़ी की बढ़ती रफ्तार के साथ कदम मिलाने की कोशिश में वह मुश्किल से उसकी उंगलियों से अपनी उंगलियां छुआ पाया, 'आशा है मेरा पत्र मिलने से पहले नहीं चले जाओगे।'

मैंने एप्लाई कर रखा है एक जगह:।' पर अचानक उसके पैर रुक गए। प्लेट फार्म का सिरा आ गया था और वह दो कदम उसकी ढलान पर नीचे उतर आया था।

श्यामा का डब्बा आगे निकल गया था। उसके बाद और डब्बे एक-एक करके सामने से निकलते गए। श्यामा काफी दूर तक उसकी तरफ हाथ हिलाती रही। डब्बों की कतार एक-दूसरी दुनिया थी जो दो-एक मिनट के लिए उस प्लेटफार्म पर आकर रुकी थी और अब अंधेरे में ओझल हुई जा रही थी। एक हिलता हाथ उस ओझल होती दुनिया में उसके अस्तित्व की स्वीकृति थी, पर यह स्वीकृति भी, लगातार धुंधली पड़कर, अब दूर से दूर होती जा रही थी।

फिर वही अकेला प्लेटफार्म और सिग्नल की लाल रोशनी से परे लाइनों की सीध में ठहरी हुई सफेद रोशनी। उस समय अपना वहां होना उसे एकाएक इतना असंगत लगने लगा कि गेट पार करते आखिरी कुली के पीछे-पीछे वह भी स्टेशन से बाहर निकल आया। कुली से पता चला कि उधर से लौटने की गाड़ी अब सुबह से पहले नहीं मिल सकती। उठाने को कोई सामान न मिलने से कुली इतना दुखी था कि न जाने किसे लक्ष्य करके वह मुंह में गाली बके जा रहा था। वह उससे ज्यादा बात नहीं कर सका, पर बिना सोए सात घंटे और स्टेशन की हदों में गुजारना उसे इतना बेतुका लगा कि किसी तरह रास्ते का पता करके वह ग्रांड ट्रंक रोड पर पहुंच गया। आशा थी शायद कोई शहर की तरफ जानेवाली मोटरगाड़ी मिल जाए, जो उसे लिफ्ट दे दे, लेकिन सड़क इतनी खाली थी और वाता-वरण इस तरह खामोश कि एक टूटी साइकिल की आवाज भी दो सौ

भीटर परे से सुनाई दे रही थी। सड़क के उस तरफ कुछ छोटे-छोटे घर थे और घरों से आगे जंगल। रात ज्यादा नहीं हुई थी, फिर भी उस इलाके में दिन जाने कब का बीत चुका था। आदमी जैसे वहां कोई था ही नहीं। सड़क थी, पेड़ थे और कच्ची इंटों के कुछ ढांचे। आबादी के नाम पर जो कुछ था वह सब जैसे आखिरी गाड़ी के साथ वहां से चला गया था।

काफी देर खड़े रहने के बाद दूर मे आती एक आवाज सैलाब की तरह सड़क पर फैलती महसूस हुई। एक बोरों से लदा ट्रक था, जो उसके जोर-जोर से बांह हिलाने से उसके पास आकर रुक गया। ड्राइवर ने उसकी बात सुने बगर उसके लिए दरवाजा खोल दिया। सीट के नीचे एक आदमी उकड़ होकर सोया था। दरवाजा खुलते ही वह उठकर बैठ गया और अपनी खुली पगड़ी सिर पर लपेटने लगा। ट्रक में दाखिल होते हुए उसे लगा जैसे वह एक ऐसे संदूक में बन्द होने जा रहा हो जिसमें केशों की कमली गन्ध से बचकर सांस ली ही न जा सकती हो लेकिन ट्रक स्टार्ट होने के बाद बाहर की हवा ने उस गन्ध को काफी हलका कर दिया।

नीचे लेटा सरदार अब उसके बराबर बैठ गया था। बिना पूछे कि उसे कहां तक जाना है. उसने हाथ उसकी तरफ बढ़ा दिया, 'एक रुपया।' उसने भी बिना कुछ कहे एक रुपया निकालकर उस आदमी के हाथ पर रख दिया। थोड़ी देर में ड्राइवर एक फिल्मी गीत गाने लगा और साथ बैठे सरदार का सिर उसके कंधे पर झूल आया।

शहर से दो किलोमीटर बाहर चुंगी के पास उसे ट्रक छोड़ देना पड़ा। ड्राइवर और उसका साथी रात के बाकी घंटे वहीं एक ढाबे के अहाते में सोकर बिताने जा रहे थे। वह अहाता था ही इस काम के लिए। तीस-चालीस चारपाइयां इधर-उधर पडी थीं। कुछ पर लोग सोये थे, पर ज्यादा-तर खाली थीं। ढाबे के बाहर और भी कुछ ट्रक रुके हुए थे। जिन डाइ-वरों को वहां सोना होता था, वे एक-एक चवन्नी देकर अपने लिए चार-पाई ले लेते थे। जिन्हें सफर जारी रखना होता था, वे रुककर एक-एक प्याली चाय ले लेते थे और कुछ देर आपम में गाली-गलौज करके वहां से रवाना हो जाते थे।

सो जाइए आप भी थोडी देर यहीं।' अपने वाले ड्राइवर के इस सुझाव पर उसने अहाते को गौर मे देख लिया। पन्द्रह या पचीस वाट के बल्ब की मद्धिम रोशनी में बेडौल नजर आते बांस और मंज के जालीदार चौखटे और उन पर लाशों की तरह बेबस पड़े शरीर। बिना पलस्तर की दीवारों पर बड़े-बड़े साए, एक विराट् जाल में फंसे अजदहों की तरह सांस लेते। सायों के आसपास परिंदों की तरह उड़ते पतिंगों के साए। पूरा

वातावरण एक बुझी-बुझी-सी रात, एक मरी-मरी-सी गन्ध। माथा नींद से भारी हो रहा था, फिर भी वह अपने को वहां सो रहने के लिए तैयार नहीं कर सका। चाय की प्याली पीकर ढाबे से आगे वह चुंगी की तरफ बढ़ आया।

वह चाय पी रहा था, तो दो-एक ट्रक निकलकर आगे गए थे, पर अब कोई ट्रक शहर की तरफ जाने को तैयार नजर नहीं आ रहा था। चुंगी से थोड़ा आगे एक साइकिल-रिक्शा खड़ा नजर आ गया। रिक्शा ड्राइवर भी ट्रक-ड्राइवर के साथी की तरह अपनी सीट के आगे गुच्छा होकर सोया था, बहुत जगाने पर किसी तरह मुश्किल से वह जागा, उठकर बैठा और फिर सो गया। फिर से जगाने पर मुंह में कुछ बड़बड़ाता उठा। उससे पूछकर कि उसे कहां जाना है, उसने दो रुपया किराया बताया और फिर से सोने को हो गया, पर किराया मान लिए जाने से निराश होकर उसे सचमुच जाग जाना पड़ा।

जाग जाने के बाद जैसे उसे होश आया कि आधी रात के वक्त एक बिलकुल अनजान आदमी के साथ उसे सुनसान रास्ते से जाना है। वह यह कहकर चुंगी से पीछे चला गया कि कोई दूसरा आदमी साथ चलने को मिलेगा, तभी वह इस वक्त सवारी ढोने का खतरा उठा सकेगा। काफी देर उसके लौटने का कोई आसार नजर नहीं आया। आखिर जब उसकी सूरत नजर आई तो एक पहलवान-शवल आदमी उसके साथ था।

हालांकि रिक्शा में काफी सिकुड़कर बैटना पड़ा उसे। तीन-चौथाई सीट पहलवान ने घेर ली थी. फिर भी हवा लगने के साथ ही उसका सिर नीद से झुकने लगा। कोशिश से आंखें खोलने पर रिक्शा-ड्राइवर के हिलते पांव नजर आते, मशीन की चर्खियों की तरह घूमते। सड़क दो हिस्सों में कटती-सी जान पड़ती। पेड़ अनमने भाव से रास्ता छोड़ते लगते। एक बत्ती थी, न जाने कहां, जो बीच-बीच में सामने चमककर फिर अंधेरे में गुम हो जाती थी। रिक्शा चल रहा था जैसे रेल की पटरियों पर फिसल रहा हो। लगातार आगे को दौड़ता हुआ भी एक ही जगह रुका हुआ। पेड़ों की बहुत-सी टहनियां अब उस पर झक आई थीं और उसे पूरी तरह अपने से ढके ले रही थीं। एक टहनी जैसे उसकी जांघों के बीच अटक गई थी। वह रिक्शा-ड्राइवर को रोककर उस टहनी से अपने को छड़ाना चाहता था, पर उके और रिक्शा-ड्राइवर के बीच का फैसला जैसे लगातार बत्ता जा रहा था। लगता था कि सीट पैडलों से कई सौ गज पीछे चल रही है। जांघों में अटकी टहनी में मोटी-मोटी उंगलियां निकल आई थीं जो हलके-हलके शरीर के उस हिस्से को टटोल रही थीं···आखिर उंगलियों का

दबाव इतना बढ़ गया कि वह अपने को झटककर जाग गया। शरीर में एक सिहरन दौड़ गई, क्योंकि वह दबाव नीद के खुमार का भलावा नहीं था। साथ बैठे पहलवान का हाथ उसकी जांघों के बीच आकर उसे मुट्‌ठी में कसे हुए था।

उसने रिक्शा-ड्राइवर से वही रिवशा रोकने को कहा। रिक्शा-ड्राइ-वर गद्दी से उतरकर गुमसुम-सा खड़ा हो गया जैसेकि बिना बताए उसे वजह का पता चल गया हो। पहलवान इस तरह सिर झुकाए रहा जैसे कि गहरी नींद में हो।

बात दोनों तरफ से नहीं हुई। उसने चुपचाप रिक्शा-ड्राइवर को पैसे निकालकर दे दिए। रिक्शा-ड्राइवर ने मुंह में हलके से कुछ बड़बड़ाकर आधे पैसे उसे लौटा दिए और एक झटके स रिक्शा मोड़ कर वापस चुंगी की तरफ चल दिया। वह कुछ देर अपनी खामोशी के लिए अपने को कोसता खड़ा रहा, फिर पैदल आगे चलने लगा।

खाली सड़क। सपाट-सीधी। यहां-वहां शाम को बरसे पानी का गीला-पन। उस पर से गुजरता अकेला अपना-आप। मन में कहीं एक डर। जैसे, कि कोई होने वाली दुर्घटना सौ कदम आगे-आगे चल रही हो।

वह जल्दी-जल्दी सड़क को नाप रहा था। पर साथ ही यह भी चाह रहा था कि सड़क जल्दी से समाप्त न हो। सड़क एकदम बेगानी थी, कुछ हद तक डरावनी भी। पर लौटकर जिस घर में जाना था, उसके साथ भी अपना कुछ सम्बन्ध उसे महसूस नहीं हो रहा था। घर में होने से सड़क पर होना ही बल्वि ज्यादा अच्छा था˙˙पर सड़क पर होने से आगे? उसे एक साथ लता और श्यामा दोनों का ध्यान आया। जिस-जिस घर में वे दोनों थीं, क्या उसके साथ इस तरह जड़ी थी कि वहां से सड़क पर निकल आने की जरूरत कभी उन्हें महसूस ही न होती हो? पर सड़क पर निकल आने के बाद की जरूरत?

दूर से अपनी बस्ती की बत्तियां नजर आने लगी, तो घर पहुंचने में थोड़ा और वक्त लेने के लिए वह सड़क के छोटे-से पुल पर रुक गया। वातावरण में दूर तक वही आवाज सुनाई दे रही थी। पुल के नीचे दूर तक फैले सैलाब में गूंजती मेंढकों की आवाज, पर आवाज सिर्फ मेंढकों की नहीं थी और भी न जाने किन-किन कीड़ों-पतिगों की आवाजें उसमें मिली थीं। जैसे आकाश के नीचे बिखरी जमीन और जमीन पर झुके आकाश के बीच की कोई छटपटाहट थी, जो उस आवाज में बाहर गूंज रही थी। उसे यह भी लग रहा था जैसे वह आवाज उः के अन्दर से भी सुनाई दे रही हो। सैलाब में चीखते सैकड़ों कीड़ों में से एक कीड़ा उसके अन्दर

कहीं दुबक गया था। पता नहीं कहां।

दूर तक नजर दौड़ाने पर सिर्फ यहां-वहां कुछ पानी चमकता नजर आता था। पानी के उस तरफ, रेल की अनदेखी पटरी पर से एक गाड़ी गुजरकर जा रही थी। कुछ ही क्षणों में चमकते कनखजरे-सी वह गाड़ी दाईं तरफ के अंधेरे में गुम हो गई। वह खड़ा सोचता रहा कि श्यामा की गाड़ी भी क्या उस वक्त वैसे ही किन्हीं सैलाबों के पास से गुजर रही होगी?

अन्तराल-2

समुद्र ज्वार पर था। ऊंची उठतो लहरें थोड़ा और ऊंचे उठ पाती, तो उस पतली-सी सड़क को अपने में लीन सकती थीं, लेकिन कहीं एक सीमा थी। चट्टानों से एक-डेढ़ हाथ ऊपर हवा में खिची एक अदृश्य लकीर, जिस तक आकर वे लौट जाती थीं। टूटती लहरों का फेन चट्टानों पर बिखरकर सिकुड़ने लगतापा। कभी हताश प्रयत्न में छीटों की जालियां लकीर पार करके सड़क को भिगो जाती थीं। हिश्छाप् छप् छप्।

टी सेंटर से चलकर श्यामा बिना उस सड़क को जाने उस तरफ निकल आई यो। टी सेंटर पहुंची थी, तो पोर्च के नीचे खड़ी भीड़ धीरे-धीरे छंट रही थी। उसे पहले घर से निकलने में ही बेबी के रोने की वजह से देर हो गई थी। फिर जो लोकल गाड़ी उसने पकड़ी, वह हर स्टेशन पर रुकने वाली गाड़ी थी। दादर स्टेशन पर सिग्नल की खराबी के कारण गाड़ी को काफी देर रुके रहना पड़ा। आखिर जब गाड़ी चर्चगेट स्टेशन पर पहुंची, तो बाहर तेज बारिश हो रही थी। इतनी कि इस फुटपाथ से उस फुटपाथ तक लांधकर जाना सैकड़ों लोगों के बीच शावर बाथ लेने की तरह था। वह कितनी ही देर स्टेशन के अहाते में खड़ी बारिश में भीगते ट्रैफिक को देखती रही। सड़क उमने पार की जब बारिश बिलकुल रुकने को आ गई।

पोर्च के नीचे आकर सरसरी नजर में ही उसने जान लिया कि कुमार वहां नहीं है। न जाने क्यों उसका मन कह रहा था कि वह उसे अन्दर भी नहीं मिलेगा, फिर भी उसने अन्दर जाकर देख लिया। सन्देह मिटाने के लिए नहीं, उसे निश्चय में बदलने के लिए। कुमार वहां नहीं था। हो ही नहीं सकता था। घर से चलने से पहले ही जैसे उसे पता था कि कुमार से

आज उसकी भेंट नहीं होगी। जरा-सी भी देरी का बहाना उसके इन्तजार न करने का कारण बन जाएगा। एक अरसे के बाद एक-दूसरे के सामने पड़ने में जो उलझन होती, उससे कहीं वह स्वयं भी बचना चाहती थी। इसलिए कुमार का बचना चाहना अस्वाभाविक नहीं था।

टी सेंटर से निकलकर फुटपाथ की तरफ बढ़ते हुए पहले उसका मन हुआ कि सीधी घर लौट जाए. लेकिन स्टेशन की तरफ न मुड़कर उसके पांव अपने-आप उलटी तरफ को मुड़ आए थे। घर पर वह कहकर आई थी कि उसे लौटने में देर हो जाएगी। बहाना था कि उसकी एक पुरानी छात्रा ने, जो कोलाबा में रहती है, उसे खाने पर बुला रखा है। सोचा था कुमार के साथ जाकर एक बार उमका घर जरूर देखेगी। जो कुछ उससे मिलकर और बात करके नहीं जाना जा सकेगा, उसका बहुत कुछ पता उसके रहन-सहन और उन दिनों से आज के फर्क को देखकर लग सकेगा, मगर कुमार से भेट न होने पर उतना वक्त किस तरह बिताना होगा, इसे लेकर उसने पहले नहीं सोचा था।

बारिश रुक चुकी थी। लग रहा था आसमान थोड़ी देर में खुल जाएगा। बेरीज, बाबेलीज, नपोली, हर रेस्तरां के सामने से गुजरते हुए भीड़ में घिरकर बैठने और चाय या काफी से शरीर को गर्मा लेने की सम्भावना उसका पल्ला थामती रही, पर वह बिना कहीं रुके मैरीन ड्राइव के चौड़े फुटपाथ तक चलती चली आई। वहां पहुंचकर भी बाईं ओर की दिशा उसने अनजाने में ही पकड़ ली। उम फुटपाथ का ममुद्र को चीरती संकरी सड़क में बदल जाना उसकी मानसिक स्थिति के बहत अनुकूल था। भीड़ के इतना पास इस तरह का अकेलापन ढंढ़ने की कोशिश करने पर नहीं मिल सकता था।

नरीमन पाइंट। चट्टानों के ऊपर से उमड़कर आते पानी की अनगिनत करवटें। सामने, उस तरफ से आती एक वैसी ही संकरी सड़क के पीछे, बड़े-बड़े बादबानों जैसी हितराए बादलों की टुकड़ियां। सिर के ऊपर उठी एक घनी टुकड़ी शाम को रात में गहराए दे रही थी। अगर वह टुकड़ी अचानक बरसने लगी? उस स्थिति में अकेलेपन में भी अपने भीगे शरीर को वह किस तरह सहन कर पाएगी?

एक बादल अन्दर घिरा था। उसी तरह छितराया-छितराया बादल। अन्दर की शाम बाहर की शाम से ज्यादा गहरी और उदास थी। उसके साए में कोई चीज कपक रही थी। क्यों यह कसक जब-तब एक जख्म की तरह उभर आती थी? और वह कसक ही नहीं थी। एक और अनुभूति भी थी, रोयों से गुजरते ब्लेड जैसी। वह किसी भी प्रयत्न से उस अनुभूतिः

से अपने को नहीं अलगा सकती थी।

पीछे हर तरफ ऊंची-ऊंची नयी इमारतें थीं। कुछ और इमारतें उनसे भी ऊंची उठने की प्रक्रिया में थीं। इमारतों से घिरा समुद्र का हिस्सा पिट-पिटाकर शान्त हो गया लगता था, पर दूसरी तरफ, चौपाटी के घेरे में, वह उतना शान्त नहीं था। वहां उसकी हलचल एक पालतू जानवर की कसरत की तरह नजर आती थी, लेकिन सामने का समुद्र, वह उबलते लावे की तरह उमड़ता पानी, वह भी तो एक हद तक कसमसाकर, फिर बार-बार अपने में ही डुबकी लगा जाता था।

पानी में नये-नये आकार बनते और विखर जाते थे। अपने रुंधे हुए आवेश से समुद्र की सतह कांप रही थी। लहरें शार्क मछलियों की तरह सिर उठाती और पल-भर में ही बेबस होकर गिर जातीं। कुछ लहरें बड़ी-बड़ी नावों की तरह दूसरी लहरों पर तिर आतीं और अपने ही वेग से उलट कर चूर-चूर हो जाती। फेन की रेखाएं जहां-तहां बनती और बिखर जातीं। एक अव्यक्त-सी लिपि लिखी जाने के साथ-साथ मिटती जाती। लिपि में रूप, अर्थ सब होता था, पर क्षण-भर में ही सब-कुछ रूपहीन, अर्थहीन। लहरें फिर उठती रेखाएं फिर बनतीं और तभी सब-कुछ व्यर्थ होकर अपने को तोड़ देता। उस सारे संघर्ष की परिणति क्या थी? व्यर्थता या वह व्याकुलता जो पीछे से उठते दूसरे उफान में नजर आती थी? समुद्र की अन्तिम आकांक्षा क्या थी?

चट्टानों पर छोटे-छोटे केंकड़े उछल रहे थे। उनका चट्टानों की दरारों में जा छिपना और बाहर उछल आना, फिर जा छिपना और फिर उछल आना। अन्तिम स्थिति निराश्रित होने की व्याकुलता थी या खोज की उत्सुकता?

□□

मंडी के घर में बरामदे में कुर्सी डालकर बैठे हुए, नीचे से कई रह की पाहटें सुनाई देती थीं। अकेले क्वार्टर में अकेली रात काटने में मुश्किल लगनी थी।अंधेरा गहरे समुद्र की तरह ऊपर-नीचे घिरा रहता था। अपना-आप एक डूबी नाव की तरह बेकार का अस्तित्व लिए जान पड़ता था। यहां-वहां चमकती मद्धिम बत्त्यिां दिशाहीन समुद्र में दिशा के संकेतों जैसी, भी अपनी ही तरह उस पारावार में खोई-खोई लगती थीं। मन छट-पटाता था अंधेरे से उबरकर किसी तरह सतह को पा लेने के लिए, लेकिन संघर्ष कर सकने की चेष्टा ही अपने में चुक गई प्रतीत होती थी।

बुलबुले आसपास उठते रहते थे। बीते जी न के वे क्षण जो आज भी कहीं सजीव थे, उन क्षणों में एक क्षण, गाड़ी ह्विसल देकर उस छोटे-से

स्टेशन से चल दी थी। सिग्नल से आगे निकलते हुए प्लेटफार्म के सिरे पर ठिठकी आकृति को जब आखिरी बार देखा था, तब प्लेटफार्म के मद्धिम लैम्पों ने उसे एक छाया में बदल दिया था। छाया दूर होती जा रही थी और लग रहा था कि गाड़ी बाहर की पटरियों पर न चल कर अपने अन्दर से गुजरकर जा रही है। उसकी बढ़ती रफ्तार अन्दर की ही किसी जमीन को कुचल रही है। जब छाया ओझल हो गई तो पायदान के हत्थों पर अपने हाथों की पकड़ उसे इतनी कमजोर लगने लगी कि उनके छूट जाने के डर से उसने पीछे हटकर दरवाजा बन्द कर लिया।

वह कुमार से कहकर आई थी कि उसे पत्र लिखेगी, लेकिन कई सप्ताह बीत जाने पर भी वह कोई पत्र नहीं लिख पाई। खाली कागज सामने रखते ही शब्दों के साथ मन का सम्बन्ध टूट जाता था। इतना कुछ एक साथ उमड़ने लगता था कि सिवाय सिर-दर्द के उस प्रयास का कुछ भी परिणाम नहीं निकलता था। कभी अपने से उचाट होकर वह बिला वजह बेबी को डांटने लगती थी। एकाध बार उसके गाल पर तमाचा भी मार दिया था। उसके बाद कितनी ही देर से बेबी के हाथों दुखी होकर रोती रही थी, पर बाद में अपने पर गुस्सा आने से वह बेबी को दिन-भर पुचकारती और उसकी सब तरह की जिदें पूरी करती रही थी।

न जाने कौन सा पक्षी था, जो रात को देर तक चिड़् चिड़् चिङ् करता रहता था। वह आवाज अंधेरे के अकेलेपन को और भी गहरा बना देती थी। जब बह पक्षी चप कर जाता था. तो घर के पास से बहकर जाते ब्याग की आवाज पूरे बियाबान को घर की तरफ धकेलने लगती थी। उस बियाबान की दहशत में कितना कम सोचते हुए भी सोचने की शक्ति जड़ हो गई लगती थी। लगता था. चेतना का एक-एक रेशा निचुड़ गया है और जो शेष है, वह कुर्सी के बेत पर भारी होकर लदे बोझ के सिवा कुछ नहीं है।

हवा का रुख क्वार्टर की तरफ होने पर दरिया की आवाज बहुत ऊंची हो आती थी। मुंडेर पर पांव फैलाए कुर्सी पर झलती हुई वह उम आवाज से पानी के वेग का अनुमान लगाती थी। सोचती थी कि जो पानी अभी अभी वहां पास से बहकर जा रहा था, वह मिनटों में ही किस-किस घाटी के पत्थरों पर से पिसलता हुआ कहां-से-कहां जा पहुंचा होगा। फिर वह बहुत पीछे जाकर मनाली या कुल्ल से उस पानी के साथ-साथ यात्रा करने लगती थी। पानी सुनसान रास्ते में ठोकरें खाता उसके क्वार्टर के पास पहुंचता और उसी तेजी से वहां से आगे निकल जाता। उसे खेद होता कि इतनी दूर तक साथ आने पर भी क्यों पानी के

बहाव को एक क्षण के लिए, कल्पना में भी मनचाही जगह पर राका नहीं जा सकता।

आसपास की हर चीज पर उसे गुस्सा आता। लगता कि आकाश में घुली स्याही और स्याही में घुले हलके-हलके रंग, पहाड़ियों की धुंधली रेखाएं और उन रेखाओं को जड़ बनाती पगडंडी की बत्ती घर का निर्जीव बरामदा और बरामदे को एक पड़ाव का-सा रूप देता बुझा हुआ टेबल-लैंप, ये सब मिलकर एक षड्यन्त्र कर रहे हैं, जिससे कोई एक भी क्षण उसके लिए मानसिक विश्राम का क्षण नहीं बन पाता। हर क्षण पीछे की बेचैनी को आगे की बेचैनी से जोड़ देता है, बस।

उसे देव की याद आती। और लोगों की याद आती। लगता कि आज तक किसी ने भी मन से उसकी निर्भरता महसूस नहीं की। स्वयं वह भी अपने में किसी की वैसी निर्भरता महसूस नहीं कर पाई। किसी-न-किसी स्वार्थ के बिन्दु पर ही दूसरे उससे और वह दूसरों से मिलती रही है, मिलने का वसीला चाहे कुछ भी रहा हो। उसे अपने अन्दर कोई चीन छटपटाती महसूस होती। लगता कि आज तक उस चीज को बाहर आने का अवसर नहीं मिला जैसे एक मोटा पंख युक्त कीड़ा था. उसके अन्दर कैद जो जब कभी अन्दर की चार-दीवारी से टकराने लगता था। टकरा-टकराकर गिर जाता था, फिर उड़ता था, फिर टकराता था और फिर गिर जाता था। आकाश में निकल जाने का कोई-न-कोई रास्ता था अवश्य, लेकिन बिना उस रास्ते को पाए वह वहीं टकराए जाता था।

दूर किसी पगडंडी पर कोई दो व्यक्ति बात करते निकल जाते। वह अपनी कल्पना में ब्यास के साथ-साथ बहने लगती। बीहड़ रास्तों मे गिरती-टूटती नीचे मैदान की तरफ उतरने लगती। सुनसान जंगल के किसी अनजाने मोड़ पर कोई जानवर अपनी लपलपाती जीभ उनसे छुआ देता। रास्ते के हर मोड़, हर ढलान का खतरा उसे महसूम होता और डर की सिंरहन उसके शरीर में रेंग जाती। ब्यास में गिरती छोटी छोटी नदियां जैसे उसी के शरीर में आ मिलती। बड़े-बड़े मगरमच्छों के जबड़े खुलते और बंद हो जाते। मैदान में पहुंचकर भी उसे स्थिरता नहीं मिलती। वहां वह अपने को एक बाढ़ के रूप में बहते पाती। बाढ़ से पेड़ों की जड़ें उखड़ जातीं। घरों की नीवे डह जाती। गांव-के-गांव और बस्तियां की बस्तियां उजड़ जातीं। कितने-कितने पशु निराश्रय होकर इधर-से-उधर भटकने लगते बांऽआं बांऽ आऽऽ। तब सामने नजर आता समुद्र। असीम और अथाह। एक चुम्बक आकर्षण, जिससे बचने-बचने में वह कई-कई धारों में बंटकर भी लगातार उसकी तरफ

बहती जाती, फिर वह क्षण आता जब हर धार समुद्र में जा मिलती। पर समुद्र की उदासीनता में अन्तर न आता। कुछ देर रेतीले किनारों से टकराने के बाद वह गहरे समुद्र की ओर बढ़ जाती। वहां उसका व्यक्तित्व इस तरह बिखर जाता कि उसे अपने अस्तित्व में ही सन्देह होने लगता। अब पहले से भी बड़े मगरमच्छों के जबड़े आस पास खुलने लगते। खुले-के-खुले रहकर उसे निगलने आने लगते। वह पल-भर आशंका से स्तम्भित रहती, पर इस अनुभूति से सन्तोष मिलता कि वह तो अब है ही नहीं हैं तो केवल छोटी-बड़ी मछलियां, जो आड़ी-तिरछी लकीरों की तरह पानी को काटती हुई उन जबड़ों के अन्दर खिंच जाती हैं। वह उन मछलियों में से एक नहीं है। वह है, तो उनसे हटकर है, पर किसी तरफ को खिंची वह फिर भी जा रही है, उन जबड़ों की तरफ नहीं, तो और किस तरफ?

कमरे में बेबी कुनमुंनाने लगती। वह उसांस के साथ कुर्सी से उठ पड़ती। बत्ती जलाकर टाइम-पीस में वक्त देखती। ढाई। पौने तीन। तीन।

□□

एक मुद्दत के बाद उन दिनों उसने डायरी लिखनी शुरू की : दरिया के उस तरफ बहुत बड़ा लैंड-स्लाइड हुआ कल। पता नहीं कैसी हैं ये पहाड़ियां। इनका चरित्र मेरी समझ में नहीं आता। देखने में कितनी विशाल लगती हैं, कितनी स्थिर! पर एक लम्बी झड़ी से भुरभुराकर नीचे आ रहती हैं। जब भी कहीं लैंड स्लाइड होता है, मन में न जाने कैसी आशंका भर जाती है। यहां से अपने कहीं जाने की बात नहीं होती, फिर भी सड़क टूट जाने से एक रुकावट-सी क्यों महसूस होने लगती है? मेरा ऐसा क्या है, जो यह सड़क कहीं से जोड़ती है? आज स्कूल के बाहर की पगडंडी पर काफी संभाल-संभालकर कदम रखती रही। डर लग रहा था कि गीली जमीन पता नहीं कब किस जगह से धसक जाए और—मेरी आँखों के सामने कभी लैंड-स्लाइड नहीं हुआ। ज्यादातर लैंड-स्लाइड आधी रात को ही होते हैं। गुपचुप। पता नहीं क्यों।

आज लेडी डाक्टर बत्रा ने आत्म हत्या कर ली। उसके निर्जीव शरीर को देखकर भी बार-बार लैंड-स्लाइड की बात मन में आती रही। इतनी सुन्दर थी वह देखने में, इतनी हंसमुख भी थी, फिर उसने अचानक आत्म-हत्या क्यों कर ली?

जब तेज हवा चलती है, तो उसमें घुल-मिल जाने को मन करता है। बहते पानी में, चट्टानों पर, वर्षा में, घास पर, मिट्टी में, कोहरे के बीच,

चांदनी में, तपती धूप में सब जगह एक स्पन्दन है, जो शरीर में ऊपर-ऊपर उड़ते जाने की उकसाहट भर देता है, पर कितना ठोस है अपना-आप कि एक पत या तिनके जितना भी उड़ लेने का विकल्प नहीं इसे!

तीन दिन से पानी बरस रहा है। रोज सुबह उठने पर आसपास की घाटियां फिर से धुलकर कुआंरी हो गई लगती हैं, पर एक दिन की धूप से ही फिर वही बासीपन उभर आएगा इनमें। आज तक यहां की घाटियों के साथ मन का सम्बन्ध नहीं बन पाया। ये हलकी-हलकी गहराइयां बहुत उथली जान पड़ती हैं। मन ललकता है बहुत ऊंचे पहाड़ों के लिए, उन पर उभरी बड़ी-बड़ी रूखी चट्टानों के लिए, हहराकर नीचे गिरते झरनों के लिए। बादल जोर से गरजता है, तो कहीं बिजली गिरने की कल्पना से सिहरन हो आती है। ऐसे में अकेलापन बहुत महसूस होता है। मैं नहीं जानती मैं अपने से क्या चाहती हूं, अपने लिए क्या चाहती हूं। प्यार? लेकिन प्यार का अर्थ क्या है? कुछ क्षणों के लिए किसी की सांसों से रुंध जाना, इतना ही? मैं किसी के क्षण-भर के आवेग का साधन बनकर रह जाऊं, मेरा अहं इसे स्वीकार नहीं करता। मैं अपने लिए, प्यार के रूप में, बहुत बड़ा कुछ चाहती हूं, पर वह बड़ा कुछ क्या है, इसकी परिभाषा अपने को नहीं दे पाती। शायद मेरे अन्दर कोई मानसिक ग्रन्थि है, जिसका मुझे विश्लेषण कराना चाहिए, या शायद कोई और ही चीज है, जिसकी चीर-फाड़ होनी चाहिए। यह सारा प्यार के नाम से होने वाला कार्य-व्यापार सारा नर और मादा धर्म, यह सारी खोज और इसमें मिली वितष्णा। क्या कुछ था कभी जो आज आकर चुक गया है, या कि कभी भी कुछ भी नहीं था सिवाय अन्धे प्राकृतिक न्याय के और उसके आसपास बुने गए शब्द-जाल के?

मुझे नहीं लगता एक बार गृहस्थ जीवन के अनुभव से गुजर लेने के बाद मैं उस अनुभव को अब अपने जीवन में कभी दोहरा सकती हूं। किसी के साथ जी सकती हूं शायद, पर उसके साथ घर नहीं बसा सकती।

आज तक मेरे लिए देव की मृत्यु नहीं हुई। जब कभी किसी भी घर में पति-पत्नी को पास-पास बैठे देखती हूं, आपस में बात करते सुनती हूं, तो लगता है देव से फिर सामना हो रहा है मेरा। मुझे एक-एक शब्द परिचित लगता है, स्थितियों के सारे परिणाम निश्चित जान पड़ते हैं और जो भाव मन में उमड़ने लगता है, वह पता नहीं अवसाद का होता है या उपहास का। कभी-कभी, यहां अपने अकेले कमरे में भी, एक कड़वी मुसकराहट लिए देव का सामना हो जाता है। यह तब होता है जब अपने आसपास बहुत-सी चीजें बिखरी देखती हैं, जिन्हें समेटने का मन नहीं

होता। देव को बिखराव से चिढ़ थी, कोई छोटी-सी चीज भी यहां-वहां पड़ी दिख जाए, तो उसकी भवें तन जाती थीं, फिर भी एक संस्कार था उसका कि आदमी को किसी भी स्थिति में बेकाबू नहीं होना चाहिए। वह चुप चाप मुझे ताक लेता था और उस चीज को उठाकर ठिकाने से रख देता था। वह भी जानता था कि हम दोनों के बीच का सम्बन्ध केवल एक-दूसरे को सहने का है, फिर भी वह जितनी शान्ति और तटस्थता से यह किए जाता था, उससे ईर्ष्या होती थी। यह उसकी तटस्थता ही थी शायद जिससे उसका शारीरिक आवेग भी धीरे-धीरे ठंडा पड़ने लगा था। या शायद यह स्थिति दोनों ओर से ही थी, फिर भी एक सम्बन्ध था, पर क्या था वह सम्बन्ध? किस चीज का?

उपलब्धि का एक क्षण होता है। कब कैसे वह क्षण आएगा, कहा नहीं जा सकता। उसे लाने की योजना नहीं बनाई जा सकती। एक स्पन्दन के साथ वह क्षण बीत जाता है, परन्तु उपलब्धि उतने तक ही नहीं होती। उसलब्धि होती है एक निरन्तर बनी रहने वाली सुरक्षा की भावना के रूप में, परन्तु वह भावना देव से मुझे नहीं मिली। कैसे सोचा जा सकता है कि किसी और से वह मिल पाएगी?

एक क्षण के लिए विश्वास हुआ था, पर उसके बाद वह विश्वास बना क्यों नहीं रहा? तीन-चार बार उसके नाम पत्र लिखकर फाड़ दिए हैं, क्योंकि लिखने के साथ ही लगने लगता है कि वह एक झूठा प्रोत्साहन है। अपने लिए एक छोटा-सा झरोखा खोलने का स्वार्थ है। वह व्यक्ति मेरे लिए इसके सिवा कुछ भी नहीं हो सकता। झरोखे के रास्ते कुछ देर सांस ली जा सकती है, पर बाहर निकलने का मार्ग वह नहीं बन सकता। इसके अतिरिक्त, उसकी मुझसे जो अपेक्षा होगी, उसकी पूर्ति क्या मुझ से हो पाएगी?

एक अजीब छटपटाहट है। बिना अपने को किसी के सामने उड़ेले यह छटपटाहट शान्त नहीं होगी, पर क्या कोई भी ऐसा व्यक्ति है, जो बिना अपने किसी स्वार्थ के केवल मेरी बात सुनने के लिए ही मेरी बात सुने? सुनने का धीरज रखने या उसके लिए अपना समय देने का मूल्य मुझसे न चाहे?

□□

कुछ दिनों बाद कुमार के नाम उसका एक पत्र डाक से निकल गया था।

पत्र को अन्तिम रूप देने में उसे दो दिन लगे थे। कितनी ही तरह से वह पत्र लिखा गया था, पर हर तरह किसी-न-किसी कारण से वह उसे

गलत लगा था। वह नहीं चाहती थी कि पत्र में कुमार को उसकी ओर से किसी तरह के आमंत्रण की गन्ध मिले, पर साथ ही इस सम्भावना का खतरा भी नहीं उठाना चाहती थी कि विपरीत प्रतिक्रिया पैदा करने के कारण वह पत्र केवल फाड़कर फेंक दिया जाए। हर बार वह पत्र बहुत साधारण ब्योरे से आरम्भ करती थी, कि वहां से लौटने के बाद वह किन छोटी-छोटी व्यस्तताओं में उलझी रही, पर लिखते-लिखते जाने क्या लगने लगता था कि वह झुंझलाहट में कलम रखकर चुपचाप अपनी लिखी पंक्तियों को घूरती बैठी रहती थी और आखिर कागज को छोटे-से-छोटे टुकड़ों में फाड़ देती थी। लगता था कि एक वैसा ही पत्र वह कुमार के नाम भी लिख रही है, जैसे कई-कई पत्र रोज हेड मिस्ट्रेस की डाक के तौर पर उसके नाम से जाते थे, पर और किसी भी तरह से लिखना शुरू करने पर वह एक दहलीज के सामने रुक जाती थी। दहलीज के उस तरफ कुमार का कमरा था, जहां चहलकदमी करता हुआ वह एक व्यंग्य-पूर्ण मुसकराहट के साथ उसके अन्दर आने की प्रतीक्षा कर रहा था। उस दहलीज को लांघना कुमार के शारीरिक आवेग को स्वीकार करना ही नहीं, उसके सामने अपनी ओर से उसकी मांग प्रस्तुत करना था। वह चाहती थी कुमार वहां आए, पर उसकी ओर से रखी हुई मांग की स्वीकृति के रूप में नहीं, लेकिन आने का अनुरोध करने के लिए जो भी पंक्तियां लिखी जातीं, उनमें किसी-न-किसी रूप में उस मांग की झलक दिखाई दे जाती, जिससे पत्र को पूरा कर पाना उसके लिए असम्भव हो जाता। कितना अच्छा होता, अगर पहला पत्र कुमार की ओर से आया होता! पर इतने दिन बीत जाने से अब उसकी आशा नहीं की जा सकती थी। आखिर उसने जल्दी से एक पत्र लिखा और लिखते ही चपरासी को पोस्ट करने के लिए दे दिया। पर चपरासी पत्र डाक में छोड़कर आ गया, तो उसे लिखने के लिए खेद होने लगा। उससे न तो दफ्तर में बैठा गया, न क्लास ही ली गई। आधा दिन बीतने से पहले ही वह उठकर क्वार्टर में चली आई।

यूं उसने पत्र में ऐसी कोई बात नहीं लिखी थी। लिखा इतना ही था कि आने के बाद से वह बहुत व्यस्त रही है और इच्छा रहते हुए भी पत्र नहीं लिख सकी, 'अब भी शायद कुछ दिन न लिख पाती अगर एक खास-बात मन में न होती। हमारे स्कूल में एक नयी अध्यापिका आई है, रंजू, जो मुझे बहुत अच्छी लगती है। उन्नीस-बीस साल की सेंसिटिव-सी लड़की है, देखने में अध्यापिका-जैसी बिलकुल नहीं लगती। किसी गलती को लेकर उससे कुछ कह दिया जाए, तो एकाएक उसकी आंखों

में पानी भर आता है। मैं जब भी उसे देखती हूं, मुझे तुम्हारी उस दुबली-पतली पीली-सी लड़की का ध्यान हो आता है और मैं तुम्हारे विषय में सोचने लगती हूं। उसकी मां मुझसे कई बार कह चुकी है कि मैं उस के लिए कोई लड़का खोज दूं। मैने रंजू से दो-एक बार तुम्हारी बात की है। वह सुनकर मुसकरा देती है और कहती है, बहन जी, पंजाबी लोग तो गुंडे होते हैं।' मुझे उसकी बात पर हंसी आ जाती है। हिमाचल की विशेष सादगी और भोलापन इस लड़की में है। चाहती हूं तुम एक बार आकर इसे देख लो। हो सकता है तुम दोनों को एक दूसरे में कुछ मिल जाए, पर यह केवल एक सुझाव ही है। तुम्हें अच्छा न लगे, तो भी एक बार आने में कोई बुराई नही। दशहरे के दिनों में यहां का मौसम बहुत अच्छा होता है। और कुछ नही, दो-एक दिन घूम ही लेना। हो सका, तो किसी की जीप लेकर कुल्लू का दशहरा देख आएंगे। दशहरे की छुट्टी तुम्हें होगी ही। इस विश्वास के साथ कि तुम बात को टालोगे नहीं, मैं तुम्हारा कार्यक्रम निश्चित किए दे रही हैं।

शनिवार को तुम कश्मीर मेल से वहां से चलोगे। पठानकोट पहुंचने पर तुम्हें मंडी की बस तैयार मिलेगी। शाम को चार या पांच बजे तक तुम यहां पहुंच जाओगे। अगर किसी वजह से वह बस निकल जाए, तो उससे अगली किसी बस से आ सकते हो। आखिरी बस भी नौ बजे तक यहां पहुंच जाती है। मेरा चपरासी तुम्हें दोनों बसों पर देख लेगा। आना जरूर।

□□

छोटी-छोटी बंदें पड़ने लगी थीं। नैरीमन पाइंट से बहुत दूर आगे एक नाव डगमगा रही थी। श्यामा एकटक उसे देख रही थी, जैसे कि नाव की सुरक्षा के साथ उसका कोई निजी वास्ता हो। किसी लहर के साथ नाव बहुत ऊंची उठ जाती, तो उसके होंठ खुल जाते और सांस तेज चलने लगती। वह उस ओर से आंख नहीं हटा पा रही थी, जैसे कि उसके आंख हटाने के साथ ही नाव के डूब जाने का अंदेशा हो।

एक मोटी-सी बंद के नाक पर गिरने से वह अपने प्रति सचेत हो गई। देखा कि उस संकरी सड़क के छोर पर वह अब अकेली नहीं है, और भी कई लोग हैं वहां, जो बूंदें तेज होने के डर से अब लौटने जा रहे हैं। नाव उसी तरह डगमगा रही थी, शायद पहले से वह और दूर चली गई थी। बांहों को साड़ी के पल्लू में समेटकर वह भी वापस मैरीन ड्राइव की तरफ चल दी। दूर और पास की कई-मंजिला इमारतों के बीच मैरीन ड्राइव की पंच-मंजिला इमारतें काफी बौनी लग रही थीं। उन

इमारतों को और भी बौना करती बत्तियों की लम्बी कतार सहसा जगमगा उठी। समुद्र की सतह पर रंगों के कई-कई द्वीप उभर आए। पहला लैम्प-पोस्ट थोड़ी ही दूरी पर था। समुद्र और नागरिक दुनिया के बीच का सीमा-चिह्न। मरीन ड्राइव। गाड़ियां। रोशनी में रंगे चेहरे। ममुद्र के शोर को डुबाता दूसरा शोर।

उसे भीड़ में अपना-आप डूबता-सा लगा। बहुत सचेत रहकर वह अपने को इस ओर या उस ओर को दिशा देती रही। सड़क, फुटपाथ, सड़क, फिर फटपाथ। तेज, धीमे, तेज, फिर धीमे। चर्चगेट स्टेशन। एक अजदहा जिसका मुंह हर पास आने वाले को अन्दर निगल रहा था।

गाड़ी में मुश्किल से भिचकर खड़े होने की जगह मिली। चर्गी रोड के बाद गाड़ी को सीधे बांद्रा और अंधेरी रुकना था। वह चाहती, तो सब स्टेशनों पर रुकने वाली दूसरी गाड़ी पकड़ सकती थी। घर पहुंचने की कोई जल्दी नहीं थी। बल्कि जो बात कहकर आई थी, उसकी नजर से देर से पहुंचना ही बेहतर था। पर अजदहे की वही दाढ़ उस वक्त खुली थी। खतरा था कि कुछ ही सेकेंडों में वह बन्द हो जाएगी। भीड़ की अंधी गति के साथ वह भी उसमें दाखिल हो गई थी, पर गाड़ी के चीणी रोड से निकल आने के बाद उसे अफसोस होने लगा। भीड़ में अन्दर आने से पहले उस स्थिति की कल्पना उसने नहीं की थी, जिसमें अब अपने को पा रही थी।

उसके एक तरफ दीवार थी और बाकी तीन तरफ तीन पुरुष-शरीरों का दबाव। एक बाईस-तेईस साल का युवक था, जो बार-बार आंख बचाता उसकी तरफ देख लेता था। दूसरा मैले खादी के कपड़ों वाला एक अधेड़ व्यक्ति, जिसके गालों और जबड़ों की निकली हुई हड्डियां महीनों की फाकाकशी का विज्ञापन करती जान पड़ती थीं। आंखों से लगता था, जैसे वह गाड़ी में न होकर और ही कहीं हो, आस-पास के वातावरण से उसका कोई सम्बन्ध ही न हो। तीसरे की खाकी वर्दी किसी संस्था के स्वयंसेवक की थी। आंखें भी उसकी चौकसी के साथ आस-पास घूर रही थीं। तीनों व्यक्ति जैसे अनजाने में और भीड़ की बेबसी के कारण ही उससे सटकर खड़े थे और गाड़ी के हिचकोलों ने ही उनके मुंह उसकी तरफ कर दिए थे। गाड़ी के रफ्तार पकड़ने तक श्यामा का जी मितलाने लगा। तीन पुरुषों की हलकी उकसाहट वह कई बार महसूस कर चुकी थी। पहला व्यक्ति दायीं ओर खड़ा युवक था, जिसे उसने आंखों से डांट देने की कोशिश की। उस पर डांट का थोड़ा असर भी हुआ, पर शेष दोनों व्यक्तियों को आंखों से पकड़ पाना असम्भव था। चेहरे

के भाव से वे इस तरह बेलाग नजर आते थे, जैसे कि अपने निचले शरीर से उनका कोई सम्बन्ध ही न हो। उन्हें अपने से परे रखने के लिए उसने कोहनियों की सहायता ली। उससे काम नहीं चला, तो उन्हें एक-एक करके हाथ से थोड़ा धकेल दिया। मुंह में वह बुदबुदाई, 'आप ठीक से खड़े नहीं रह सकते?' पर उनका भाव ऐसे बना रहा, जसे बात उनसे न कही जाकर किसी और से कही गई हो। एल्फिस्टन रोड, दादर, लोअर परेल महिम। उसने सोचा, बांद्रा उतरकर वह वहां से दूसरी गाड़ी ले लेगी। पर गाड़ी के स्टेशन पर रुकने के साथ ही तीनों आदमी वहां उतर गए और उसे पीछे की तरफ बैठने की जगह दिख गई।

□□

अंधेरी। स्टेशन से निकलकर घर की तरफ चलते हुए भी श्यामा के अन्दर मित नाहट बनी हुई थी। वह घर एक ऐसी जगह थी जहां पहुंचकर एक दूसरी तरह की घुटन मन में घिर आती थी। बीजी और सीमा, ये दोनों शुरू से ही उसके लिए अजनबी थीं। देव के जीवित रहते भी वह उन्हें नहीं अपना सकी थी। अब तो फासले पर रहने से रिश्ता और धुंधला गया था। वे दोनों भी उसे एक सीधे सम्बन्ध से स्वीकार न करके बेबी के रिश्ते से ही स्वीकार करती थीं या एक और रिश्ते से जिसकी बात सोचते ही उसकी बेचैनी बढ़ने लगती थी। और बेबी, वह भी तो अब उन्हीं में से एक थी। वही चेहरा-मोहरा, वही स्वभाव, वैसी ही आदतें। अपनी जरूरत और आराम के सिवा किसी चीज से मतलब नहीं। मंडी में रहते वह फिर भी अपनी जान पड़ती थी, पर यहां आने के बाद से उन लोगों से इतनी घुल-मिल गई थी कि मां को मां की तरह समझती ही नहीं थी। हर वक्त बीजी के पास बैठना, बीजी के साथ खाना, बीजी के साथ घूमने जाना। शौक भी उन्हीं सब चीजों का जो बीजी को पसन्द आती थीं। रात को भी अक्सर वह बोजी के पास ही सो जाती थी। लगता था कि बीजी, सीमा और बेबी तीनों घर की मालकिन हैं, और वह एक जबर्दस्ती की मेहमान जो फालतू उन लोगों के बीच आकर टिकी है। वह किसी भी दिन वहां से चली जाए, तो तीनों में से किसी को इसका दुःख नहीं होगा। वे उसी तरह चटनी, अचार और मिर्च-भरे साग के साय शाम की रोटी खाएंगी और शायद उसके बारे में आपस में बात भी नहीं करेंगी।

तीसरी मंजिल पर दाहिनी तरफ का फ्लैट। दो कमरे का। नौकरानी जेनी के दरवाजा खोलने के साय ही उसे लगा कि घर में उस वक्त और कोई नहीं है। जेनी शाम को उतनी देर तक वहां नहीं रहती थी। सात

बजे तक काम पूरा करके चली जाती थी। अन्दर पहुंचकर उसने देखा कि बीजी, सीमा और बेबी में से तो कोई नही है, पर नीचे का दरबान किचन में एक तरफ सिवुड़कर बैठा है। उसने तीखी नजर से उस आदमी को देख लिया, पर उससे या जेनी से कहा-पूछा कुछ नहीं। किसी से कुछ भी बात करने की मनःस्थिति थी ही नही उसकी। वह सीधी बेड-रूम में चली गई। दोनों बिस्तरों की चादरों को एक बार उसने सन्देह की नजर से देख लिया। चादरों में कोई वैसी सलवटें नहीं थी, फिर भी उसे लगा जैसे उन्हें अभी-अभी मेहनत से ठीक किया गया है।

मन था कमरे में पहुंचते ही बिस्तर पर लेट जाएगी, पर बिस्तर के पास आकर कुछ देर दुविधा में खड़ी रहने के बाद ही वह उस पर बैठ सकी।

बीबी, चाय?' जेनी के पूछने पर उसने सिर्फ सिर हिला दिया। चाय की जरूरत बहुत महसूस हो रही थी और खुद बना लेने की हिम्मत भी नहीं थी, पर जेनी को मना करके उसे सन्तोष ही मिला। जैसे कि इतने से उसने जेनी को अपनी नाराजगी का पता दे दिया हो।

'और कोई चीज मांगता है?' उसने फिर सिर हिला दिया।

'मां जी बेबी के साथ गई हैं। कह गई हैं कि···।

'तुझे जाना है, जा। मैं अब घर पर हूं।'

'मां जी ने बोला था, उनके लौटने तक मैं···।'

मैंने कह दिया है, मैं अब घर पर ही हूं।' जेनी ने और बात नहीं की। कुछ ही देर में बाहर का दरवाजा खुलकर बन्द हो गया।

श्यामा बत्ती बुझाकर फिर कुछ देर उसी तरह बैठी रही। जैसे तकिये पर सिर रखने से पहले किसी चीज से संघर्ष करने के लिए सयय की आवश्यकता थी, पर शरीर इतना शिथिल हो रहा था कि उससे ज्यादा देर नहीं बैठा गया। वह थोड़ा-सा सरककर पलंग पर सीधी हो गई। अच्छा लग रहा था कि वह घर में उस वक्त अकेली है। यहां आने के बाद से पहला मौका था जब घर में इस तरह अकेली लेट सकी थी। वरना उस घर में रहना भी लगातार एक तीन तरफा दबाव में जीने की तरह था। उस दबाव को कोहनियों की मार से अपने से परे नहीं किया जा सकता था और न ही आशा की जा सकती थी कि अभी-अभी वह स्टेशन आ जाएगा जहां···। उसने करवट बदल ली। धोड़ी ही देर में लगने लगा कि सिर तकिये में डूबता जा रहा है। कितना अच्छा होता, अगर वह पूरी रात वहां अकेली पड़ी रह सकती! अपने को अंधेरे की ओढ़न में बिलकुल निढाल छोड़ सकती!

□□

उस दिन सुबह नींद जल्दी न गई थी, बल्कि रात-भर ठीक से नींद आई ही नहीं थी। बीच में दो-तीन बार उठकर वह गुसलखाने में गई थी। बेबी को निश्चित मोते देखकर उसे ईर्ष्या भी हई थी। उठन के साथ ही जो पहला विचार मन में आया, वह था, आज शनिवार है। रात को सोने से पहले भी उसने मन के कैलेंडर में वार बदल लेने की कोशिश की थी, पर बारह बज चुकने पर भी बाहर के अंधेरे ने मन में नये दिन की शुरुआत नहीं होने दी थी। नया दिन रोगनदान पर कोहरे की तरह उभर आए हलके उजाले के साथ ही उसे अपने आने का विश्वास दिला पाया था। यह 'उजाला निश्चित रूप से शनिवार था, वह जिम दिन कुमार को कश्मीर मेल से पठानकोट आकर वहां से मंडी की बस पकड़नी थी।

कश्मीर मेल के पठानकोट पहंचने में अभी समय था। कुमार उम ममय अपनी मीट पर ऊंघ रहा था या चौकम आंखों से अंधेरे से उबरते खेनों को ताक रहा था। उसने उठकर चार बनाई। हल के घूंटों में प्यानी खाली करते हुए होंठों पर मुमकराहट आ गई। कुमार अगर सचमुच रंजू से मिलने की बात मन में लेकर आ रहा होगा, तो˙˙˙? उसे रंजू से एक बार बात तो कर ही लेनी चाहिए पर किस तरह किन शब्दों में क्या कहना ठीक होगा उससे? सिंदूरी के आने पर उसने अपने लिए टब में गरम पानी भरवा लिया। कहा कि और काम वह बाद में करे, पहले ठीक से कमरों की सफाई कर डाले।

'आज तो शनिवार है!' सिंदूरी को उसके आग्रह से आश्चर्य हुआ। "पूरे घर की सफाई वह सिर्फ इतवार को किया करती थी।

'मुझे पता है शनिवार है आज,' उसे बोलकर शनिवार का जिक्र करना अच्छा लगा, 'बाहर से मेहमान आ रहे हैं आज।'

'कौन मेहमान आ रहे हैं?' सिंद्ररी की इस आदत से उसे बहुत चिढ़ होती थी। कोई भी बात हो, वह कौन, कब, कहां पूछे बिना नहीं रहती थी।

'कोई भी हैं। तुझसे जो कहा है, वह काम कर।'

'पूना से बड़ी बीबी आ रही हैं?'

उस वक्त पूना के जिक्र से उसे गुस्सा आया, "तुझे पहले यह बताना जरूरी है कि पूना से बड़ी बीबी आ रही हैं या बनारस से बड़े भैया?'

सिदूरी पर गुस्से का कुछ असर नहीं हुआ। उसने बल्कि और पूछ 'लिग, आपके बड़े भाई बनारस में रहते हैं?'

उसे हंसी आ गई, मेरे कोई बनारस में नहीं रहते। तू बातें करना छोड़

अब और काम में लग जा। घर की सफाई आने वालों के नाम-पते पूछकर नहीं की जाती।'

सिंदूरी काम में लग गई, मगर चेहरा लटकाए हुए। उसे बर्दाश्त नहीं था कि घर के किसी मामले में उसे परायेपन की दहलीज पर रोक दिया जाए। जितना वह इस चीज को महसूस करती थी, उससे कहीं ज्यादा बार-बार पल्ले से आंखें पोंछकर दूसरे को इसका एहसास कराने लगती थी। उस समय सिंदूरी के उस प्रदर्शन से वह फिर से खीझी नहीं। मुचड़े कपड़ों और बिखरी चीजों को यहां-वहां से हटाने के बहाने मन में तौलती रही कि बिना सिंदूरी के मन में संदेह का बीज डाले किन शब्दों में उसे आने वाले व्यक्ति के विषय में बतला सकती है। न बतलाने से उसके मन में और सन्देह जागने की सम्भावना थी, इसलिए दो-एक मिनट की हिचकिचाहट के बाद वह खुद ही उसके पास चली गई, 'बाहर के आदमी हैं, इसीलिए खाम कह रही हैं कि घर को हम लोग ठीक-ठाक कर लें। हमारे उनके पुराने दोस्त हैं। लिखा है कुल्लू का दशहरा देखने आ रहे हैं। एकाध दिन यहां भी रुकेंगे।'

सिंदूरी का चेहरा फिर भी लटका रहा। उसने जैसे बात सुनी ही नहीं। जिस तरह चुपचाप काम कर रही थी, करती रही। वह जैसे एक बन्द दरवाजे पर दस्तक देने के बाद उसके खुलने की प्रतीक्षा करती कुछ देर सिंदूरी को देखती रही। फिर बोली, मैं एक बजे तक स्कूल से लौट आऊंगी। तू हर शनिवार की तरह आज भी शाम का खाना इसी वक्त बना लेना। दो-एक आदमियों का खाना ज्यादा बनेगा, बस। दो सब्जियां, दाल और रायता। मीट अच्छा मिल जाए, तो एक सब्जी कम कर देना। स्कूल से आकर हर शनिवार की ही तरह दो बजे से मैं तुझे छुट्टी दे दूगी। मेहमान घर में होंगे, इसलिए सुबह गांव से जरा जल्दी लौट आना।'

सिंदूरी फिर भी चुप रही। सिर्फ उसके हाथ जल्दी चलने लगे। उसके इस भाव से अस्थिर होकर वह कुछ पल उसे देखती चुप खड़ी रही। फिर गुसलखाने की तरफ चलती बोली, 'तीनों कमरे ठीक करके पीछे का बन्द कमरा भी खोलकर बुहार देना। मेहमानों की चारपाइयां उसी कमरे में लगेंगी।'

'कितनी चारपाइयां लगेंगी?' सिदूरी के यह पूछने में जैसे कुछ और भी अर्थ था, पर उसने सिंदूरी की तरफ मुड़कर देखा नहीं, दो चारपाइयां लगा देना अभी।' कहती हुई कमरे से निकल गई, पर गुसलखाने में दाखिल होने से पहले उसे सिंदूरी के एक और सवाल का जवाब देने के लिए रुकना पड़ा। सिंदूरी भी उसके पीछे-पीछे कमरे से निकलकर दालान में आ गई

थी। वहीं से बीच का फासला बनाए रखते हुए उसने पूछ लिया, 'अकल मियां-बीबी ही हैं, या कोई बच्चा-अच्चा भी होगा साथ में?'

'कह नहीं सकती, उसने तीखे झटके से सिंदरी को देखकर आंखें हटा लीं, 'मैं उनके घर के लोगों से पहले मिली नहीं है।'

□□

पानी काफी गरम था। ऊंची पीठ वाले टीन के टब में शरीर को ढीला छोड़कर नहाने की आदत अब पुरानी हो चली थी। कितने ही साल पहले, उसके बचपन में, यह टब उनके घर से आया था। पिता को हर्निया की शिकायत थी, जिसके लिए उन्हें जल-चिकित्सा बतलाई गई थी। कुछ दिन इस्तेमाल होने के बाद वह वर्षों तक यूं ही पड़ा रहा था। एक दिन पुरानी बालटी में छेद हो जाने से उसने उसमें पानी भरवा लिया था और तब से, नयी बाल्टी आ जाने के बाद भी, गुसलखाने में उसकी जगह बनी रही थी।

टब इतना बड़ा नहीं था कि टांगें सीधी करके उसमें लेटा जा सके। उसमें शरीर को समाने के लिए जिस तरह से सिमटना पड़ता था, उससे घुटने उभरकर सामने आ जाते थे। दोनों ढीली बांहें नाभि के आस-पास आ मिलती थीं। आंखें मूंदकर वह कई-कई पल इस तरह समाधि की-सी स्थिति में बनी रहती थी। पानी की उष्णता शरीर के पोर-पोर से अन्दर उतरती जाती थी। शरीर में सांस के आने-जाने से पानी में होती हलचल नाभि के निचले हिस्से में हलकी थपकियां देती जान पड़ती थी। लगता था पानी की सतह पर बनते छोटे-छोटे बुलबुले शरीर के उसी हिस्से से उटकर आ रहे हैं। शरीर का अधिकांश भाग टब के तले से ऊंचा उठा रहने से अपना-आप एक नाव की तरह तैरता लगता। जरा-सा हिलने से ही नाव किसी-न-किसी किनारे से टकरा जाती। कई बार वह जान-बूझकर लम्बी-लम्बी सांसे लेती, जिससे नाव ज्यादा हिचकोले खाती और ज्यादा बार किनारों से रगड़ जाती। सिर अपने-आप पीछे से नीचे को सरकता जाता, टांगें पानी में और हलकी पड़कर ऊपर-ऊपर को उठती आतीं। लगता यह गर्भाशय में होने की-सी स्थिति ही शरीर के लिए सबसे स्वाभाविक है। जैसे उसकी सुविधा की सारी खोज गर्भाशय के अनुभव की ही खोज थी। वह अनुभव समाधि के रूप में हो या···उसे उन अधूरे क्षणों का स्मरण हो आता, जब देव के साथ लगभग वैसी ही शारीरिक स्थिति में वह पोर-पोर से एक वंसी ही उष्णता पा सकने की कामना स आतुर हो जाया करती थी, परन्तु शरीर तले से ऊपर उठकर हिलोरे लेने ही लगता था कि देव का हांफता शरीर अपने बोझ से उसे दबा देता था और उसे अपने में

भर लेने की कोशिश करते-करते सहसा वह उसे अपने से उतार फेंकने की व्याकुलता से भर जाती थी।

कंधों का जितना हिस्सा पानी से बाहर था, उसे ठंडक से बचाने के लिए पानी में डुबाते हुए उसने अपने-आप पर एक नजर डाल ली। दो भरे हुए मांस-पिंड जो जैसे शरीर से स्वतन्त्र होकर पानी की सतह तक उठ आना चाहते थे। मांस-पिंडों को दोनों ओर से ढकती जांघों की चिकनी गोलाइयां और पानी से बाहर निकले घुटनों पर सिहरते रोएं, उन सबकी जैसे अपनी अलग अलग सत्ता थी। वे सब जैसे अपनी-अपनी किसी आकांक्षा से ही एक-दूसरे से जुड़े थे। उन सव आकांक्षाओं का केन्द्र थी वह स्वयं, वह स्वयं अर्थात्? उसने दोनों हाथ पानी से बाहर निकालकर अपनी सिकुड़ी हुई उंगलियों को देखा, पानी की गर्मी में भी मांस फैलने की जगह सिकुड़ता क्यों है? उसने दोनों हाथों को आपस में मल लिया और फिर से पानी में डूब जाने दिया डूबने के क्षण में एक गुनगुना-सा अनुभव, पर साथ में एक सिहरन, पानी गरम होकर भी अन्दर से ठंडा-का-ठंडा रहता है क्या?

टब से बाहर आकर शरीर को निचोड़ते हुए उसे समय का ध्यान हो आया। कुमार ने अगर पहली बस पकड़ ली होगी, तो इस समय कहां होगा? बैजनाथ के रास्ते में या पालम पुर के आस-पास?

तौलिये से शरीर को पोंछते हुए उसके मन में आया कि उसने अपने-आप को कभी इस तरह आईने में क्यों नहीं देखा, अपनी पूरी स्वाभाविकता में? अपने-आप का इस तरह सामना करने में संकोच किस बात का था? क्या कोई न्यूनता थी, जिसे सामने से देखने का वह साहस नहीं कर सकती थी? उसने अपने गालों को सहलाया, बांहों को मला और स्तनों को हथेलियों पर तौल लिया। आज भी उसके शरीर में इतना कसाव था कि निःसंकोच होकर उसे देखा जा सकता था, फिर भी आज से आठ साल पहले जैसा तो वह अब नहीं रहा था। उन दिनों, जबकि बिना ब्रेसिय़र के भी अपना-आप कसा कसा लगता था। तब के अपने शरीर को वह आज किस आईने में देख सकती थी? यह विचार उन दिनों मन में क्यों नहीं आया कि एक बार, कम-से-कम एक बार, तो अपने को भरपूर रूप में पूरा देख ले?

पर आईने के सामने पहंचने तक वह फिर पेटीकोट, ब्रेसियर और ब्लाउज में थी। हालांकि वहां खड़े-खड़े उसने दो बार ब्लाउज की हुकें खोली और बन्द कीं। साड़ी बांधकर जूड़ें की पिनें लगाते हुए चोर नजर से उसने घड़ी में वक्त देख लिया। कुमार को बस कहां पहुंची होगी अब

तक?

इतने सारे लोगों को उसी दिन मिलने के लिए आना था। दो अध्यापिकाएं स्कूल से ही साथ चली आई थीं। रंजू और रमेश्वरी मेहता। कुआंरी होने से दोनों को दिन बिताने की समस्या रहती थी, शनिवार को विशेष रूप से। प्राय: हर शनिवार की दोपहर वे उसी के यहां काटती थीं। उन लोगों की हो-हुल्लड़ और चाय पीने-पिलाने की व्यस्तता में उसका भी वक्त बीत जाता था, पर उस दिन सिर दर्द का बहाना करके उसने उन लोगों से बचना चाहा था। रंजू उसका इरादा भांप गई थी, पर रमेश्वरी को ऐसी बतास उठ रही थी कि वह 'बहन जी को सिर-दर्द के साथ अकेली छोड़ने' को तैयार नहीं हुई थी, 'सच कहती हूं बहन जी, पहले तो रात को बारह-बारह बजे तक उसके कमरे की बत्ती जलती रहती थी। आधी रात को भी कोई केस आ जाता था, तो वह देखने निकल पड़ती थी, पर पिछले छह महीने से, जब से यह नया डाक्टर आया है, दुबे, तब से रात के नौ बजे ही उसके कमरे की बत्ती बुझने लगी थी। दिन में भी देखने में वह थकी-थकी-सी लगती। पूछने पर हंसकर कहती थी, 'आजकल एक नया तजरुबा कर रही हैं।' नया तजरुबा! सिवाय एक तजरुबे के और कौन-सा था वह नया तजरुबा?

बात लेडी डाक्टर बत्रा को लेकर ही थी। उसकी आकस्मिक मृत्यु से पहले सबको धक्का लगा था, दुख भो हुआ था। इतनी सुन्दर हंसमुख लड़की, शाम तक रोज की तरह अस्पताल में काम कर रही थी और सुबह उठने पर पता चला कि शरीर पर तेजाब छिड़कर उसने आत्महत्या कर ली। खबर सुनकर किसी से बात तक करते नहीं बना था, यही रमेश्वरी कितनी गुमसुम रही थी उस दिन! पर दो-चार दिन गुजरने के बाद ही डाक्टर दुबे के साथ लेडी डाक्टर के सम्बन्ध को लेकर दबे-दबे चर्चा शुरू हो गई थी, जो अब तक मजाक की स्थिति में पहुंच गई थी, डाक्टर दुबे ने जो उसी दिन अस्पताल से तीन दिन की छुट्टी ले ली थी, वह किसलिए थी? बेचारे को जो दुख हुआ, सोतो हुआ ही होगा, पर खास वजह क्या यही नहीं थी कि वह लोगों के सामने पड़ने से बचना चाहता था? कोई उससे ऐसा-सा सवाल पूछ लेता, तो क्या जवाब देता बेचारा उसे? सुना तो यह भी था कि वह त्यागपत्र देकर यहां से चले जाने की सोच रहा है, पर परसों देखा था, तो पहले से भी स्मार्ट सूट पहने घूम रहा था अस्पताल में। शायद अब नये रोमांस की तैयारी चल रही है। जो नयी डाक्टर आई है, उससे। मैं कहती हैं, अब तो शर्म करनी चाहिए उसे। वह बेचारी दो छोटे बच्चों की विधवा मां है। उसे भी कहीं कुछ हो-हवा गया, तो उसके

बच्चों की देखभाल कौन करेगा?'

हंसना न चाहते हुए भी रमेश्वरी की हंसी में साथ देना पड़ रहा था उसे। उसका एक मेहमान आकर रात-भर रहा है उसके यहां, यह बात किसी भी तरह वहां छिपी नहीं रह सकती थी, बल्कि सम्भव था रमेश्वरी अभी से जानती हो कि स्कल का चपरासी शाम की बस से उसके किसी मेहमान को लिवा लाने जाएगा। ऐसे में रमेश्वरी की बात का विरोध करने से उसका कुछ और मतलब भी लिया जा सकता था। फिर भी एक बार जसे अपने ही बचाव के लिए इतना कहा उसने, 'मैं इतनी बार मिली हूं मिस बनासे पर मुझे तो कभी वह उस तरह की नहीं लगी। मुझसे तो बलिक वह कहा करती थी कि दो साल और यह नौकरी करने के बाद वह शादी कर लेगी और अपनी प्राइवेट प्रैक्टिस करेगी। डाक्टर दुबे का तो कभी नाम भी मेरे सामने नहीं लिया उसने। क्या यह नहीं हो सकता कि बेचारी सचमुच कोई तजरुबा कर रही हो और उसी में तेजाब गिर गया हो उस पर?'

□□

पर इस तरह दुर्घटना में लेडी डाक्टर की मृत्यु होने की बात रमेश्वरी को किसी भी तरह स्वीकार नहीं थी, एक छोटे-से अस्पताल की नौकरी में ऐसा कौन-सा तजरुबा हो सकता है. जिसमें तेजाब की जरूरत पड़े? और वह चार साल की बच्ची तो थी नहीं कि उसे पता नहीं चला कि उसके हाथ में जो चीज है, वह तेजाब है, जिससे पूरा शरीर झुलस सकता है?'

सिंदूरी कमरे में आई, तो उसे देखते ही उसका चेहरा सुर्ख होने लगा। इससे पहले कि वह बाहर जाकर उससे बात करने के लिए उठ पाती, सिंदूरी ने वही प्रकरण छेड़ दिया जिससे उस समय वह बचना चाहती थी, 'बहन जी, आपकी और बेबी की चारपाइयों को छोड़ कर और एक भी साबुत चारपाई नहीं है घर में। कहें तो मैं परमार साहब के यहां से ले आऊं जाकर।'

'किसी के यहां मांगने जाने की जरूरत नहीं,' उसने जकड़े-से स्वर में सिंदरी को झिड़क दिया, 'तुझे जाना है,जा अब। मैं देख लंगी, कैसे इन्त-जाम करना है।'

'पर आपने कहा था पीछे के कमरे में···।'

'कह रही हूं, मैं देख लूंगी कैसे सब करना है। दो बज गए हैं। तेरा छट्टी का वक्त है, तू जा सकती है अब।'

सिंदरी मुंह में जाने क्या बड़बड़ाकर बाहर चली गई। उसे एकाएक इतना गुस्सा हो आया कि मन हुआ उसी वक्त से उस औरत को नौकरी से

जवाब दे दे। पर रंजू और रमेश्वरी सामने थी, इसलिए गुस्सा पी जाना ही बेहतर लगा उसे। रमेश्वरी की आंखों में उभर आई उत्सुकता कोई और रंगत ले, इससे पहले अपनी ओर से ही वह बताने लगी, 'कुछ लोगों के बाहर से आने की बात है आज। हमारे उनके कोई दोस्त हैं। लिखा है, कुल्लू जाते हुए रास्ते में एकाध दिन के लिए यहां रुकेंगे। शायद सोचते हों कि मिलकर नहीं जाएंगे, तो मुझे बुरा लगेगा कि उनके बाद इन लोगों ने मुंह दिखाना भी छोड़ दिया।'

'आपके पास ही ठहरेंगे?' रमेश्वरी के स्वर में कुछ था जो उसे अखर गया। उसे यह भी लगा कि सवाल पूछते हुए उसने एक बार गहरी नजर से रंजू की तरफ देख लिया है। इतना ही नहीं, रंजू ने अपनी आंखों में उभर आई मुसकराहट से उसे उत्तर भी दिया है। उसका मन उन दोनों के प्रति वितृष्णा से भरने लगा। रंजू के प्रति विशेष रूप से, क्योंकि उसी के कारण वह रमेश्वरी का अपने यहां इतना आना-जाना स्वीकार करती थी। और यही वह लड़की थी, जिसकी सादगी और भोलेपन की प्रशंसा उसने कुमार से की थी। अच्छा ही था कि उसने इस लड़की से कुमार की चर्चा नहीं की। इसमें ऐसी विशेषता थी भी क्या कि कुमार-जैसे व्यक्ति के साथ इसके सम्बन्ध की बात सोची जा सकती? कुमार सचमुच इसके बारे में जानना चाहे, तो वह सच-सच उसे बता देगी कि लड़की देखने में बुरी नहीं है, अपनी एक सादगी भी है उसमें, पर साथ में ऐसा ओछापन भी कि अपने पत्र में उसकी चर्चा करने के लिए बाद में उसे अफसोस होता रहा है।

'कह नहीं सकती,' स्वर में काफी उदासीनता लाकर उसने रमेश्वरी को उत्तर दिया, 'हो सकता है रेस्ट-हाउस या किसी होटल में उन्होंने अपना इन्तजाम कर रखा हो. पर अपनी तरफ से तोएक बार उनसे कहना ही होगा। इसीलिए मैंने पीछे का कमरा खुलवा दिया है। यहां ठहरना चाहेंगे, तो यहीं ठहर जाएंगे।'

रमेश्वरी इस विषय में कुरेदकर जानना चाहती तो उसे बुरा लगता, पर उसने बात को वहीं छोड़ दिया, यह भी उसे अच्छा नहीं लगा। क्या रमेश्वरी के मन में सचमुच संदेह का बीज था, जिसके कारण वह बिना और बात किए इस तरह चुप रह गई थी?

रंजू और रमेश्वरी पांच-साढ़े पांच के बाद ही उसके यहां से जाया करती थी। उस दिन सवा तीन के करीब उनका उटकर चल देना भा उसे स्वाभाविक नहीं लगा।जैसे उनके मन का संदेह ही था जिर.ने दो घंटे पहले उन्हें वहां से उठा दिया था, पर रमेश्वरी ने चलने की बात की, तो वह

उनसे और रुकने के लिए भी नहीं कह सकी। वह नहीं चाहती थी कि चपरासी कुमार का बक्सा लिए अन्दर आए, तो वे लोग वहां पर हों। वह तो बल्कि चाह रही थी कि किसी तरह कुमार के आने का कार्यक्रम बदल जाए या तो वह आज की गाड़ी से चला ही न हो, किसी और दिन आने का तार भेज़ दिया हो उसने या रास्ते में सड़क टूटी होने से उसकी बस मंडी तक पहुंचे ही नहीं और उसे मजबूरन आधे रास्ते से लौट जाना पड़े। कितनी बड़ी मुर्खता की थी उसने इस तरह कुमार को आने के लिए लिखकर?

रंजू और रमेश्वरी अभी गेट से थोड़ी दूर ही गई होंगी कि गर्ल गाइड्स की इंचार्ज मिसेज सोहन सिंह आ पहुंचीं। हर बात की तरह वे आते ही विस्तार के साथ बताने लगी कि उन्हें कितना काम रहता है और किसी के यहां आने-जाने का समर वे कितनी मुश्किल से निकाल पाती हैं, आई से शामो, कोई बिलीव नहीं कर सकता कि रोज चौबीस घंटे में से सोलह घंटे, सितटीन आवर्ज, कितनी दौड़-धूप करनी पड़ती है मुझे! यंग गर्ल्ज के साथ डील करने की कितनी प्राब्लेम्ज हैं। चार सौ अस्सी लड़कियां हैं मेरे अंडर, फोर हंड्रेड एंड एटी, और हर लड़की की कमजकम एक डजन प्राब्लेम्ज हैं। अब तुम हिसाब लगा लो कितने हजार प्राब्लेम्ज हैं, जिसके साथ मुझे रोज डील करना पड़ता है। एक मां-बाप के साथ झगडा करके आ जाती है, घर में, दूसरी अपने मेडिकल प्राब्लेम्ज ले आती है, तीसरी के लव-अफेयर के काम्प्लिकेशन्ज हैं। तुम अच्छी हो कि दो घंटे पढ़ाया, चार चिट्ठियों पर दस्तखत किए, थोड़ा डांट-फटकार दिया किनी को और बस, दिन का काम पूरा हो गया। मैं फील्ड-वर्क से आती हूं, तो सेक्रेटरी का बुलावा आ जाता है। सेक्रेटेरियट से लौटती हूं, तो घर में दरबार लगा होता है। फिर चैरिटीज का काम। यह रिलीफ फंड, वह रिलीफ फंड, यह फंक्शन, वह फंक्शन। मेरे हस्बैंड कहते हैं, यू आर नाट ए वो न बट ए कम्प्यूटर। मैं कहती हूं, कोई मेरे जितने काम करने वाला कम्प्यूटर बनाकर दिखाए तो। और मैं नौकरी की खातिर तो नौकरी करती नहीं हूं। आई डोंट नीड दिप पेटी सैलरी। मेरा तो साड़ियों का खर्चा भी नहीं निकलता इसमे। बट आई मस्ट से आई लव वकिग। पर्टिक्युर्ली यंग गर्ल्ज के साप। मैं आज भी इसी वजह से इतनी यंग महसूस करती हूं।'

मिसेज सोहन सिंह अभी गई नहीं गोंकि मैनेजिग कमेटी के दो सदस्य चले आए। उनमें से एक की लड़की की शादी थी, अगले संडे की शादी है फ्राइडे, सैटर्डे, संडे, तीन दिन के लिए कुल की बिल्डिग चाहिए। सैटर्डे की तो आधी छुट्टी होती ही है। सिर्फ फ्राइडे की छुट्टी करनी पड़ेगी।

मैंने चेयरमैन से बात कर ली है। उनका कहना है, बिल्डिग-फंड में कम-से-कम सौ रुपया चंदा दे दें। मैंने कहा मुझे मंजूर है, पर वे बोले एक बार आपसे भी पूछ लेना जरूरी है।'

उन लोगों के जाते-न-जाते सनातन धर्म सभा और गोरक्षा समिति के अध्यक्ष बावा जी एक विशेष अनुरोध करने के लिए आ गए, परसों स्वामी गिरिजानन्द जी का भाषण रखा है हमने। मैदान में बड़ा शामियाना लगेगा। हम चाहते थे आप तो उस दिन आएं ही, अपने स्कूल की लड़कियों तथा अध्यापिकाओं से भी अधिक-से-अधिक संख्या में आने के लिए कह दें। इतना महत्त्वपूर्ण भाषण हो और सुनने के लिए सौ-पचास लोग ही एक त्रित हों, इसमें नगर का सम्मान नहीं रहता। हमने लड़कों के स्कूल में हेडमास्टर साहब से नोटिस निकलवा दिया है। एक नोटिस आप भी निकाल दें, तो··· ।

उसे लग रहा था, एक-के-बाद-एक उन सब लोगों का आना एक षड्यन्त्र है। जैसे सारे शहर को कुमार के आने की सूचना मिल गई थी और वे लोग जान-बूझकर बारी-बारी से उसके यहां चक्कर लगा रहे थे। बाबा जी जिस समय गए, तब तक घड़ी की सुइयां पांच और बारह पर पहुंच चुकी थीं। पठानकोट से पहली बस अड्डे पर आ चुकी होगी। उसने चपरासी को अड्डे पर भेजने की बात क्यों लिखी थी पत्र में? कुमार किसी भी रिक्शा वाले को उसका नाम बता देता, तो वह उसे सीधा यहां ले आता। उसके मन में होल-सा उठने लगा कि अभी-अभी एक रिक्शा गेट के पास आकर रुकेगा और उसमें से उतरकर कुमार पगडंडी से नीचे आएगा। अगर उससे पहले कुछ और लोग मिलने आ गए, तो कुमार को कैसा लगेगा उन्हें देखकर। और वे लोग भी क्या सोचेंगे एक अपरिचित व्यक्ति के पीछे-पीछे चपरासी को बिस्तर-अटैची के साथ आते देखकर? उस ववत किसी के चेहरे पर हलकी-सी भी मुसकराहट नजर आ गई, तो कितनी शर्म की बात होगी वह, उसके लिए भी और कुमार के लिए भी? कुमार के अन्दर आने के साथ ही वे लोग वहां से चलने की बात करने लगेंगे, और वह अभी कुमार से उसका हालचाल भी नहीं पूछ पाएगी, जब तक शहर में लोग लेडी डाक्टर बत्रा की जगह उस की चर्चा कर रहे होंगे।

मिसेज सोहन सिंह ने चलते-चलते उसके अकेले जीवन से सहानुभूति प्रकट की थी, मुझे इस तरह अकेले रहना पड़े, तो मैं तो एकदम पागल हो जाऊं।' वह सहानुभूति उसे व्यंग्य की तरह चुभ गई थी। ऊपर से वह मुसकरा दी थी, पर अन्दर से पसीना-पसीना हो गई थी। मिसेज सोहनसिंह को आज ही उसके अकेलेपन का ध्यान क्यों आया था?

पर लोगों के चले जाने के बाद कमरे का खालीपन भी उसे असह्य लगने लगा, तो वह बाहर बरामदे में निकल आई। वहां आकर देखा, सिंदूरी अब भी गई नहीं है। कलछी चलाती किचन में खड़ी है। यह उस औरत की एक धृष्टता थी। जब काफी देर पहले उससे जाने को कह दिया गया था, तो वह अब तक गई क्यों नहीं थी?

उसे देखते ही सिन्दुरी पल्ले से हाथ पोंछती बाहर आ गई, बहन जी, और दो चारपाइयांतो मैंने किसी तरह ठीक कर दी हैं, पर बिस्तरों का कैसे करना है? वे लोग अपने बिस्तर साथ लेकर आएंगे या...?'

मैंने कहा है मुझे कुछ भी पता नहीं,' उसने पूरे शहर के प्रति अपनी खीझ सिन्दूरी पर निकाल ली, 'यह भी पता नहीं कि कोई आएगा भी या नहीं। तेरा जितना काम हो गया, ठीक है। बाकी काम में अपने आप कर लूंगी। मैं कन तुझसे यह नहीं सुनना चाहती कि वक्त से छुट्टी नहीं मिलती, घर पहुंचने में अंधेरा हो जाता है, बच्चों के पास बैठने का मौका नहीं 'मिलता।'

'पर मैं तो सोच रही थी कि आज मैं।'

'मेहमान आ गए, तो कल घर में काम ज्यादा रहेगा। मैं आज की जगह कल तुझे छुट्टी नहीं दे सकती। न ही मैं दो दिन बादं सुनना चाहती हूं कि फलां बीमार है या फलां का हाथ टूट गया है, इसलिए तेरा गाव जाना जरूरी है।'

□□

दिन बहुत धीरे-धीरे ढला। सिन्दूरी के चले जाने के बाद वह बेबी के साथ घर में बिलकुल अकेली थी। उसने चाहा कि बेबी भी किसी तरह जल्दी सो जाए, पर वह अंधेरा होने तक स्टापू खेलने की जिद करती रही, 'ममी, बताओ क्या डालूं? छक्का? यह छक्का। अब बताओ क्या डालूं?'

''उसने बेबी को दौड़ाकर थकाने की कोशिश की, पर वह हांफती हुई भी पहले से और चुस्त होती गई। कमरे में लाकर उसने उसे फूलदान के फूल गिनने पर लगाया, पर वह जल्दी से एक से सौ तक गिनकर उसके गले से आ लिपटी, 'ममी, हमको वह कहानी सुनाओ, बाघ और बिल्ली के बच्चों वाली।' उसने नाराज होकर बेबी को झटक दिया। बेबी रोने लगी। उसे मुश्किल से चुप कराके खाना खिलाया। खाना खाते हुए बेबी ने कांच का गिलास जमीन पर पटक दिया। खाने के बाद उसे कापी में तस्वीर बनाने को दी, तो उसने पहले तो कापी का वर्की-वर्की अलग कर दिया, फिर जाकर पेन को पानी की बालटी में डुबो आई। और भी सुबह

की समेटी कई चीजें उसने इधर-उधर बिखरा दी, जीतू, जीतू, तू मुझे जीने देगी या नहीं?' वह माथा पकड़कर कुर्सी पर बैठ गई। उसकी आंखों से आंसू बहते देख बेबी का तूफान शान्त हो गया। वह उसे चूमकर और 'गुड नाइट' कहकर अपने बिस्तर में चली गई।

शाम गहरी हो गई थी। और पहली बस के बाद अब दूसरी बस आने का समय हो रहा था। उसकी आखें एक आशा और आशंका के साथ बार-बार गेट की तरफ जाती थीं और किसी को न आते देखकर एक साथ निराश और निश्चिन्त हो रहती थीं। क्या सचमुच कुमार ने न आने का ही तय किया था? पर ऐसा था, तो उसने उसे इसकी सूचना क्यों नहीं दी? सूचना न देने का अर्थ था कि वह आ रहा था, पर आने का निश्चय करने पर क्या उसे स्वयं ही नहीं लिखना चाहिए था कि वह उसके ठहरने का प्रबन्ध किसी होटल में कर दे? गलती उसकी अपनी थी। उसने कुमार का इतना समय भी तो नहीं दिया कि वह उसके पत्र का उत्तर दे सके। हो सकता है अव आकर वह कहीं बाहर ठहरने का फैसला कर ले। नहीं तो वही उसे यहां की स्थिति समझा देगी। कह देगी कि उसका रात को यहां उसके क्वार्टर में रहना ठीक नहीं। बेहतर होगा कि वह रेस्ट हाउस में जगह का पता कर ले, या किसी होटल में जाकर पूछ ले। कल सुबह वह उसे खाने पर बुला सकती है। कुमार का मन देखेगी, तो सचमुच उसे रंजू से मिला देगी। इस तरह बात भी रह जाएगी और लोगों को टीका-टिप्पणी करने का मौका भी नहीं मिलेगा, लेकिन नहीं। रंजू जैसी लड़की से मिलने पर कुमार उसके विषय में मन में क्या सोचेगा? वैसे भी वह रंजू को क्या कहकर अपने यहां बुलाएगी? उसने किसी को भी कुमार से मिलने के लिए बुलाया, तो बाद में इसे लेकर तरह-तरह के सवाल नहीं पैदा होंगे? लोगों को इतना ही पता चलना चाहिए कि कोई एक व्यक्ति आया था। घर-परिवार वाला व्यक्ति। परिवार साथ में नहीं था, इसलिए उसके यहां नहीं ठहरा। रात रेस्ट हाउस में काटकर चला गया।

शाम के और गहराकर अंधेरे में डूबने के साथ दूसरी बस का वक्त भी निकल गया, तो विचारों का यह ताना-बाना टूटने लगा। पठानकोट से आने वाली एक ही बस रहती थी अब। नो बजे से पहले वह बस अड्डे पर नहीं पहुंचती थी। कुमार उस बस से आया, तो क्या वह उससे कह सकेगी कि वह उलटे पैरों वहां से रेस्ट हाउस में चला जाए? यह उसका बहुत छोटापन नहीं होगा कि एक आदमी को बाहर से बुलाकर ठहरने के लिए उसे किसी दूसरी जगह जाने को कहे? और कुमार के सामने आ खड़े होने पर वह यह बात उससे कह भी पाएगी? कहना जरूरी भी किसलिए था?

इसलिए कि लोग कोई ऐसी-वैसी बात न सोचें? एक छोटे शहर के गर्ल्स' हाई स्कूल की हेड-मिस्ट्रेस के नाम पर किसी तरह की आंच न आए? पर कुमार को अपने यहां न ठहराकर भी क्या वह लोगों की जबान रोक सकती थी? लेडी डाक्टर अपनी जान देकर भी क्या किसी की जबान रोक पाई थी? बल्कि जो बातें बेचारी के जीते-जी न कही जाती, वे आज कही जा रही थीं। इस तरह की बातों को आज तक कोई भी रोक सका था? अपनी ओर से बड़े-से-बड़ा प्रयत्न करके भी? क्यों वह जीवन-भर दूसरों की रुचि या रुचि हीनता की कसौटी पर अपने को परखती रहे? क्यों न अपनी इच्छाओं और अपेक्षाओं की पूर्ति के लिए ही जिए? उसे केवल एक कसौटी की चिन्ता करनी चाहिए, अपने मन की कसौटी की। उसके अलावा और कोई भी चिन्ता करना बुजदिली होगी। वह क्यों अपने को उस तरह की बुजदिली की शिकार होने दे?

वह बरामदे में आराम कुर्सी पर लेटी थी, बांह माथे पर फलाए। एकाएक जैसे मन में निश्चय करके उठ खड़ी हुई। नहीं, वह किसी की चिन्ता नहीं करेगी। जिएगी, अपने विश्वास के बल पर। जिस विश्वास के साथ कुमार को बुलाया था, उसी के साथ घर में उसका स्वागत भी करेगी। उसे अपने पर इतना भरोसा तो है ही कि बिना अन्दर से चाहे वह किसी की इच्छा के सामने अपने को झुकने नहीं दे सकती। कुमार भी अगर उसे गलत समझे, उसके बुलावे का गलत अर्थ ले, तो भी अपनी जगह गलत न होने का सन्तोष ही उसके लिए काफी होना चाहिए। अपनी जगह सहीं होने के विश्वास से वह किसी भी परिस्थिति को जीत सकती है। कुमार के आने पर आज यदि उसके विश्वास की परीक्षा ही होनी है, तो वह उस परीक्षा से डरे क्यों?

बरामदे की रेलिंग के पास रुककर वह कुछ देर आकाश की ओर देखती रही। एक गहरे तांबई रंग का धीरे-धीरे स्याह पड़ते जाना। रोज की सांझ से आज की सांझ इतनी अलग क्यों थी? वह कुछ और-सा ही रंग था, हर क्षण के साथ बदलता हुआ भी वही एक रंग, जो आंखों के आर पार घिरा था। पहाड़ की चोटियों को ढकता वह रंग आंखों के रास्ते शरीर में उतर गया था। शरीर के अन्दर भी धीरे-धीरे रात हो रही थी।

सूरज बरामदे के सामने ढलता था। रोज सामने की पहाड़ियों से लम्बी-लम्बी छायाएं बरामदे की तरफ बढ़ आती थीं। झुटपुटा होता था, तो नन्हे-नन्हे स्याह डैने दूर की गहराइयों में फड़फड़ाते नजर आते थे। हलकी-हलकी आवाजों के साथ रात उत्तरती थी। जमीन खामोश होती

जाती थी और आकाश में स्वर उभरते आते थे। ज्यों-ज्यों एकान्त बढ़ता जाता था, मन अपने-आप की कैद से निकालने के लिए मचलने लगता था, परन्तु उस समय वह सब रोज जैसा नहीं था। रात का जो रूप शरीर में भर आया था, वह रोज से कहीं अलग, कहीं गहरा था। उसमें एक अन्त-रंगता थी, कोने में दुबककर आग तापने जैसी। अन्दर का एकान्त रोज की तरह का उदास अकेलापन नहीं, एक भरा-भरा-सा अनुभव था। समय गुजरता हुआ बाहर की ओर नहीं जा रहा था, अन्दर की ओर आ रहा था। और वह स्वयं भी जैसे समय के समानान्तर चल रही थी। अपने अन्दर की ओर, और अन्दर की ओरः।

अंधरा होने तक लकडी की रेलिंग के सहारे खड़ी वह उसी तरह देखती रही। मन अंधेरे की परतों में दबता गया और वह चुपचाप उनके प्रति आत्म-समर्पण करती गई। आखिरी बस के आने में कुल एक-डेढ़ घंटा और था। कुमार के आने की तरह उसके आने के बाद का सब-कुछ भी जैसे अपने-आप निश्चित हो चुका था। उसमें अब अपनी ओर से प्रयत्न करने की कोई सम्भावना नहीं थी। जिस तरह बस को अड्डे पर पहुंचना था, उसी तरह कुमार को आकर एक निश्चित जगह पर बैठना, एक निश्चित ढंग से उसकी तरफ देखना और एक निश्चित सवाल से बातचीत शुरू करना था। उसके बाद भी जो कुछ होने को था, वह सब एकदम निश्चित था। उसे अब केवल उस प्रक्रिया में से गुजरना था।

कैसी हो तुस?' अपरिचित कमरे में भी अपरिचित महसूस न करने के लिए कुमार मसनद का सहारा ढूंढ़ेगा।

'कैसी लग रही हूं?' खामोश अन्तराल में दोनों एक-दूसरे से आंखें हटाए रहेंगे। कुछ देर बाद वह पूछ लेगी, सफर कैसा रहा?'

कुमार उसके स्वर की थाह लेता रूखे ढंग से मुसकरा देगा, 'ठीक ही था।'

'रास्ता काफी खराब है इन दिनों।'

'हां, बहुत खराब है।'

'सड़क बीच-बीच में टूटी होगी।'

'कई जगह से। पता नहीं किस तरह ये लोग गाड़ी निकालकर ले आते हैं।'

'भूख लगी है?'

'नहीं।'

'रास्ते में कुछ खाया था?'

'दिन में खाया था। बिटिया कहां है?'

'सो गई है। पहले चाय बना दूं?'

'तुम भी पियो अगर ...।'

'मैं भी पी लूंगी।'

चाय का सामान उसे ढूंढना पड़ेगा। सिन्दूरी कहां रखती है सब चीजें? ट्रे सामने आ जाने पर वह कहेगा, 'मुझे आशा नहीं थी तुम पत्र लिखोगी।'

'मैंने पहले भी कई पत्र लिखे थे, पर फाड़ दिए। सोच ही नहीं पाती थी क्या लिखना चाहिए।'

'वह बात क्यों लिखी थी?'

'कौन-सी?'

'कि एक अध्यापिका है तुम्हारे स्कूल में?'

वह चुप हो रहेगी, फिर सच बात उगल देगी, 'तुम्हें बुलाना चाहती थी, इसलिए।' कुमार हंस देगा।

'हंसते क्यों हो?' वह उसे झांखों से डांट देगी।

'आदत है हंसने की।'

'अच्छी आदत नहीं है।'

'क्यों?'

'लगता है, मजाक बना रहे हो।'

'तुम्हारा सचमुच खयाल है मैं तुम्हारी उससे मिलने के लिऐ आया हूं? दुबली-पीली लड़कियां हर शहर में बहुत होती हैं।'

'वह अच्छी लड़की है। बहुत सीधी।'

'कुमार फिर हंस देगा।'

'अब फिर हंस रहे हो?'

'आदत का क्या कर सकता है आदमी?'

वह पल-भर उसे उलझी नजर से देखती रहेगी, फिर खुद भी हंस देगी।

'तुम भी हंसती हो?' वह ताना देगा।

'मैं इंसान नहीं हूं?'

'हो तो सही, पर कई बार मानती नहीं हो।'

वह फिर आंख चुराने लगेगी, सफर में सिर-दर्द तो नहीं हुआ? मुझे हर बार हो जाता है।'

'मुझे हर बार नहीं होता। आज हो गया है।'

'एस्परीन?'

'नहीं, ठीक हो जाएगा।'

'मैं खाना ले आती हूं। खाकर आराम से सो रहो।'

'खाना ले आओ। सोना तो नींद आने पर ही होगा।' खाना खाते वक्त खाने के बारे में ही बात होगी, अच्छा बना है?'

'तुमने बनाया है?'

'नौकरानी ने। अच्छा बनाती है।'

'रात को छुट्टी कर जाती है?'

'सिर्फ शनिवार को हफ्ते में एक दिन गांव जाती है।'

कुमार उसकी आंखों में देखेगा, इतवार को दिन-भर वहीं रहती है?

'नहीं, दस बजे तक लौट आती है सुबह।'

खाना हो चुकने पर वह गम्भीर नजर से उसकी तरफ देखता रहेगा।

वह साहस के साथ उसकी नजर का सामना करने की चेष्टा करेगी। आंखों से लगता है तुम्हें किसी चीज की परेशानी है।'

परेशानी अपने-आप की ही है।'

'यानी?'

'अपने-आप से लड़ती रहती हूं बहुत, पर वंश नहीं चलता।'

'पूना से चिट्ठी आती है?'

'आती है।'

'वे लोग फिर कभी यहां नहीं आईं?'

'मैंने बुलाया ही नहीं। हर महीने कुछ पैसे भेज देती हूं। बस, इतना ही सम्बन्ध है।'

'उन्होंने भी नहीं बुलाया?'

'बुलाया है। दीवाली की छुट्टियों में, पर मैं जाऊंगी नहीं।'

'क्यों?'

'मन नहीं है। आपस में कोई चीज बांटने की नहीं। सिवाय बेबी के और यह भी उतनी ज्यादा उन लोगों पर कि मुझे बिलकुल अपनी नहीं लगती। लगता है, एक जंगली जानवर है जिसे मेरे पास छोड़ दिया गया हैं। इतना ऊधम और तोड़-फोड़ करती है। पहले मैं कुछ नहीं कहती थी, पर लगा शायद इसी से बिगड़ती जा रही है। इधर आकर काफी पीटने लगी हूं। थप्पड़ खाकर डर जाती है, तो वह भी अच्छा नहीं लगता। चेहरा 'बिलकुल बीजी पर है। शायद इसीलिए मुझे इतना गुस्सा आता है इस "पर।

'पढ़ाई चल रही है?'

'नहीं, इरादा छोड़ दिया है। लगता है, स्कूल की नौकरी के सिवा

अब कोई चारा नहीं है, पर पहले स्कूल के काम में ही थोड़ा-बहुत मन लग जाता था, अब वह भी नहीं लगता। बच्चों की तरह घंटियां गिनती रहती हूं। यह तीसरी घंटी बजी, यह चौथी, यह पांचवीं। सब घंटियां बज चुकती हैं, तो शंका घिर आती है कि इसके बाद दिन-भर क्या करूंगी। इतवार का दिन काटना एकदम असम्भव हो जाता है। हर चीज से, हर काम से, विरक्ति होती है। अपने से पूछती हूं, मैं जी किस लिए रही हूं, पर मरने की बात सोचने से मन में विद्रोह जागता है। अपना-आप एक ऐसे यन्त्र की तरह लगता है, जो उपयोग न होने से व्यर्थ पड़ा सड़ रहा है, पर उपाय यह तो नहीं कि इसे तोड़-फोड़ दिया जाए।'

'यन्त्र का उपयोग करने से रोकता कौन है? अपना-आप ही न?'

'यही बात मन में स्पष्ट नहीं हो पाती। मैं जानती हूं, देव से मैंने प्यार नहीं किया। देव ने भी मुझसे प्यार नहीं किया। देव के मन में मुझे लेकर कोई भावना थी, तो केवल अधिकार की। उन्हें दुःख भी मुझसे प्यार न पाने का नहीं, अपने अहं को चोट पहुंचने का था। देव से पहले दो-एक व्यक्ति थे, जिनका मैंने सम्मान किया, पर बाद में लगा कि वे सम्मान के अधिकारी भी नहीं थे। और देव के बाद···देखो, तुम्हारी बात नहीं कर रही अभी.देव के बाद जो कुछ देखा-जाना, वह सब इतना उथला था कि उससे केवल वितृष्णा ही हुई। उस दिन चलने से पहले जीजा जी से काफी बात हुई थी। वे भी यही कहते रहे कि उन्हें अपनी पत्नी से जो चाहिए था, वह उन्हें कभी नहीं मिल पाया। विवाह के दिन से वह अपनी ही एक दुनिया में उलझी रही है, उनके लिए एक मांस की पुतली के अतिरिक्त कभी कुछ नहीं बन पाई। न ही वे उसके लिए एक अधिकार या सुविधा से अधिक कुछ बन पाए हैं। बोले, मैं यह भी नहीं कहता कि हम दोनों आज तक अपरिचित रहे हैं। मुझे तो लगता है कि मन की गहराई में हम दोनों एक-दूसरे के दुश्मन हैं. जो एक-दूसरे से किसी चीज का बदला चुकाने में लगे रहते हैं।' मैं नहीं समझ पाती कि इतने सारे लोग यह झूठ की जिंदगी क्यों जिए जाते हैं। हंसते-खेलते हैं, बच्चों की ब्याह-शादियां रचाते हैं, पर अन्दर से एक-दूसरे से घृणा करते हुए और खार खाए हुए। पता नहीं यह केवल संस्कार के कारण होता है या मजबूरी के कारण या एक बार उस तरह से जीना शुरू कर देने पर आदत ही हो जाती है इस सबकी।'

कुमार के चेहरे पर थकान नजर आएगी। वह अपने को संभालती पूछेगी, नींद आ रही है?'

'नहीं।'

'मेरा यह बात करना अच्छा नहीं लग रहा?'

'इन बातों से आदमी पहुंचता कहां है?'

'अगर पहुंच पाती, तो बात ही करती? जब शुरू-शुरू में तुमसे मिली थी, तो लगा था कि एक तो ऐसा व्यक्ति है, जिसके पास बैठकर बात की जा सकती है, पर बाद में लगने लगा कि तुम भी मुझे व्यक्ति के रूप में नहीं, एक साधन के रूप में ही देखते हो, जिससे तुम्हारी किसी अपेक्षा की पूर्ति हो सकती है। मैं स्वीकार करती हूं इससे मेरे अहं को चोट पहुंची थी, मुझे किसी के लिए भी केवल एक साधन हो रहने में बहुत हीनता अनुभव होती है। हो सकता है, देव के साथ मेरे सम्बन्ध में भी यही एक गांठ रही हो।'

कुमार सिर उठाएगा। आंखों में एक तीखा-सा भाव होगा; और तुम जब अपनी अपेक्षा की बात करती हो, तो दूसरा तुम्हारे लिए साधन नहीं हो जाता?'

वह एकटक देखती रहेगी। वह बात जिसे सुनने से बचना चाहती थी, आखिर सुननी पड़ ही गई, 'यह सवाल मेरे मन में उठता है। इसलिए आज दूसरी तरह से सोचने की कोशिश करती हूं। मानकर चलना चाहती हूं कि कोई भी सम्बन्ध एक साथ दो-दो अपेक्षाओं की दोनों ओर की अलग-अलग अपेक्षाओं की पूर्ति से ही निभ सकता है। और ये अपेक्षाएं भी एक सीमा तक ही पूरी हो सकती हैं, क्योंकि हर व्यक्ति एक भरे-पूरे बाजार की तरह है जिसके सब-कुछ की तुम प्रशंसा कर सकते हो, पर वह सब कुछ तुम अपने लिए ले नहीं सकते। तुम उनमें से वही लो, जो तुम्हारे लिए सुन्दर और उपयोगी है, जिसे लेने को सामर्थ्य तुममें है और जिसे तुम्हें चुराकर, छीनकर या याचना के साथ नहीं लेना होगा। इसको चिता मत करो कि शेष कहां जाता है, कौन लेता है। इसी तरह वह व्यक्ति तुम्हारे सब-कुछ पर ताला लगाने की कोशिश करे, इस स्थिति को स्वीकार मत करो। जितने की उसे अपेक्षा है और जितना बिना किसी बाधा के तुम दे सकते हो, उतना उसे खुले मन से दो, और उसके लिए किसी तरह की कृतज्ञता मत चाहो। तुम्हारा बहुत कुछ यदि तुम्हीं तक रह जाता है कोई भी उसे ले सकते का अधिकारी तुम्हें नहीं मिलता, तो भी मन मनोसकर मत रहो। तुममें जो कुछ है, उसका मूल्य उसके लिए जा सकने के कारण ही नहीं है। उसका मूल्य उसके होने में है और उतने में ही उसको सार्थकता है। न तुम किसी के लिए बाध्यता बनो और न किसी को अपने लिए बाध्यता बनने दो, पर इस तरह के व्यक्तिगत न्याय से जीना कहां तक सम्भव है? "सब लोग इस दृष्टि को स्वीकार करने लगे, तभी तो चल सकता है। अन्यथा

छोटे-छोटे झूठ बोलने की मजबूरी से दूसरी तरह का खोखलापन छाने लगता है। आज तुम्हारे यहां आने की बात को लेकर ही पता नहीं कितने लोगों से झूठ बोला है और तुम्हारे जाने के बाद और बोलूंगी। सबसे कहा है, तुम देव के एक मित्र हो, घर-परिवार वाले आदमी हो। कहते हुए मन में अपने से ही गहरी वितृष्णा होती रही है।'

कुछ देर चुप रहने के बाद वह अपना हाथ कुमार की तरफ बढ़ा देगी। कुमार उसके हाथ को अपने हाथ में ले लेगा, तो वह छुड़ाकर उठ खड़ी होगी, अपनी इस आदत से बहुत चिढ़ होती है मुझे। देखो, खाने की प्लेटें अब तक नहीं उठाई। कितना चाहती हूं कि अपने आसपास कुछ भी बिखरा न रहने दूं, पर चीजें समेटने का उत्साह ही नहीं होता। देव को इससे बहुत चिढ़ थी। कई बार तो वे मेरी बिखरी साड़ियां उठाकर खुद तहाने लगते थे। पता नहीं मैं हूं ही ऐसी या˙˙˙पर मुझे लगता है उत्साह होने पर मैं सब कुछ कर सकती हूं। बात इतनी ही है कि मेरे अन्दर से उत्साह निचुड़ चुका है और मुझे कुछ भी करने का कोई अर्थ नज़र नहीं आता।'

प्लेटें रख आने के बाद वह बेबी के बिखरे सामान को समेटने लगेगी। कुमार कुछ देर देखते रहने के बाद उतावला हो जाएगा, 'अब रहने क्यों नहीं देतीं यह सब? सुबह तुम्हारी नौकरानी आकर तो समेट ही देगी।'

'बस, दो मिनट में सब ठीक किए देती हूं। तुम तब तक चाहे कपड़े बदल लो, फिर आराम से बैठकर बात करेंगे।'

कुमार के चेहरे पर एक उकताहट-भरी मुसकान नजर आएगी, 'बात करना अभी बाकी है क्या?' वह हाथ रोककर उसे देखेगी, 'बस मेरी इतनी बातों से ही ऊब गए तुम?'

'मुझे इस वक्त तुम्हारा यह सब रखना-उठाना अच्छा नहीं लग रहा।'

वह हंस देगी, 'प्राण, रहने दो यह गृह-काज —।' फिर उसके पास जा बैठेगी, अब तुम बात करो, मैं सनूंगी।'

'नहीं, बात तुम्ही करती रहो।' कुमार उसका हाथ फिर अपने हाथ में ले लेगा। इस बार वह नहीं छुड़ाएगी। .

'मुझसे कहोगे, तो मैं तो सुबह तक बात करती रहूंगी। सिन्दूरी के आने तक सुबह की चाय बनाने के लिए भी नहीं उठूंगी।'

'सिन्दूरी कौन?'

'मेरी नौकरानी। प्यारा नाम है न? बहुत रंगीन-मिज़ाज औरत है। लोग इसीलिए उसे अपने यहां नहीं रखना चाहते, पर बेचारी करे भी क्या? बहुत पहले से उसके आदमी ने उसे छोड़ रखा है।'

'कोई दूसरा आदमी नहीं किया उसने?'

'नहीं, मतलब कोई एक नहीं। अब तो बिलकुल अधेड़ हो गई है, पर कुछ-न-कुछ उसके नाम के साथ अब भी जुड़ा ही रहता है। वैसे अब भी किसी-किसी दिन बहुत सुन्दर लगती है। रोज़ धुले हुए कपड़े पहनती है। कहती है, बहन जी, आपके सिवा और किसी के साथ मेरा गुज़ारा नहीं। पहले मैंने इसे स्कूल में माई के काम पर लगाया था, पर मैनेजमेंट के पास इसकी शिकायतें पहुंचने लगी, तो इसे उस काम से हटाना पड़ा। कुछ दिन बेकार रहने के बाद फिर मेरे पास आकर रोने-धोने लगी, तो मैंने इसे खाना-वाना बनाने के लिए रख लिया। आज यह जानकर कि कोई मेहमान आ रहे हैं, वह जाना नहीं चाहती थी। शायद देखना चाहती थी कि बहन जी के पास आकर रहने वाले इस आदमी की शक्ल कैसी है। उसका बस चलता, तो वह मुझे यहां से भेज देती और खुद तुम्हारी सेवा करने के लिए यहां रह जाती।'

उसके हाथ पर कुमार के हाथ का दबाव बढ़ जाएगा। कुछ देर दोनों के बीच चुप्पी छाई रहेगी, 'कल दशहरा है।' कुछ देर बाद वह कहेगी।

'हां, है तो।'

'कुल्लू चलना चाहोगे?'

'तुमने जीप बुला रखी है?'

'अभी कहा नही, किसी से— हालांकि मिसेज सोहन सिंह आई भी थीं आज।'

'क्यों नहीं कहा?'

'इसलिए कि शायद तुम न चलना चाहो।'

'यह तुम कैसे जानती थीं?'

'मेरा खयाल था कि—।'

कुमार की उंगलियां उसकी उंगलियों में उलझ जाएंगी। वह अपनी उंगलियां उसके हाथ में ढीली छोड़ देगी। कुछ देर फिर कोई बात नहीं होगी।

'नींद तो नहीं आ रही है?'

'नहीं।'

'सिर-दर्द कैसा है?'

'ठीक है, पहले से।'

'कपड़े बदलोगे?'

'अभी नहीं।'

'मैं बदल लूं?'

'नहीं।'

'रात-भर इसी तरह बैठे रहेंगे ?'

'नहीं।'

'तो !'

'मैं कपड़े बदल लेता हूं।'

कुमार को कपड़े बदलने के लिए छोड़कर वह दूसरे कमरे में चली जाएगी। वहां बेबी को देखेगी कि ठीक से सो रही है या नहीं। लौटने पर कुमार दीवान पर लेटा मिलेगा। वह उसे वहीं रजाई-तकिया ला देगी। यह उससे नहीं कह पाएगी कि उसका बिस्तर पीछे के कमरे में लगा है। कुमार के रजाई ओढ़ लेने पर उसके पास कुर्सी खींच लाएगी।

'तुम वहां बैठोगी ?' वह पूछेगा।

'हां।'

'यहां दीवान पर नहीं ?'

'यहीं ठीक है।'

'नहीं, यहां बैठो।'

वह कुर्सी से उठ जाएगी। टेबल लैम्प कुर्सी पर लाकर उसे जला देगी और बीच की बत्ती बन्द करके दीवान के पास फर्श पर बैठ जाएगी।

'ठंड खा जाओगी।' वह कहेगा।

'मुझे ऐसे अच्छा लग रहा है। लाओ, तुम्हारा सिर दबा देती हूं।'

फर्श पर बैठे-बैठे वह उसका सिर दबाने लगेगी। सिर हाथों के दबाव से इधर-उधर हिलेगा, अपने में बिलकुल बेबस। कुमार उसका एक हाथ अपने हाथ में ले लेगा, तो वह दूसरे हाथ से सिर पर थपकियां देने लगेगी। 'यहां अस्पताल में एक लेडी डाक्टर थी। कुछ दिन हुए अपने पर तेजाब छिड़ककर मर गई।'

'क्यों ?' कुमार उसका हाथ चूम लेगा।

'पता नहीं। एक डाक्टर दुबे हैं उसी अस्पताल में। कहते हैं, उसके साथ उसका···।' कुमार उसके दोनों हाथ अपने हाथों में ले लेगा।

'बहुत अच्छी थी बेचारी। बहुत हंसमुख। काफी सुन्दर भी थी।' अपनी बांहों पर उसे एक खिचाव महसूस होगा।

'ऐसा क्यों कर रहे हो ?'

'कैसा ?'

'देखो—।'

'तुम बात करती रहो।'

'और तुम ?' कुमार सिर तकिये से उठाकर उसकी तरफ झुक आएगा।

'मैं क्या?'

'देखो—।' तब तक उसका शरीर कुमार की बांहों में चला जाएगा और कुमार के होंठ उसके होंठों आ मिलेंगे।

'मैंने तुम्हें इसलिए नहीं बुलाया था।' वह अपने होंठ परे हटाने की चेष्टा करेगी।

'तो किसलिए बुलाया था?'

'मैंने बुलाया था इसलिए कि ···.।' उसे वाक्य पूरा नहीं हो पाएगा।

कुमार के शरीर ने तब तक नीचे आकर उसके शरीर को ढक दिया होगा। देखो फर्श ठंडा है।'

बताओ क्यों बुलाया या — क्यों बुलाया था तुमने मुझे?' कुमार शब्द दोहराता जाएगा। वह अपने को उससे परे छिटकने की कोशिश करेगी, पर कुमार के पागलपन के सामने कोई वश नहीं चल पाएगा उसका। बीच में कपड़ों का पर्दा हटाने के लिए कुमार के हाथ औंधा-सीधा प्रयत्न करते महसूस होंगे। वह उसकी कलाइयां पकड़ कर उसे रोकने का हठ करेगी, पर तब तक उसका अस्तित्व एक पीड़ा, एक जलन में बदल चुका होगा। उसके मुंह से कुछ स्पष्ट-सी ध्वनियां निकलेंगी और कुमार के बढ़ आते शरीर को अपने शरीर में लेकर वह एक पूर्ति, एक तृप्ति की आकांक्षा में खो जाएगी, परन्तु वह तृप्ति तृप्ति होगी या निराशा? अपना-आप उनसे भर जाएगा या और खाली महसूस होगा?

लकड़ी की रेलिग हाथों के बोझ से चरमरा उठी। उसने अपने को संभाला। कमजोर-सी चीज़ पर इतना बोझ नहीं डालना चाहिए था उसे। अगर रेलिंग टूट जाती?

रेलिंग से हाथ हटाकर आसपास के अंधेरे को उसने उचाट नज़र से देख लिया। अंधेरा उतना गहरा नहीं था जितना कि उसे होना चाहिए था। नवमी की चांदनी में घुल-मिलकर उसमें जो फीकापन आ गया था, उससे वह बाहर से अपनी ओर झांकता-सा लग रहा या। जैसे उस अंधेरे ने सभी कुछ देखा था। उसकी कामना, उसकी छटपटाहट, उसका आत्म-समर्पण। शरीर जड़ हो रहा था। वह जड़ता अपराध की थी या अपूर्ति की? एक धड़कन थी जो उसके शरीर के बाहर हर चीज में प्रतिध्वनित हो रही थी। बरामदे की तख्तियों में। रेलिंग के खंभे में। क्या उन्हीं क्षणों हलका-सा भूचाल भी आया था? नहीं तो ऐसा लगा क्यों था?

□□

रात को आईने में एक छाया देखी थी। बरामदे और कमरे बीच वक्त का एहसास काफी पहले खो गया था। कुमार आखिरी बस से भी

नहीं आया, तो उस खोयेपन ने हर एहसास को छा लिया। पता नहीं कितनी बार वह बाहर निकल कर कुर्सी पर बैठी और कितनी बार अन्दर जाकर पलंग पर लेट रही। पंलग पर सिर के नीचे से तकिये पता नहीं कब और कैसे अगल-बगल को सरकं गए। पता नहीं किस वक्त बिजली चली गई। अचानक महसूस किया कि कमरे में अंधेरा है और उठकर बत्ती का बटन दबाना चाहा, पर बटन पहले से दबा हुआ था। उंगली उस पर से फिसलकर रह गई। टेबल लैंप का बटन दबाने से भी" रोशनी नहीं हुई, तो मन उलझन से भर गया कि बिजली उसी दिन क्यों गई। और तभी गुसलखाने में जाने के लिए बरामदे की तरफ बढ़ते हुए एक ठंडी झुरझुरी शरीर में भर गई और साथ ही वह छाया सामने दिखाई दे गई। आईना ड्रेसिंग टेबल का था और उसमें हिलती-डुलती वह छाया अपनी तरफ को बढ़ती आ रही थी। छाया एक स्त्री की थी, युवा स्त्री की, यद्यपि बहुत युवा वह नहीं थी, फिर भी शरीर काफी भरा हुआ और सुडौल था। सिर से पैर तक शरीर पर कोई कपड़ा नहीं था। आंखें फैली-फैली-सी सामने को देख रही थीं। बालों की पिने निकल गई थीं, जिससे वे खुलकर कंधों पर आ गए थे। चेहरे की रेखाएं अंधेरे में डूबी थीं, केवल होंठ स्पष्ट नज़र आ रहे थे। स्तनों की ढीली गोलाइयों पर जैसे किसी ब्रश से स्याह पट्टियां खींच दी गई थीं। गोलाइयों के उतार-चढ़ाव से लगता था छाया हांफ रही है। छाया पर नजर पड़ने के साथ ही ठंडी झुरझुरी शरीर में जम-सी गई और वह जल्दी से उसके सामने से हट आई। लगा कि वह पलक-भर के लिए भी उस छाया को और नहीं देख सकती। शरीर पर शाल लपेटकर बाहर जाते हुए भी जैसे वह छाया, उसी तरह आंखें फैलाए, पीछे से उसे ताक रही थी। उस छाया से अपने नंगेपन को, भीगेपन को, छिपा सकना असम्भव था। गुसलखाने में वक्त लेकर जब वह लौटकर आई, तो आईने के सामने से आंख बचाकर आगे निकली। लग रहा था कि आज के बाद वह कभी आईने के सामने खड़ी नहीं हो सकेगी।

बिस्तर में अपने को ढक लेने के बाद वह काफी देर तक रोती रही, फिर अंधेरे में टटोलकर उसने कहीं से एक अधजली मोमबत्ती निकाली और उसे जलाकर सिरहाने के पास तिपाई पर रख लिया। कोशिश की कि डायरी लिख सके, पर आज—के बाद एक शब्द भी उससे नहीं लिखा गया। गीता पढ़ने की कोशिश भी सफल नहीं हुई। काफी देर छपी पंक्तियों के अर्थ से जूझने के बाद उसने आंखें मूंद लीं। नींद पता नहीं कितनी बार आई थी और कितनी बार टूटी। एक बार अचानक आंखें

खुलने पर देखा कि एक पतिंगा, इतना बड़ा कि पहले कभी नहीं देखा था, मोमबत्ती से सटकर मरा पड़ा है और मोमबत्ती का मोम चू-चूकर उसके ऊपर आ रहा है। मन में एक ऐसा आतंक भर गया कि वह सिर ऊंचा करके मोमबत्ती को बुझाने का हौसला भी न कर सकी। कोशिश से आती-जाती सांस के साथ उस तरफ से करवट बदल कर लेट रही।

□□

दो छोटे-छोटे हाथों के हिलाकर जगाने से श्यामा झटके से उठकर बैठ गई। बेबी की आंखें शरारत से चमक रही थीं, चलो ममी, बीजी उधर खाने के लिए बुला रही हैं।'

हर बार आंख खोलने पर वह बिस्तर, वह पलंग, वह कमरा और अपना वहां होना असंगत-सा लगता था। दूर की रोशनियों के हलके सफेद दाग लिए अंधेरा, घुल-घुलकर फटे स्याह परदे जैसा। उस अंधेरे का अपना कोई भाव, कोई व्यक्तित्व नहीं था। आत्मीयता या अकेलेपन का कोई सम्बन्ध उससे स्थापित नहीं हो पाता था। उसने उठकर बत्ती जलाई, तो बेबी कमरे से बाहर जाने लगी। उसने उसे रोक कर पास बुला लिया। मंडी के घर में बेबी के हर वक्त अपने से चिपकी रहने से उलझन होती थी, लेकिन यहां—यहां तो वह लड़की उसे अपनी कुछ समझती ही नहीं थी।

'आज कहां होकर आई है मेरी बिटिया ?' उसने अतिरिक्त दुलार के साथ बेबी को अपने से सटा लेना चाहा। बेबी कसमसाई, तो वह उसे और भी साथ भींचकर उसके होंठों, गालों और माथे को चूमने लगी 'बड़ी मां के साथ पिक्चर देखने गई थी ?'

बेबी ने अपने को उससे छुड़ा लिया, 'पिक्चर देखने नहीं गई थी।'

'तो कहां गई थी ? पार्क में ?'

'पहले पार्क में फिर एक अंकल के घर में।'

उसने पूछना चाहा, किस अंकल के घर में, लेकिन बेबी से यह पूछना बेतुकी बात लगी।

'पार्क में क्या-क्या खेल खेला ?'

'लकड़ी के हाथी पर चढ़ी। रेलगाड़ी में बैठी।'

'और ?'

'और कुछ नहीं किया।' बेबी दरवाजे से बाहर निकल गई। खाना ठंडा हो जाएगा। तुम जल्दी आ जाओ उधर।'

बेबी का चेहरा ही नहीं, स्वर भी अब बीजी जैसा होता जा रहा था। बीजी के साथ जिस तरह वह घुल-मिलकर रहती थी, उससे सन्देह होता

था कि वह 'बड़ी मां को मां से बड़ी ही नहीं ज्यादा सगी भी समझती है। यू भी सीमा और बेबी को साथ-साथ देखकर कोई भी उन्हें सगी बहनें मान सकता था। वही चटक गोरा रंग, भूरे पतले मुलायम बाल। हंसती थी, तो सीमा की ही तरह जबड़ों का कुछ हिस्सा बाहर दिख जाता था। नाक, होंठ, आंखें सभी कुछ वैसा — उस परिवार की पुश्तों से जुड़ा। बातूनी भी उन्हीं लोगों की तरह थी वह और भौंहें भी उसकी उसी तरह तनती था। वैसा ही कौर चबाने का ढंग और वैसी ही दांतों की आवाज। उसकी कोख में पलकर भी वह उससे बिलकुल बेलाग रह गई थी। मिसेज मोहन सिंह मजाक किया करती थीं, यह रियली तेरी अपनी बेटी है या तूने किसी की एडाप्ट कर रखी है!'

खाना खाने को मन नहीं था, फिर भी दूसरी बार के बुलावे से बचने के लिए वह उस कमरे में चली गई। बेबी ने एक प्लेट में दाल-सब्जी और चावल भर लिए थे और परोसने के बड़े चम्मच से मुंह भर लेने की कोशिश में थी।

'यह क्या कर रही है?' उसने देखते ही बेबी को डांट दिया।

बेबी की आंखों में एक चमक भर गई। वही चमक, जो प्रायः सीमा की आंखों में भी नजर आती थी। वह हंसती हुई अधिक उत्साह के साथ चावल मुंह में ठूंसने लगी। श्यामा को इतना गुस्सा हो आया कि उसने पास जाकर वह चम्मच बेबी के हाथ से छीन लिया और एक छोटा चम्मच उसके हाथ में थमाकर कहा, ले, इससे खा अब।'

बेबी ने छोटा चम्मच दीवार से दे मारा, प्लेट के चावल हाथ से मेज पर बिखेर दिए और कुर्सी पीछे धकेलकर दोनों हाथों से उसे पीटने लगी, 'नहीं खाती उससे। नहीं खाती।'

श्यामा के मन में आया कि एक जोर का तमाचा बेबी के गाल पर लगा दे, पर गुसलखाने से बीजी को निकलकर बीजी देख उसका हाथ रुक गया।

बीजी हाथ-मुंह धोकर धोती के पल्ले से पोंछ रही थीं। उनकी यही आदत देखकर कल बेबी भी अपने गीले हाथ फ्राक से पोंछ रही थी। बीजी दूर से ही खीझ के साथ बोलीं, 'कभी तो लड़की को ठीक से खा लेने दिया कर।'

श्यामा का गुस्सा आंखों में छलक आया। उसने एक बार बीजी की तरफ देखा और आंखें हटा लीं। बेबी ने दादी की शह पाकर मेज से प्लेट उठा ली थी और उसे जमीन पर पटक देने को थी। श्यामाने उसकी दोनों बांहें हाथों से पकड़ कर उसे रोका और एक बार फिर जोर से डांट दिया,

'बेबी!'

बेबी ने दांत भींचकर बांहें झटके से छुड़ा लीं और रोती हुई जाकर बीजी से चिपट गई।

'तू मां है या दुश्मन है उसकी?'

दो जोड़ी एक-सी गोल-गोल आंखें, एक-से फैल-फैले नथुने। प्लेट अब भी बेबी के एक हाथ में थी, जिससे दाल-चावल नीचे गिर रहे थे। श्यामा ने बीजी को जवाब न देकर बेबी से ही फिर कहा, 'इधर आकर प्लेट मेज़ पर रख दे।'

'नहीं रखूंगी, नहीं रखूंगी।' बेबी ने प्लेट ऊंची उठा दी।

'मैं कह रही हूं रख दे प्लेट, नहीं तो—।'

पर उसके इतना कहते-न-कहते प्लेट ज़मीन पर आ रही। दाल-चावल और चीनी के टुकड़े कमरे में बिखर गए। श्यामा ने बेबी को बांह से पकड़कर अपनी तरफ खींच लिया, पर बीजी की आंखों से देखकर कि वे उसे अपनी तरफ झपटने जा रही हैं, उसने खुद ही उसे वापस धकेल दिया। बीजी के मुह से सुना, और डांट उसे। नये सेट की प्लेट तुड़वां दी।' .

देखो, बीजी, श्यामा को लगा वह क्षण आ पहुंचा है जब उस परि-वार के साथ उसका सम्बन्ध अन्तिम रूप से निर्धारित हो जाना चाहिए, 'जिस तरह यह लड़की दिन-ब-दिन बिगड़ती जा रही है, उससे मुझे तो लगता है कि—'

'यह यहां दाखिल हो ही रही है अब। जितना बिगड़ी है, वहां रह-कर ही बिगड़ी है। छह महीने यहां रह ले मेरे पास फिर देखना इसे।'

श्यामा को अपनी सांस अटकती महसूस हुई। यह उसे बेबी को छोड़-कर वहां से चले जाने का संकेत था क्या? उस परिवार के लिए कुछ भी करके क्या वह कभी उनकी अपनी हो सकती थी? मैं 'चली जाऊंगी जल्दी ही,' वह बोली, 'लेकिन यह पता नहीं कि इसे भी सुधरने के लिए यहां छोड़ जाऊंगी या नहीं।'

बीजी को एहसास हो गया था कि उनके स्वर में कुछ ज्यादा ही चोट थी। वे चुप रहकर फर्श पर बिखरे सामान को सहेजने लगीं। बेबी इधर-उधर से टुकड़े उठाकर उन्हें देखने लगी।

श्यामा भी कुछ देर चुप खड़ी देखती रही। फिर, 'मुझे भूख नहीं है, आप लोग खाना खा लीजिए।' कहकर उस कमरे से चली आई।

पर इधर आकर पलंग पर बैठी ही थी कि बीजी सामने आ खड़ी हुई 'वहां से खाकर नहीं आई. तो खा क्यों नहीं लेती थोड़ा-सा?'

उसे याद आया कि उसे तो खाना खाकर आना था बाहर से। बीजी

को जो भी बात कहनी होती थी, इसी तरह घुमाकर कहती थी।

'मैं खाकर नहीं आई,' वह बोली, 'जहां जाना था, वहां पहुंची ही नहीं। तबीयत कुछ खराब लग रही थी, इसलिए चर्चगेट से ही लौट आई थी।'

'दरबान ने बताया था तू जल्दी आ गई थी। मैंने जेनी से इसीलिए रुकने को कहा था कि···।'

'बारिश होने लगी थी, इस लिए मुझे लौट आना ही ठीक लगा। कल किसी वक्त न कर दूंगी वहां। हो सका, तो जाने से पहले मिल भी आऊंगी एक बार जाकर।'

बीजी के पास आ जाने से श्यामा थोड़ा सिमट गई थी। अनजाने में वह उनसे थोड़ा फासला हमेशा बनाए रखती थी। पता नहीं यह उस डर के कारण था, जो पहले दिन से बीजी को लेकर उसके मन में था या अन्दर की वितृष्णा के कारण या उस परिचित आभास के कारण, जो उस घर के सभी लोगों की उपस्थिति में होने लगता था।

'तू जाने की बात क्यों कर रही है बार-बार?'

बीजी की आंखों में अब आशंका भी नज़र आ रही थी। उसके वहां से जाने में किस चीज़ का डर था उन्हें?

'जाना तो है ही। दस दिन बाद जाऊं या पहले चली जाऊं।'

'जब लम्बी छुट्टी ली है इस बार तो—।'

'छुट्टी तो कभी भी कैंसिल की जा सकती है।'

'पर तय यही नहीं था कि—?'

'यहां मन लग जाएगा, तो नौकरी छोड़ दूंगी। यहां दूसरी नौकरी ढूंढ़ने की भी बात थी। मुझे नहीं लगता, मुझे कोई ठीक-सी नौकरी मिल पाएगी यहां।'

'हमने तो कई लोगों से कह रखा है, पता करने के लिए।'

श्यामा का मन और दूर हो गया। वह कह नहीं सकी कि 'हम लोगों' में क्योंकि वह शामिल नहीं है, इसीलिए चली जाना चाहती है वहां से।

'उन्हें मना किया जा सकता है। असल बात यह है कि मेरा मन नहीं लगेगा यहां।'

'तो इसका मतलब है कि—?'

आगे बात कहने से पहले श्यामा कुछ देर तक रुकी रही। बीजी के चेहरे पर घिर आए संकट को वह समझ रही थी। बम्बई में फ्लैट खरीदने के लिए आधा पैसा उसने दिया था। फ्लैट की रजिस्ट्री भी उसके और बीजी के साझे नाम से हुई थी। तय यही था कि अब वह उन लोगों के

पास रहेगी। मंडी में अपने अकेले जीवन को सहना उसे मुश्किल लग रहा था, इसलिए अपनी ओर से ही यह इच्छा प्रकट की थी उसने। उन लोगों को कई लम्बे-लम्बे पत्र उसने लिखे थे, जिनमें अनुरोध किया था कि पूना का घर बेचकर वे लोग अगर और कहीं भी चलकर रहने को तैयार हों तो वहां उनके पास आ सकती है। पूना के घर में वह नहीं रहना चाहती थी, क्योंकि उस घर के साथ ऐसा बहुत कुछ जुड़ा था, जिससे बचने के लिए ही वह वहां से इतनी दूर चली गई थी। उस घर में देव की मृत्यु का दिन उसके लिए उसी तरह ठहरा हुआ था। वह हर दिन, हर क्षण, की उस लगातार मृत्यु की साक्षी होकर नहीं रह सकती थी। एक पत्र में उसने बेबी की समस्या का भी ज़िक्र किया था। उसके साय रहकर बेबी को जो अकेलापन ढोना पड़ रहा था, उससे वह उसे बचाना चाहती थी, 'लड़की अब बड़ी हो रही है और मुझे लगता है कि मेरे अलावा और भी दो-एक अपने लोग उसके पास होने चाहिए।' पूना के सिवाय और कहीं भी वह नौकरी कर सकती थी। सीमा की नौकरी लग जाने पर साथ रहने से वे लोग काफी बचत भी कर सकती थीं, 'हमें अब पैसा इसलिए भी बचना चाहिए कि थोड़े दिनों में सीमा के ब्याह के लिए पैसे की जरूरत पड़ेगी।' पर जितनी आसानी से उसका प्रस्ताव स्वीकार कर लिया गया, उसकी उसे आशा नहीं थी। बीजी ने लिखा था कि पूना का घर बेचकर उन्हें पच्चीस हजार तक मिल सकते हैं। इतने में बम्बई में एक छोटा-सा फ्लैट खरीदा जा सकता है। पूना के बाद बम्बई को छोड़कर और किसी शहर में जाने के लिए सीमा तैयार नहीं थी। और शहरों का 'रहन-सहन' उसे पसंद नहीं था। उसका यह भी खयाल था कि उसे जितनी अच्छी नौकरी बम्बई में मिल सकती है, और कहीं नहीं मिल सकती, लेकिन अब पूना का मकान बेचा गया, तो उसके कुल अट्ठारह हजार वसूल हुए। कहा गया कि जगह पुरानी होने से कोई अच्छा खरीदार नहीं मिला। यह भी कि बम्बई में जिस फ्लैट की बात हुई है, वह पैंतीस हजार से कम में नहीं मिलेगा। वह उन दिनों अपने वातावरण में इस तरह ऊबी हुई थी कि जल्दी-से-जल्दी बाकी रकम का प्रबन्ध कर देना उसे आवश्यक जान पड़ा। उसके पास बैंक में जितने रुपये थे, वे सब उसने निकलवा लिए। प्राविडेंट फंड से जितना कर्ज़ लिया जा सकता था, वह भी ले लिया, फिर भी उसे दो हजार का कर्ज़ प्रोफेसर मल्होत्रा से और लेना पड़ा। किसी तरह रकम पूरी करके भेज दी, तो बम्बई में जाकर रहने का विचार मन पर भारी पड़ने लगा। क्या उसके लगकर पैसे का प्रबन्ध करने के मूल में एक और

कारण नहीं था? प्रोफेसर मल्होत्रा ने बहुत पहले एक पत्र में लिखा था कि कुमार आजकल बम्बई में है और वहां एक पब्लिसिटी कन्सर्न में काम कर रहा है। उसके आफिस का पता भी उन्होंने दिया था। यही वजह थी शायद कि फ्लैट खरीदे जाने के साथ ही बम्बई में रहने की बात को लेकर मन में एक विरोध-सा महसूस होने लगा था, पर वह विरोध वास्तव में विरोध ही था या एक डर? फ्लैट की रजिस्ट्री होने के दिन से ही उसे लगने लगा था कि बम्बई में या तो उसका मन ही नहीं लगेगा, या···इसीलिए नौकरी से उसने त्यागपत्र नहीं दिया था। सोचा था, पहले छुट्टी लेकर वहां जाएगी, फिर आगे के लिए निर्णय करेगी। छह महीने की लम्बी छुट्टी मंजूर करवाने के लिए उसे काफी भागदौड़, काफी तरद्-दुद करना पड़ा था। बम्बई आने के बाद पहले कुछ दिन निश्चय किए रही थी कि कुमार से संपर्क स्थापित करने का कोई प्रयत्न अपनी ओर से नहीं करेगी। अगर कभी अचानक उससे सामना हो गया, तो भी यही जतला-एगी कि उसे उसके वहां होने का पता नहीं था, पर फिर उसे अपने से चिढ़ होने लगी थी कि वह कुमार से मिलने से बचना किसलिए चाहती है। एक बार फोन करके उससे मिल ले, तो इस खामख्वाह की गांठ से मन को छुट-कारा मिल जाएगा, फिर भी नम्बर मिलाने के बाद वह मन में कहीं चाहती रही थी कि उस तरफ से जवाब न मिले या पता चले कि कुमार तब तक वहां से भी नौकरी छोड़कर चला गया है, पर उधर से कुमार की आवाज सुनाई देने पर कोई चीज उसकी नाड़ियों में झनझना गई थी। लगा था कि वह आवाज सुनने के लिए ही उसने वहां आने और रहने का सारा आयोजन किया है। मन में यह भी आया था कि फोन करने की जगह क्यों नहीं सीधे वह उसके दफ्तर में पहुंच गई। इतने दिनों के बाद उसे अचानक सामने देखकर कुमार के चेहरे पर जो भाव आता, वह अब तय करके मिलने पर तो नहीं आएगा, पर कुमार ने जिस तरह से बात की, उससे अन्दर का उबाल एकाएक बैठ भी गया था। क्या कुमार उस समय सचमुच बहुत व्यस्त था या—?

बीजी उसका उत्तर सुनने के लिए उसे देख रही थीं। श्यामा को लगा कि उसके चेहरे से उसके मन का भाव भी पढ़ा जा रहा है। क्या बीजी को कुमार से उसके परिचय के बारे में जानकारी थी?

'मैं एकाध दिन में सोचकर बता दूंगी आपको।'

बीजी फिर भी उसी तरह देखती खड़ी रहीं, 'अगर तुने यही सोचा कि यहां नहीं रहना है तुझे—?' फ्लैट और उसकी नौकरी, ये दो बातें थीं, जिन्हें लेकर बीजी उसके सामने छोटी पड़ जाती थीं। वे जिस तरह

अमुरक्षा के भाव से देखने लगती थीं, उससे उसे सुख भी मिलता था, सहानुभूति भी होती थी।

तब जो जैसे करना होगा सोच लेंगे। आपसे पूरी बात किए बिना तो जाऊंगी नहीं।'

बीजी के चेहरे से लगा कि उन्होंने इसे एक निश्चित उत्तर की तरह लिया है। पल-भर उसे देखती रहकर वे बाहर की तरफ मुड़ गई।

'सीमा आ जाए, तो आज ही बात कर लेंगे। तुझे जाना ही है, तो कोई तुझे रोक तो सकता नहीं।'

'सीमा के आने तक मैं जागती नहीं रहूंगी। वह तो बारह बजे भी लौटकर आ सकती है और एक बजे भी।' बीजी रुक गई। 'मैं उसे अपनी जगह अपने लिए जिम्मेदार समझती हूं, तुझे अपनी जगह। न कभी उससे लौटकर आने का वक्त पूछती हूं, न तुझसे परदेस में अकेली रहने की वजह।'

'मेरी वहां नौकरी है।' श्यामा की सांस फिर अटकने लगी।

'उसकी भी नौकरी है।'

'उसकी कितने बजे से कितने बजे तक की शिफ्ट है आजकल? घर से सुबह ग्यारह बजे जाती है।'

'मुझे इतना ही पता है खाना खाने का भी कोई वक्त नहीं रहता उसका। टेलीफोन आपरेटरों की कई बार पूरी-पूरी रात की भी ड्यूटी लगती है।'

'मैं आपसे आजकल की बात पूछ रही थी।'

'तू जिस तरह शक करती है उस पर, अगर मैं भी उसी तरह शक करने लगूं तो—।'

'किस पर शक? मुझ पर?'

'मैंने यह नहीं कहा। मैं कभी किसी पर शक नहीं करती।' कहती हुई बीजी बाहर निकल गईं। श्यामा गुस्से में उठी, पर उनके पीछे जाने की जगह उसने जोर से कमरे का दरवाजा बन्द कर लिया।

□□

वैसा अंधेरा वहां भी नहीं मिलता था, यहां भी नहीं। एकदम गाढ़ा अंधेरा, जिसमें खुली आंखों को कुछ भी नज़र न आए। छत, फर्श और दीवारें सभी कुछ अंधेरे का बना महसूस हो। पलंग की पटियां और पाये भी ठोस अंधेरे के बने जान पड़ें। करवट बदलने पर मैट्रेस और तकियों के अन्दर भी अंधेरा भरा लगे। जहां कहीं हाथ का दबाव पड़े, वहीं अंधेरे को महसूस किया जा सके। अपने अन्दर भी एक-एक सांस के साथ

वही अंधेरा भरता जाए, पर आज तक जब कभी अपने को अंधेरे में लोट लेना चाहा था, यह बुझा-बुझा अंधेरा ही मिला था। तकिये में मुंह छिपा लेने पर भी अंधेरा उतना गहरा नहीं हो पाता था। अंधेरे के इन पैबन्द-लगे चीथड़ों से मन बहुत खिंचता था। क्या कहीं भी ऐसा अंधेरा नहीं मिल सकता था, जिसके गुदगुदे नरम फैलाव पर सब-कुछ भूलकर पड़े रहा जा सके?

इतने सालों से वह अंधेरे से भाग रही थी और भाग रही थी अंधेरे की ही तरफ। जीवन का सारा संघर्ष अंधेरे में बचने के लिए था और खोज थी अंधेरे में पहुंच जाने की। वह क्यों कभी अंधेरे से उबरकर उजाले में जीने की स्थिति में अपने को नहीं देख पाती थी?

सिविल कोर्ट। ब्याह के रजिस्टर पर हस्ताक्षर करते हुए हाथ ज़रा-सा कांप गया था। हस्ताक्षर बिगड़ गए थे। देखा था देव के माथे पर हलकी त्यौरी पड़ गई है, पर कहा देव ने हंसकर इतना ही, हस्ताक्षर तो ऐसे कर रही हो, जैसे पांचवीं तक भी नहीं पढ़ी। घर जाते ही सबसे पहले तुम्हारी बी॰ ए॰ की डिग्री देखूंगा।'

उसे डर लगा था। वह आदमी, जिसने पहली शर्त रखी थी कि ब्याह कोर्ट में होगा, अपने लिए किस तरह की पत्नी की आशा रखता था? क्या उसमें वह योग्यता थी कि उस आदमी की अपेक्षाओं पर पूरी उतर सके?

पार्टी में जितने लोग थे, सब अपरिचित थे, पर देव की उन सबसे घनिष्ठता थी। कभी एक तरफ के लोग उसे खींचकर ले जाते, कभी दूसरी तरफ के। जिस समूह में भी देव पहुंच जाता, वहीं ठहाके लगने लगते। वह दूर से उस अपरिचित व्यक्ति को देख रही थी। वह व्यक्ति आज से उसका पति है। उसके शरीर पर आज से उस व्यक्ति का अधिकार है। पर वह इतने जोर से क्यों हंसता है?

बीच-बीच में देव की नज़र उस पर पड़ जाती। माथे पर एक शिकन और चेहरे पर एक तरह का खिचाव नज़र आता। क्या उसके चेहरे में कुछ था, जो उस व्यक्ति को अच्छा नहीं लग रहा था, या हस्ताक्षर बिगड़ने की बात ही अब तक उसे उलझाए थी?

फोटोग्राफर उन लोगों की साथ-साथ तसवीर खींचना चाहता था। देव को इसमें भी कोई दिलचस्पी नहीं थी। एक दोस्त ज़बर्दस्ती खींचकर ले आया तो उसके पास आ खड़ा हुआ। वह ब्याह का दिन न होता और आस-पास इतने लोग जमा न होते, तो शायद वह मना कर देता। एक दोस्त ने कहा भी उससे, 'क्या बात है, पहले दिन ही बीवी से इस तरह

कतरा रहे हो?' देव ने बात को हंसकर टाल दिया और फोटोग्राफर से कहा, 'भई जल्दी से खींच-खिंचा लो जो भी तसवीर खींचनी है। मैं चाय की प्याली बीच में छोड़ कर आया हूं। मेरी चाय ठंडी हो जाएगी।'

टैक्सी में घर लौटते हुए उसने सीमा से पूछा, 'ये कब तक लौटकर आएंगे?' जवाब मिला, 'पता नहीं कब तक आते हैं। जब भी दोस्तों से छुट्टी मिल जाएगी।' अकेला ठंडा-सा कमरा था जिसमें उसने देव के लौटने की प्रतीक्षा की थी। सीमा ऊंघ रही थी, उससे उसने जाकर सो रहने को कह दिया था। बीजी के सिर में दर्द था, वे पहले ही सो चुकी थीं। घर में एक नयी लड़की के आने की खास खुशी किसी को नहीं थी। शायद देव के माथे की शिकन ही इसका कारण थी।

खाना पड़ा-पड़ा ठंडा हो गया था। कोशिश करने पर भी उससे खाया नहीं गया था। देव ने थाली देखकर पूछ लिया था, 'अभी तक भूखी बैठी हो तुम? मैंने सोचा देर हो गई है, खा लिया होगा तुमने।'

उसके बाद फिर कोई दिलचस्पी नहीं। जैसे कि और दिनों से कोई फर्क ही न हो उस दिन में, 'सीमा ने मेरे कपड़े कहां रखे हैं?' उसके बारे में कोई सवाल नहीं कि उस नयी जगह पर अकेली वह कैसा महसूस कर रही है। उसे रूलाई आने लगी। उसके पिता ने इन लोगों को इस सम्बन्ध के लिए राजी करने के लिए क्यों इतनी कोशिश की थी? 'लड़का तो शादी करना ही नहीं चाहता, पर उसकी मां ने किसी तरह जोर डालकर उसे राजी कर लिया है।' यह जान लेने के बाद भी क्यों वह खुद ही अपनी तरफ से मना नहीं कर सकी? शादी होने के बाद सब ठीक हो जाता है। मुझे भरोसा है, तुम सब संभाल लोगी।'

नाइट शर्ट के खुले बटन। घने काले बालों से लदी छाती। देव ने बिना उससे पूछे कि उसे नींद आ रही है या क्या, कमरे की बत्ती बुझा दी।

एक विशेष तरह की गन्ध जो अंधेरे में उसके पास आकर पलंग पर लेट गई। वह गन्ध एक अपरिचित शरीर की भी थी और सांसों में मिली एलकोहल की भी। एकाएक, जीवन में दूसरी बार, एक पुरुष की बांहों में कस जाने पर उसका जी क्यों मितलाने लगा था?

उसने संघर्ष किया था। अपने शरीर को उस शरीर के आवेग से बचाने के लिए भी और अपनी सांस को उस गन्ध से बचाए रखने के लिए भी। एक क्षण था, जिसके इस तरफ, रजिस्टर पर हस्ताक्षर कर देने के बाद भी, वह अनब्याही थी। उस क्षण तक उसके संघर्ष में अपनी उस स्थिति को बनाए रखने का आग्रह था। एक उद्वेग था कि शायद अब भी वह दूसरा

निर्णय ले सकती है, परन्तु उस क्षण से बचने-बचने में वह क्षण बीत गया। अब उस क्षण के दूसरी तरफ आकर उसे अपनी सारी कामनाएं उस एक व्यक्ति से ही पूरी करनी थी। उसने उस समय, अपने पर घिर आई गन्ध से बचने का प्रयत्न करते हुए भी, उस व्यक्ति को पूरी तरह अपना लेना चाहा, पर तभी, अपनी पीड़ा और आकुलता में उसने देव के शरीर को अपने से हटते पाया। साथ सुना, 'ब्लडी हेल! तुमसे प्यार करना काफी उलझन का काम है।'

आधी रात को उठकर उसने हवा के लिए खिड़की खोल दी। उस अनुभव में से गुजर चुकने के बाद जैसे बाहर की दुनिया को नये सिरे से देखने की आवश्यकता थी। सड़क, सामने घर की खिड़कियां, एक झपाटे से गुज़रती गाड़ी, सब-कुछ पहले जैसा होकर भी पहले जैसा नहीं था। उसने देव की तरफ देखा कि वह हवा से जागकर खिड़की बन्द कर देने को न कहे, पर देव को अपने बिस्तर पर जाने के साथ ही गहरी नींद आ गई थी। उसकी नाइट शर्ट के बटन अब भी खुले थे। एक नंगे ढांचे में सांस का आना-जाना, क्या वास्तव में उस ढांचे के साथ उसका अब जीवन-भर का सम्बन्ध था? यह सम्बन्ध, जो कल तक नहीं था, क्यों इतना निश्चित था कि अब अपने को उससे मुक्त किया ही नहीं जा सकता था?

शरीर में अजीब तरह का कसैला दर्द और भारीपन था। जैसे उस गन्ध ने ही अन्दर से नसों को जकड़ लिया था। उसने एक तौलिया भिगोकर उससे सिर-मुंह लपेट लिया। हवा की ठंडक के साथ-साथ पानी की ठंडक। उसे लगा इससे थोड़ी देर में शायद नींद आ जाए उसे।

अचानक देव की आंख जाने कैसे खुल गई। शायद बत्ती जली होने से या नल की आवाज़ से या हवा से ही, मुंह क्यों लपेट रखा है तौलिये में?" उसने कुहनी पर उठकर पूछ लिया।

कोई खास बात नहीं, वह तौलिया हटाती मुश्किल से कह पाई, ऐसे ही तपिश-सी लग रही है सिर में।'

'कोई दवाई-अवाई तो नहीं चाहिए?'

'नहीं।' और उसने बत्ती बुझा दी।

वह अंधेरे का सम्बन्ध था, जोकि अंधेरे में भी ठीक से नहीं जुड़ पाता था। कोशिश दोनों तरफ से होती थी। देव ने कई रातें पीना छोड़े रखा था। वह देव के आने के पहले से ही सोचने लगती थी कि आज वह उससे किस विषय में और क्या बात कर सकती है। वह कोई भी बात करे, सुनते-सुनते देव का ध्यान उससे हट जाता था। वह चुप हो जाती, तो वह चौंककर उसकी तरफ देख लेता। 'हां-हां, ठीक है।' कई छोटी-छोटी बातों में

वह उसकी रुचि का ध्यान रखने की कोशिश भी करता, 'सीमा के साथ घूमने निकल जाया करो शाम को। तुम्हें खुले में रहने की आदत है। उस लिहाज़ से यह शहर बुरा नहीं है।' देव के व्यवहार में ऐसा कुछ नहीं था, जिसपे शिकायत की जा सकती। सिवाय उस इकहरी तटस्थता के जिसे केवल उसका स्वभाव मानकर वह नहीं चल पाती थी। देव को उसकी किसी बात पर गुस्सा नहीं आता था। आता भी था, तो वह उसे प्रकट नहीं होने देता था। स्पष्ट लगता जेसे कि इसके लिए उसे प्रयत्न करना पड़ता है! बीजी या सीमा की कई बातों से खीझकर वह उन पर झल्लाने लगता था, पर उससे कैसी भी गलती हो जाए, वह उदासीन मुसकराहट के साथ केवल इतना-भर कह देता था, कोई बात नहीं। आगे से ध्यान रख लेना इस चीज़ का।'

रात के कई घण्टे एक कमरे में साथ-साथ बीतते थे, फिर भी देव के आने के साथ ही वह कमरा उनके लिए फिर से नया और अपरिचित हो जाता था। उस व्यक्ति से भी जो उसका पति था, हर रोज़ जैसे नये सिरे से उसका परिचय होता था। नये सिरे से बातचीत की शुरुआत होती थी, पर एक आकस्मिक घनिष्ठता तक पहुंच कर परिचय एकाएक समाप्त हो जाता था। देव को जल्दी नींद आ जाती थी और वह देर-देर तक यह सोचती करवट बदलती रहती थी कि उसके शरीर को वास्तव में उसी का शरीर मानकर वह व्यक्ति उसके पास आता है या रोज़ वह उनके लिए किसी-न-किसी और की भूमिका ही निभाती है? देव का एकाएक उमड़ना और शान्त हो जाना, उसमें उसे अपना-आप बाज़ारू-सा जान पड़ता था। वह कितना चाहती थी कि उनके बीच इसके अतिरिक्त भी कोई सम्बन्ध हों। और कुछ नहीं, तो कभी देव उस पर बिगड़कर बकझक ही करे। कहे 'कि उसकी ज़िंदगी की कुछ और भी ज़रूरतें हैं, जो पत्नी के रूप में उसे पूरी करनी चाहिए, पर ऐसा कुछ नहीं होता था। रजिस्टर पर हस्ताक्षर करते समय देव के मुंह से सुनी झिड़की में फिर भी एक अधिकार था, जो या तो देव ने रजिस्ट्री के दफ्तर में ही छोड़ दिया था या पहली रात को सोने और जागने के बीच किसी क्षण उस कमरे में खो दिया था। एक बार उसने देव से शिकायत भी की कि बीजी और सीमा की तरह वह कभी उसे क्यों नही डांटता। देव ने चलते ढंग से उत्तर दिया, 'वे लोग अच्छी तरह जानती हैं मुझे क्या पसन्द है, क्या नहीं। उन्हें इसका ध्यान रखना ही चाहिए। तुम्हारी बात दूसरी है। तुम अभी नयी आई हो।'

यह नयापन ही उन दोनों के बीच की रेखा थी। महीना, दो महीने, चार महीने गुज़र जाने पर भी यह नयापन या कोरापन, ज्यों-का-त्यों बना

था। देव को न उसके अनकिए को लेकर शिकायत होती थी, न उसके किए को लेकर उत्साह। वह जैसे एक चलती-फिरती बेजान चीज थी जिससे कुछ कहने-सुनने का सवाल ही पैदा नहीं होता था, पर उसे अपने अन्दर भी देव के प्रति वैसी ही जड़ता महसूस होती थी। वह भी एक नये परिचित की तरह उसकी तरफ मुसकराने या उसके कपड़े निकालकर उसे देने से आगे उसके लिए कुछ नहीं कर पाती थी। चेष्टा इतनी ही रहती थी कि सब-कुछ इस तरह होता जाए कि उसे देव के मुंह से फिर यह न सुनना पड़े, कोई बात नहीं, ऐसा हो भी जाता है। आगे से जरा ध्यान रख लेना इसका।

कई बार उसे लगता था उसी में कमी है। एक स्त्री के रूप में पुरुष की दृष्टि से वह ऊनी पड़ती है। नहीं तो ऐसा क्यों था कि देव से पहले भी अवसर आने पर किसी पुरुष के साथ कभी उसका स्वाभाविक सम्बन्ध स्थापित नहीं हो पाया?

आर्ट्स कालेज के प्रिंसिपल गोपाल जी। चुस्त अचकन के साथ चूड़ी दार पाजामा पहने वे क्लास में आया करते थे। उनके सामंने बैठे हुए, उनके मुंह से निकलते शब्दों को सुनते हुए, मन में एक स्फूर्ति का अनुभव होता था। पिलोड अपान माई स्वीट लव्ज राइपनिंग ब्रेस्ट···।' पंक्तियों की व्याख्या करते हुए गोपाल जी की आंखें बार-बार उसकी आंखों से टकरा जाती थीं। लगता था, शैली की पंक्तियां एक सूत्र हैं, जो उसके अन्दर का सम्बन्ध बाहर की दुनिया से जोड़ती हैं। डेस्कों से आगे, खिड़की के बाहर, धूप, हवा और हिलती पत्तियों में एक और ही अर्थ झलकने लगता था। लान में, आइसक्रिम की छड़ी हाथ में लिए, अपने पूरे शरीर में उन शब्दों की अनुगूंज सुनाई देती थी।मन उनके अर्थ से सकुचाने लगता था। किताब का पन्ना खोल लेने पर सामने की पंक्तियों से गोपाल जी का स्वर उभर आता था। वह शब्दों के स्थूल चेहरों को इस तरह देखती थी जैसे कि वे भी अपने में गोपाल जी के चेहरे की छाप लिए हों।

बड़ी चचेरी बहन साथ पढ़ती थी। वह कहती, 'तू इंगलिश को छोड़ कर दूसरे विषयों की तैयारी क्यों नहीं करती? परीक्षा में पास नहीं होना क्या?'

उसे इससे खुशी होती। उसका एक रहस्य था, जिसे कोई नहीं जानता था। उस रहस्य का एक सिरा गोपाल जी के स्वर से जुड़ा रहता, दूसरा अपने अन्दर उस स्वर की प्रतिक्रियाओं से। वह स्वर ही था, जिसने सोलह साल की बच्ची से एकाएक उसे! सोलह साल की नवयुवती में बदल दिया था। क्लास रूम के बाहर वह गोपाल जी की चर्चा दूसरों से सुनती थी,

स्वयं नहीं कर पाती थी। पर गोपाल जी की आलोचना करने लगे, तो उसका चेहरा सुर्ख होने लगता था। यह कैसे सम्भव था कि गोपाल जी के बताए अर्थ के अतिरिक्त कोई दूसरा अर्थ होउन पंक्तियों का? एक बार लाइब्रेरी में गोपाल जी के बताए अर्थ को ठीक से समझाने की कोशिश में उसने अपने को गलत तरह से लड़कियों से उलझा लिया था। लड़कियां इस तरह उसे छेड़ने लगी कि उसे कुर्सी छोड़कर लाइब्रेरी से बाहर निकल आना पड़ा। लड़कियां तब से उसे बुलाने लगी थीं, 'स्वीट लव!' उसे लड़कियों की इस चुहल का बुरा भी लगता, पर गोपाल जी के साथ उसका नाम जोड़ कर बात कही जा रही है, यह चीज मन को गुदगुदा भी देती। धीरे-धीरे बात इतनी फैल गई कि एक दिन जब वह कालेज नहीं जा सकी, तो लड़कियों ने गोपाल जी की क्लास में ब्लैकबोर्ड पर बड़े-बड़े शब्दों में लिख दिया : 'सारी, नो इन्स्पीरेशन टुडे।' जब उसे यह बात बताई गई, तो उसने इस पर नाराज होना चाहा, पर मन में उसे खुशी हुई कि इस तरह उसके रहस्य की बात गोपाल जी पर खुल गई है।

बीच में कुछ दिन वह बीमार रही। बीमारी के बाद एक दिन डरते-डरते गोपाल जी से कहा, 'इस बीच मेरी जो पोइम्ज छूट गई हैं, उन्हें समझने के लिए क्या किसी दिन आपसे समय ले सकती हूं?'

गोपाल जी ने अपने घर आने का समय दिया। वह अकेली जाने का साहस नहीं कर सकी, इसलिए बहन को साथ ले गई। घर पर गोपाल जी को अकेले पाकर बहन को अच्छा नहीं लगा, 'शादी-शुदा आदमी हैं वे। अपने बीवी बच्चों को आज ही क्यों उन्होंने बाहर भेज दिया था?'

पर उसके बाद भी वे दोनों गोपाल जी के यहां जाती रहीं। गोपाल जी ने अपनी पत्नी से उनका परिचय करा दिया था। वह गोपाल जी से जिस तरह के सवाल करती, उससे एक दिन उन्होने बहन से कहा, 'यह लड़की इतनी छोटी उम्र में जिस तरह बात करती है, उससे मुझे इससे ईर्ष्या होती है। किसी-किसी समय तो इसकी आंखों की चमक से मुझे डर भी लगता है।'

बहन का कहना था कि यह एक तरह का उलाहना है। दूसरे शब्दों में इसका अर्थ है कि वह अपनी उम्र से बड़ी बनकर बात करती है और गलत तरह की नज़र से उन्हें देखती है।

वह खूब रोई। दो-एक दिन गोपाल जी की क्लास में नहीं गई। उसे एक साथ सबसे चिढ़ हो गई थी। अपने से, बहन से. गोपाल जी से, पर उसके जन्म-दिन पर गोपाल जी ने एक उपहार देने के लिए उसे अपने यहां बुलाया, तो वह बिना बहन को बताए अकेली वहां चली गई। गोपाल

जी उस दिन भी घर में अकेले थे। खिड़कियां-दरवाज़े बन्द करके कमरे में उन्होंने अंधेरा कर रखा था। उसके अन्दर पहुंचते ही उन्होंने बिना किसी भूमिका के उसे बांहों में लेकर अपने होंठ उसके होंठों पर रख दिए। उसके साथ ही उन्होंने चेष्टा की उसे अन्दर के कमरे में ले जाने की। वह किसी तरह उनसे इतना ही कह पाई कि उसे वे पहले एक गिलास पानी दे दें और जब तक वे पानी लेकर आते, वह भागकर जीने से नीचे उतर आई।

घटना का और कोई साक्षी नहीं था, फिर भी उसे लगता था, जैसे सब लोग उस विषय में जानते हों। अपने प्रति हर एक के व्यवहार में उसे संदेह का आभास मिलता था। राजीव से परिचय होने तक छह वर्ष बीत चुके थे उस घटना को, फिर भी उससे बात करते हुए उसकी आंखों में वह यही खोजने का प्रयत्न करती थी कि कहीं उसे भी तो इसकी जानकारी नहीं है। वह पहला व्यक्ति था, जिसके साथ उसके ब्याह को चर्चा की जाने लगी थी और जिसे अपने मन में उसने होने वाले पति के रूप में स्वीकार भी कर लिया था। खादी के ढीले पाजामे-कुर्ते में वह आस-पास के और युवा लोगों से बहुत अलग नज़र आता था। वह राजनीति के सम्बन्ध में इतना कुछ जानता था और इतने अधिकार के साथ बात करता था कि वह अचम्भे के साथ उसे देखती हई सोचा करती थी कि अगर देश की बागडोर उसके हाथ में दे दी जाए, तो कितनी जल्दी देश की सब समस्याओं का समाधान हो सकता है। उम्र में वह उससे बारह-तेरह साल बड़ा था और एक विद्यार्थी के रूप में सन् सैंतालीस में बम बनाने और फेंकने के अपने किस्से सुनाया करता था। जब भी वह उन दिनों के संस्मरण सुनाने लगता, उसकी आंखों में वह बहुत ऊंचा उठ जाता था। उस ऊंचाई पर उसे देखते हुए वह अपने को उसके लिए कुछ भी करने के लिए तैयार पाती। उसके मुंह से निकले एक-एक शब्द को आदर के साथ सुनती हुई सोचा करती कि राजनीतिक जीवन की धांधलियों के कारण उस क्षेत्र में कुछ करने का अवसर न भी मिला, तो केवल अपने विचारों से ही एक दिन वह व्यक्ति सारे संसार को चमत्कृत कर देगा। इसीलिए विवाह का प्रस्ताव किए जाने पर जब राजीव ने यह कहकर मना कर दिया कि उसने जीवन-भर अविवाहित रहकर राजनीतिक कार्य करने का संकल्प ले रखा है, तो उसके लिए उसके मन में आदर और भी बढ़ गया। वह सोचने लगी कि पांच, सात, दस वर्ष वह उस व्यक्ति के लिए प्रतीक्षा कर सकती है। अपने धैर्य से उसे विश्वास दिला सकती है कि पत्नी के रूप में वह उसके मार्ग में रुकावट नहीं बनेगी। जब कभी वह अपने लिए घर-बार की आवश्यकता महसूस करेगा, वह खुशी से उस आवश्यकता को पूरी करने के लिए तैयार रहेगी। तब तक स्वयं भी

देश की राजनीतिक गतिविधियों में दिलचस्पी लेकर अपने को उसके स्तर तक उठाने का प्रयत्न करेगी। उसने अपने को विश्वास दिला लिया था कि उस व्यक्ति का विवाह से उसका तिरस्कार नहीं है, एक अधिक गहरे स्तर पर उनके सम्बन्ध की शुरुआत है। इसलिए राजीव का पक्ष लेकर एक बार वह घर के लोगों से लड़ भी ली थी।

पहले राजीव उनके यहां बहुत आया करता था, पर एकाएक ही उसका आना बहुत कम हो गया था। वह इस के लिए भी घर में तर्क दे लेती थी, परन्तु एक दिन चचेरी बहन से ही पता चला कि एक संसद्-सदस्य की छोटी बहन से राजीव की सगाई हो गई है। उस लड़की को वह जानती थी। इतनी शोख, बातूनी और बनने वाली लड़की थी वह कि उसके साथ दस मिनट बात करना भी उनसे सहा नहीं जाता था। जब बहन ने बताया, तो वह काफी देर अपनी पढ़ने की मेज़ के पास काठ होकर बैठी रही। मेज और दीवारों के साथ-साथ अपने अन्दर का न जाने कितना कुछ अंधेरे में डूबता गया। उसे झटका-सा लगा जब उसके पिता ने चुपचाप पास आकर टेबल-लैम्प जला दिया। कुर्सी से उठते हुए उसे लगा कि तेईस साल की उम्र में ही उस पर बुढ़ापा आ गया है।

□□

दरवाज़े के बाहर दो फुसफुसाती आवाज़ें। बीजी और सीमा।

'तू बात नहीं मानेगी?'

'नहीं।'

'सिर्फ आज रात के लिए कह रही हूं।'

'कह दिया नहीं।'

दरवाज़ा चरमराया। अंधेरे में रोशनी की हलकी-सी दरार बन गई। सीमा का शरीर दरार से अन्दर दाखिल होने को हुआ, जब उसे बाहर खींच लिया गया। दरार बन्द होगई।

'इस तरह ज़िद क्यों करती है?'

'तुम क्यों करती हो?'

'मैं मिन्नत से कह रही हूं। आज की रात मेरे कमरे में सो जा।'

'उस कमरे में मुझे नींद नहीं आती।'

'आहिस्ता बात कर। वह जाग जाएगी।'

'जाग जाए। तुम मेरा हाथ छोड़ दो।'

'मुन्नी!'

'क्यों ख्वामख्वाह परेशान कर रही हो? मैं रोज़ जिस कमरे में सोती हूं, आज भी उसी में सोऊंगी।'

'अच्छा, कपड़े उस कमरे में बदल ले पहले। मैं तेरे सोने के कपड़े निकालकर वहीं दे देती हूं।

'मुझे कपड़े वहां नहीं बदलने हैं। हाथ छोड़ दो कह दिया तुमसे!'

फिर वैसी ही दरार। सीमा का आधा शरीर अदर आ गया, पर बाहर के साथ उसका संघर्ष फिर भी चलता रहा। 'मुन्नी!'

'मुन्नी-मुन्नी मत किए जाओ।'

'कह रही हूं लड़की को लाकर मैं इधर सुला देती हूं। अगर उसकी वजह से···।'

'उसकी किसकी कोई वजह नहीं है। वहां सुबह-सुबह स्टोव की बदबू, मुझसे बर्दाश्त नहीं होती।'

'मैं सुबह स्टोव नहीं जलाऊंगी।'

'तुम नहीं जलाओगी, तो भी वह जलेगा।'

'मैं कहती हूं···।'

'अब कहो कुछ मत और जाकर सो रहो अपने कमरे में। कितनी देर से चखचख कर रही हो।'

सीमा अन्दर आकर दरवाज़ा बन्द करने को हुई, पर बीजी ने उसे बन्द नहीं करने दिया।

'रानी, एक रात की ही बात है।'

'ज़िंदगी-भर यह एक रात की ही बात नहीं रहेगी।'

'अच्छा, बत्ती मत जलाना।'

'क्यों?'

'कह रही हूं इसलिए।'

'तुम जाओ और जाकर सो रहो।'

सीमा ने जिस तरह दरवाज़ा बन्द किया, उससे किसी भी सोए हुए व्यक्ति की आंख खुल सकती थी, पर श्यामा की अधखुली पलकें उससे पूरी झिप गईं। पल-भर बाद ही कमरे की बत्ती जल उठी।

श्यामा न देखते हुए भी देख रही थी कि सीमा की आंखें उसके चेहरे पर आ टिकी हैं। वह शायद अन्दाज़ा लगाने की कोशिश कर रही थी कि वह सचमुच सो रही है या बहाने से आंखें मूंदे है। थोड़ी ही देर में आभास हुआ कि सीमा अब उसके पलंग के बहुत पास आ गई है और इस इन्तज़ार में उसे देख रही है कि कब वह अपनी आंखें खोल दे। सीमा जो सेंट इस्ते-माल करती थी, उसकी गन्ध के अतिरिक्त एक और भी गन्ध उसे अपने ऊपर झक आई महसूस हुई। कुछ-कुछ वैसी ही थी, जैसी ब्याह की रात को देव की निकटता की गन्ध। निश्चित था कि सीमा पीकर आई थी,

पर पता नहीं उसके ऊपर झुककर वह जान-बूझकर उसे यह जतलाना चाहती थी या सिर्फ उसकी नींद की ही टोह ले रही थी। सीमा की सांसें इतनी करीब आ गई थीं कि उन्हें सूंघते हुए चुपचाप आंख मूंदकर पड़े रहना श्यामा के लिए असम्भव होने लगा। लगने लगा कि अब अगले ही क्षण वह झटके से उठकर बैठ जाएगी और डांटने के स्वर में सीमा से पूछ लेगी कि क्या उसकी नींद भी उस घर में उसके लिए व्यक्तिगत नहीं रह सकती? पर यह सोचकर उसकी आंखें फिर भी मुंदी रहीं, कि डांट सुनकर सीमा हंसने लगी, तो सिवाय उसका मुंह देखते रहने के उससे और कुछ भी कहते-करते नहीं बनेगा, पर वह क्षण आने से पहले जब उसकी आंखें बर-बस खुल ही जातीं, सीमा की सांसें परे हट गईं और वह जिस तरह दम साधकर पड़ी थी, पड़ी रही।

बन्द आंखों को बत्ती की लौ अखर रही थी, पर करवट बदलकर वह फिर सीमा का ध्यान अपनी ओर नहीं खींचना चाहती थी। चेहरे पर नींद का भाव बनाए वह काफी देर सीमा के बत्ती बुझाने की राह देखती रही। आहटों से अन्दाजा लगाती रही कि अब सीमा कुर्ता-लुंगी उतार रही है, अब आईने के सामने खड़ी होकर नाइटी पहन रही है, अब बालों की पिनें निकाल रही है, अब चेहरे पर क्रीम मल रही है और अब शायद बत्ती बुझाने के लिए बटन की तरफ जा रही है, पर कई बार कई तरह से आहटों के अर्थ लगा चुकने पर भी बत्ती नहीं बुझी, तो एक बार उसने चोरी से आंख खोलकर देख लिया।

सीमा ड्रेसिंग टेबल के पास खड़ी थी और चेहरा आईने के बहुत पास ले जाकर एक हाथ स उस पर के किसी निशान को छू रही थी। ब्रेसियर और अण्डरवियर के सिवा शरीर पर कोई कपड़ा नहीं था। दूसरा हाथ पीछे से ब्रेसियर की बकल खोलने की चेष्टा में रुका हुआ था। पल-भर बाद चेहरे वाला हाथ भी पीछे की तरफ आ गया। सीमा कुछ देर अपने होंठों को भीचे रही, फिर उन्हें ढीला छोड कर सीधी हो गई। गर्दन उसकी इस तरह तन गई, जैसे सामने के चेहरे की किसी चुनौती का सामना करने जा रही हो। गर्दन झटकने से उसके आधे बाल माथे पर आ गए थे। उनकी जाली के अन्दर से अपने को देखते हुए उसने पीछे से बकल खोल दिया। दोनों तरफ के फीते एकाएक सिकुड़ गए और कंधों के फीते फिसलकर नीचे आ गए। ब्रेसियर निकल जाने से गोरा शरीर एकाएक बत्ती की रोशनी से सुलग गया।

श्यामा ने आंखें मूंद लीं। उसे लगा उसे सीमा के भरे हुए शरीर से ईर्ष्या हुई है। सीमा की पीठ पर पड़ी फीते की लास और कोमल खाल में

खोई-सी उसकी रीढ़, उसका अपना शरीर उस उम्र में भी उतना सुडौल कहां था? उसके मन ने चाहा कि वह एक बार सीमा के कंधों के उस तरफ भी देख सके। उस शरीर के साथ अपने को देखने में उस शरीर को अपना-आप मानने में, कितना गर्व हो सकता था किसी को भी! चेहरे के जिस निशान को सीमा छूकर देख रही थी, उसके अतिरिक्त भी क्या कुछ छूकर देखने को नहीं था उसके शरीर पर? ऐसा कुछ जिसे केवल उसी की आंख देख सकती थी और जिस के कारण ही शायद...?

वह फिर एक बार उसी तरह सीमा के शरीर पर नज़र डालने से अपने को नहीं रोक सकी, पर इस बार उसकी आंख सीधे सीमा की आंख से टकरा गई। सीमा अब आईने की तरफ पीठ किए सीधी खड़ी थी और उसकी ओर देख रही थी। उसका शरीर नाइटी से ढक गया था, जिसके फीतों को वह गांठ दे रही थी। उससे आंख मिलाने पर सीमा व्यंग्य के साथ मुसकरा दी, जो कि पहले भी उस द्वारा चोरी से देखे जाने की बात वह जानती हो। एक हाथ नाइटी के फीतों में उलझाए हुए सीमा ने चुपचाप जाकर बत्ती बुझा दी और आकर अपने पलंग पर लेट गई।

'गुड नाइट!' उसे लगा सीमा के स्वर में भी वही भाव है, जो उसकी आंखों में था। 'गुट नाइट!' सीमा ने उसकी चोरी उससे मनवा ली थी।

□□

श्यामा की पूरी रात जागते और सपनाते बीती, दोनों स्थितियों के बीच जैसे कोई अन्तराल था ही नहीं। जागना किसी भी क्षण सपने में बदल जाता था और सपना सचेत होकर सोचने में। वह रात-भर की लम्बी यात्रा थी जिसमें वह कई एक पड़ावों पर रुकी थी, पर किसी भी एक पड़ाव पर ठहर नहीं पाई थी।

एक सवाल बार-बार मन में उठ आता था। वहां रहने का मन बना-कर एक बार वहां आ जाने के बाद अब वह वहां से लौट जाने को उता-वली क्यों है?

बीजी और सीमा के व्यवहार में नया कुछ नहीं था। वह जितना उन्हें जानती थी, उससे इस सबकी आशा तो वह करती ही थी। उन दोनों ने आज तक कभी उसे पसंद नहीं किया था। यही बात वह उन दोनों को लेकर अपने लिए भी कह सकती थी। दोनों ओर से सम्बन्ध केवल झेलने का था। वक्त गुजरने के साथ यह झेलने की कठिनाई बढ़ती गई थी। यह भी पता था कि साथ रहने पर और कठिनाइयां सामने आ सकती हैं। बीजी, सीमा और वह, तीनों अपनी-अपनी जगह, अपनी-

अपनी तरह से घर की मालकिन थीं। तीनों अपनी-अपनी मजबूरी से आपस में जुड़ी थीं। रुचियां और अपेक्षाएं, तीनों की अलग-अलग थीं। साथ रहकर तीनों की परस्पर सिवाय इसके कोई निर्भरता नहीं थी कि घर की आर्थिक स्थिति उन्हें एक साझे किचन से खाना खाने के लिए विवश करती थी। बीजी सीमा से दबती थीं। उसका भी खुलकर तिरस्कार नहीं कर पाती थीं, कारण केवल यही था। सीमा बीजी का थोड़ा-बहुत अंकुश मानती थी या उसके वहां आ रहने को व्यंग्य के साथ सह लेती थी, तो वह भी इसीलिए था। और यह स्वयं भी बीजी की कड़वी बात सुनकर चुप रह जाती थी या सीमा की उद्दंडता से मन चुरा जाती थी, तो उसके मूल में भी यही चीज़ थी। पर जब वह पहले से यह सब जानती थी, तो अपने को बिलकुल उन लोगों से काट लेने की जगह यहां आने और रहने का निश्चय उसने किया ही क्यों था?

आने से पहले अपने को जो कारण दिए थे, उनमें एक था बेबी के लिए दूसरी तरह का वातावरण जुटाना। उसके साथ अकेली रहकर लड़की स्वाभाविक ढंग से बड़ी नहीं हो रही थी। कोई और भाई-बहन नहीं था, इसलिए उसके अकेलेपन को दूर करने का यही एक उपाय नज़र आया था। सोचा था दो और लोगों के बीच रहने से लड़की अपने को ज्यादा बांठकर जीना सीख सकेगी। इसके अतिरिक्त पिता की कमी भी पिता से सम्बन्धित लोगों के बीच रहकर कुछ हद तक पूरी हो सकती थी। बीजी सचमुच बेबी से प्यार करती थी, चाहे अपने लड़के के कारण ही हो, वे उससे खेलकर या उसकी ज़िदें पूरी करके आन्तरिक खुशी महसूस करती थीं। किसी अपने का होना, चाहे वह कितना ही निरर्थक क्यों न हो, अपने में एक पूर्ति हो सकती थी। लेकिन बीजी के पास बेबी को लाने में एक आशंका भी थी जो यहां आकर सही साबित हो रही थी। बेबी अब उससे उखड़कर बिलकुल अलग हुई जा रही थी। वहां उसके साथ अकेली रहकर वह उसे जितना परेशान रखती थी, उससे कहीं ज्यादा यहां उससे दूर-दूर रहकर रखने लगी थी। बीजी को यह जतलाकर सन्तोष मिलता था कि वे मां से ज्यादा बेबी की अपनी हैं और बेबी भी दो अधिकारों के बीच अपनी सुविधा के पलड़े को भांपना सीख रही थी। वह बेबी को उसके हित के लिए जिन लोगों के बीच रखने लाई थी, आज उन्हीं से उसे अलगा लेना ही क्यों उसे अधिक हितकर लग रहा था? अगली सुबह बेबी को वहां स्कूल में दाखिल कराने की बात थी। बड़ी मुश्किल से बीच टर्म में दाखिला मिल रहा था। एक लड़की छोड़कर चली गई थी, इसलिए। पर अब तक इस बात को वह मन में

स्वीकार नहीं कर पाई थी। नहीं सोच पा रही थी कि सुबह बेबी को लेकर उसे उसकी प्रिंसिपल से मिलने जाना चाहिए या नहीं। जाने और न जाने दोनों का ही अर्थ था एक अन्तिम निर्णय, पर एक बार जब उसने कह दिया था कि वह बेबी को साथ लेकर वहां से चली जाएगी, तो अब अपनी बात को पलट कर वहां रह जाना अपने सम्मान की दृष्टि से कहां तक संगत था?

पर कहा उसने जो भी हो, पर क्या वास्तव में वह निर्णय ले चुकी थी कि वहां आने और रहने की सारी योजना को रद्द करके वह अब स्थायी रूप से वहां से लौट जाएगी? उसके वहां आने के मूल में 'एक जगह रहने से खर्चे की बचत' और 'बेबी के लिए वातावरण जुताने' से हटकर क्या कुछ भी और कारण नहीं था?

सोचते हुए उसके मन में फिर उन अकेली शामों का आतंक समाने लगता जो वह अपने क्वार्टर के कम्पाउंड में या पहाड़ी पगडंडियों पर टहलते हुए बिताया करती थी। बेबी उसकी उंगली थामे साथ रहती थी। वही पहाड़ियां जो देव की मृत्यु के बाद कुछ अरसा मन को सहारा देती रही थीं, अब केवल अपने एकान्त और सूनेपन के दबाव से मन को बौखला देती थीं। सोचकर सिहरन होती थी कि लाखों वर्षों से वे पहाड़ियां टूटती-भुरभुराती हुई भी अपनी उसी एक स्थिति में, उन्हीं हलकी ढलानों, ऊंचाइयों और घुमावों के साथ ज्यों-की-त्यों खड़ी हैं। लगता था उन पहाड़ियों के बीच रहती हुई वह भी लाखों वर्षों के सूनेपन और उबलेपन की साझीदार है। उन चट्टानों के ढलने के दिन से टूटने के दिन तक का पूरा अन्तरान वह अकेली जी रही है। वर्षा के बाद पगडंडियों के सिरों पर उभर आई हल की दूब, जमीन से बाहर निकलकर इधर-उधर फैली बूढ़े पेड़ों की मोटी-मोटी जड़ें, हवा में गीले पत्तों के झुरमुटों की फड़फड़ाहट, घाटी के फैलाव में तैरते सीधे डैने, टीन की छतों से टपकती बूंदें और ज़रा-सी नमी से गंधा उठती मिट्टी, इन सबसे अन्दर की उदासी और गहरी होने लगती थी। वह जैसे भी हो अपने को उस एकान्त के घेरे से मुक्त कर लेना चाहती थी। उस वातावरण से अलग एक वातावरण की ज़रूरत जितनी बेबी के लिए थी, उससे कहीं ज्यादा उसे अपने लिए थी।

लेकिन यह भी तो वह पहले से जानती थी कि बम्बई जैसे शहर में, दो कमरे के इस फ्लैट में, बीजी, सीमा और बेबी के साथ रहकर जो वातावरण उसे मिलेगा, वह भी उससे ज्यादा दिन नहीं सहा जाएगा। फिर वह वहां आई किसलिए थी?

अपने जिस विचार को वह मन से परे रखना चाहती थी, वही इसका उत्तर जान पड़ता था। वह वहां आई थी, क्योंकि कुमार वहां था। जीजा जी के पत्र से उसके वहां होने का पता न चला होता, तो पूना का मकान बिकने से पहले ही शायद उसने लिख दिया होता कि वे लोग उसके साथ किसी छोटे शहर में रहने को तैयार नहीं हैं, तो वहीं रहें। बंबई में फ्लैट खरीदने के लिए पैसे का प्रबन्ध हो भी जाए, तो कम-से-कम वह वहां आकर नहीं रह सकेगी। कुमार के वहां होने के कारण मन में जो बाधा थी, वह उस दबी हुई आकांक्षा के कारण ही थी, जिसे वह अपने से स्वीकार करते डरती थी और डरने का कारण भी शायद अपना-आप उतना नहीं था जितना पूरी स्थिति को लेकर अनिश्चय। कुमार के नाम उसने जो पत्र लिखा था, वह कुछ दिन बाद उसी तरह बंद उसके पास लौट आया था। बाहर डाकिये के हाथ की लिखावट थी कि पत्र पाने वाला बिना अपना नया पता दिए वहां से चला गया है। उसे कहीं अच्छा भी लगा था कि उसका पत्र कुमार को नहीं मिला, पर एक उत्सुकता फिर भी बनी रही थी कि उसे पत्र मिल जाता, तो भी क्या उस दिन वह उससे मिलने न आया होता? उस दिन और आज के बीच एक लंबा समय गुज़र चुका था। आज फिर एक बार उसने कुमार को अपनी तरफ से बुलावा दिया था। कुमार ने आने को कहा था, आया भी था शायद, पर उसके पहुंचने तक इंतज़ार करता रुका नहीं था। कहीं यही तो वजह नहीं थी, जो अब इतनी जल्दी वह वहां से लौट जाना चाहती थी?

टन् टन् टन् साथ के कमरे से पुराना क्लाक बीच-बीच में समय को चेतावनी दे देता था। उस क्लाक की आवाज उन दिनों भी सुना करती थी जब देव के साथ बिस्तर पर लेटे हुए रात-रात नींद नहीं आती थी। जैसे वही समय था, तब से वहीं ठहरा हुआ, एक से बारह तक की गिनती बार-बार दोहराता हुआ। वह तब समय के उस तरफ थी जहां अपनी मानसिक उथल-पुथल में वह ज़िंदगी को अपने से आगे देखती थी। समय का मध्यबिन्दु बीच में कब आया और निकल गया पता नहीं। अब वह समय के इस तरफ थी जहां ज़िंदगी अपने से पीछे छूट गई लगती थी। यहां से क्या उसके लिए अब कोई भी निर्णय, कोई भी कदम, आगे की दिशा में सम्भव नहीं था?

कुमार से वह क्या चाहती थी? उस रात की प्रतीक्षा में जो चाह मन में थी, क्या सचमुच वही और बस उतना ही? उतना तो देव ने भी उसे दिया था। चाहती, तो देव के अतिरिक्त किसी से भी वह उसे मिल सकता था। प्रोफेसर मल्होत्रा ने कितनी याचना के साथ वह चाहा था

और कुमार ने भी एक बार उससे झपट लेने की कोशिश की थी। तब वह दोनों में से किसी के भी साथ अपने को उस सम्बन्ध में देखने के लिए तैयार नहीं हो सकी थी। कुछ था जो उसे उसके अतिरिक्त भी चाहिए था, अपने लिए चाहिए था, और जिसे देने का प्रस्ताव उन दोनों में से किसी ने नहीं किया था। उन दोनों के बाद और भी लोग थे, जिनकी आंखों में उसने अपने लिए वही एक अपेक्षा देखी थी। कारण शायद इतना ही था कि वह अब भी युवा थी और अकेली रहती थी। किसी की भी आंखों में वैसा भाव देखकर उसे अपने अंदर एक जकड़-सी महसूस होने लगती थी। तो कुमार को लेकर वह विशेष बात क्या थी जिसने उससे उन दिनों उसके नाम पत्र लिखवा दिया था और आज उसे, बिना कुमार की ओर से किसी स्वीकृति या जानकारी के, कई सौ मील से यहां ले आई थी?

क्या वह चाहती थी कुमार उससे ब्याह का प्रस्ताव करे? पर उन दिनों वह प्रस्ताव भी तो एक तरह से था ही, फिर क्यों नहीं वह स्वस्थ मन से उसके साथ बढ़ती घनिष्ठता को स्वीकार करके चल सकी थी? क्यों एकाएक उस स्थिति से परे हट आना ही उसे उचित जान पड़ा था? क्या वह उस तरह कुमार की परीक्षा लेना चाहती थी? और कुमार की या अपनी? उस रात उस छोटे-से स्टेशन पर कुमार उससे मिलने के लिए आया था, तो गाड़ी के रुकने और चलने के बीच वह उससे क्या चाहती रही थी? एक ऐसा आग्रह या याचना जिससे वह अपनी स्वीकृति देने में थोड़ा ऊंचे उठ जाती? क्या इतनी ही आवश्यकता थी उसकी कि एक पुरुष को छोटा करके वह उससे बड़ी हो सके? और यदि ऐसा नहीं था, तो लौटने के बाद पत्र लिखने में उसने इतने दिन क्यों लगा दिए थे?

'मेरा अहं' अपनी डायरी में लिखे ये शब्द मन में कसक जाते। क्या इस अहं को लेकर वह कभी किसी भी पुरुष के साथ एक स्वाभाविक संबंध स्थापित कर सकती थी? देव का उसके साथ उस खामोश ढंग से जीना, क्या उसका कारण भी उसके इसी दृष्टिकोण की शिकायत थी? वह अपने लिए जीवन में बहुत बड़ा कुछ चाहती थी, पर वह बड़ा कुछ क्या था? एक स्त्री के रूप में पुरुष के किस व्यवहार से वह उसे मिल सकता था? जिस चीज़ का घुन उसे खा रहा था, वह क्या उसका यह अहं ही नहीं था?

सीमा साथ के पलंग पर गहरी नींद में सो रही थी। थोडी देर पहले उससे जो ईर्ष्या हुई थी, वह उसके अपने से कहीं युवा शरीर के कारण ही थी। या उस स्वच्छंदता के कारण जिससे वह लड़की अपने आज को आज की तरह जी रही थी? सीमा अपने-आप को, अपने किसी भी रूप को,

छिपाकर रखने में विश्वास नहीं रखती थी। क्या उसकी यह धृष्टता ही जीने की सही दृष्टि नहीं थी? अपने-आप को विश्वास के साथ झेल लेना, जी लेना, क्या इसी में जीने की सार्थकता नहीं थी? आज वह जो अपने को समय के इस तरफ पहुंच गई महसूस करती थी, उसका कारण उसके अंदर का संशय, डर या उन दोनों से बदतर उसका दम्भ ही नहीं था?

टन् टन् टन् सुबह होने वाली थी। सुबह-सुबह बीजी पलंग पर ही कीर्तन करने लगती थीं, जिससे नींद में भी चिढ़ होती थी। उसे लग रहा था कि उधर से वह आवाज आने से पहले ही उसके अन्दर निर्णय हो जाना चाहिए। वह वहां आई है, तो रहने के विचार से ही आई है। कुमार वहां पर है। वह व्यक्ति इतने दिन बीत जाने पर भी मन को बांधे रहा है। और लोगों की तुलना में उसके लिए वह अपनी एक विशेषता रखता है। उसे इस स्थिति को खुले मन से स्वीकार करना चाहिए। कुमार से मिले और खुलकर बात किए बिना वहां से चली जाना उसकी साहसहीनता का एक और उदाहरण होगा। कुमार से मिलने के बाद लगे कि वहां रहने से सच-मुच मन को सहारा मिल सकता है, तो नौकरी से त्यागपत्र दे देना चाहिए। उसके बाद जो भी और निर्णय लेने को हो, साहस के साथ ले लेना चाहिए। उसकी आज की वास्तविकता यही है कि उसे अपने लिए एक पुरुष के सहयोग की आवश्यकता है। कुमार वह पुरुष हो सकता है। आवश्यकता पूरी करने के लिए जो भी मूल्य चुकाना पड़े, वह चुकाने को उसे तैयार ही रहना चाहिए।

□□

सुबह उठने पर श्यामा को जिस्म में टूटन महसूस हो रही थी। खिड़की से टकराती धूप बासी और बेरंग लग रही थी। कितना भी पानी बरस जाए, वहां की धूप में ताज़गी आ ही नहीं पाती थी।

सीमा काफी ख़ुश थी। उठने के बाद से ही लगातार कुछ-न-कुछ गुन-गुना रही थी। बेबी न जाने क्यों रोनी हो रही थी। बात-बात पर घर को सिर पर उठाने लगती थी। बीजी खामोश थीं। रोज़ की तरह जेनी के कामों पर नुक्ताचीनी नहीं कर रही थीं। सीमा की छुट्टी का दिन था, इसलिए नाश्ता देर से बना था। श्यामा अपना हर काम मशीनी ढंग से पूरा करती रही। सीमा से वह आंख बचा रही थी। नाश्ते की मेज पर किसी की किसी से विशेष बात नहीं हुई। 'क्या', 'कहां', 'अच्छा', 'हां' में ही नाश्ता पूरा कर लिया गया।

वह मेज से उठने लगी, तो बीजी के मुंह से निकले सवाल ने उसे रोक

लिया, 'बेबी का दाखिला कराने जाना है आज!'

बीजी के चेहरे पर स्याह झिल्ली-सी उभर आई थी। स्वर की उदासीनता में असहायता की झलक थी। उनकी आंखों से लगता था वह जो उत्तर देगी, उस पर न जाने कितना कुछ निर्भर करता है।

'बेबी से ही पूछ लीजिए। यह मेरे बगैर भी रह सकती है यहां, तब तो दाखिला कराया ही जा सकता है।'

सीमा पल-भर स्थिर आंखों से उसे देखती रही, फिर चुपचाप उठकर वाश बेसिन पर हाथ धोने लगी। बेबी की आंखें मां और दादी के बीच घूमती रहीं। वह इतनी बड़ी नहीं है कि उससे पूछकर तय किया जाए। फैसला जो भी होगा, मेरे करने से ही होगा। तूने सोच लिया है कि तुझे चले जाना है यहां से, तब तो...।'

श्यामा को स्वर से लगा कि उस बीच बीजी ने उसके वहां से जाने को मन में स्वीकार कर लिया है। उसके मन में विद्रोह जाग आया, 'अपने बारे में अभी कुछ नहीं सोचा मैंने। सोच लूंगी, तो आपको बता दूंगी। तब तक शायद बेहतर यही है कि बेबी के दाखिले का चांस मिस न किया जाए। जरूरत पड़ने पर बाद में इसे यहां से छुड़ाया भी जा सकता है।'

सीमा जिस तरह उठकर गई थी, उसी तरह वापस आकर बैठ गई। इस बीच वह अपने को जैसे बात करने के लिए तैयार कर आई थी, 'पर खामखाह पैसा बरबाद क़रने से फायदा?' उसने पूछ लिया।

श्यामा के पैरों से एक सिहरन उठी, जो उसके शरीर में सुइयों की तरफ फैल गई। बोलते हुए उसे लगा कि जो होंठ हिल रहे हैं, वे उसके नहीं हैं, 'पैसा तो पता नहीं कितना-कितना, किस-किस चीज पर बरबाद होता रहता है। आदमी इसी का हिसाब करने लगे, तो...।'

'हिसाब हर चीज़ का किया जा सकता है। तुम्हारा मतलब अगर फ्लैट पर लगे तुम्हारे पैसे से है, तो...।'

'मेरा मतलब अपने खर्च किए किसी पैसे से नहीं है।'

'और किस पैसे से मतलब है? तुम अगर समझती हो तुमने यह पैसा खर्च करके गलती की है...।'

श्यामा का चेहरा तमतमा गया। उसे एकाएक सीमा से तीखी घृणा हो आई, 'मैं इस बारे में बात नहीं करना चाहती।'

'मैं भी नहीं चाहती कि आज के बाद इस बारे में हम लोगों को बात करनी पड़े। अगर तुम सचमुच यहां नहीं रहना चाहती, जैसा कि कल तुमने मम्मी से कहा था और इन्होंने आज मुझे बताया है, तब तो बेबी

को यहां दाखिल कराने का कोई मतलब ही नहीं है। न तो वह हमेशा के लिए तुमसे अलग होकर रह सकती है और न ही मैं चाहूंगी कि इस तरह उसे यहां रखा जाए। तुम्हारा जो पैसा इस फ्लैट पर लगा है, वह मैं थोड़ा-थोड़ा करके अपनी नौकरी से चुका सकती हूं। और वह तुम्हें पसंद न हो, तो फ्लैट बेचा भी जा सकता है, लेकिन तुम अब भी समझो कि यहां साथ रहा जा सकता है, तो कुछ चीजें हमें आपस में तय कर लेनी चाहिए। बेबी का यहां दाखिल हाना-न-होना छोटी बात है। बड़ी बात हम लोगों की आपस की है। हम लोग एक-दूसरे से डरती-दपती हुई यहां रहें यह बात निभने वाली नहीं है। न ही किसी एक का दूसरी पर एहसान लादना और दूसरी का एहसान झेलना ही निभ सकता है। अगर साथ रहना है, तो अपनी-अपनी खातिर ही सबको रहना है। मैंने बीजी से भी यह बात कह दी है। इनकी अपनी ज़िंदगी है। ये जिस तरह चाहें, उसे जियें। हममें से किसी का उसमें दखल नहीं है। मेरी अपनी ज़िंदगी है। मैं जिस तरह भी उसे जिऊं, तुममें से किसी का उसमें दखल मुझे बरदाश्त नहीं होगा। इसी तरह तुम्हारी अपनी ज़िन्दगी है। तुम भी चाहे जिस तरह उसे जियो।'

'तुम सब लोगों के एक घर में साथ रहने की बात कर रही हो या किसी होस्टल में?'

'मैं एक घर में साथ रहने की ही बात कर रही हूं। होस्टल में किसी-को किसी से ये बातें तय नहीं करनी होतीं। दबना-दबाना, छिपना-छिपाना यह सब एक घर में साथ रहने पर ही जरूरी लगता है। मेरे खयाल में यह बहुत दकियानूसी ढंग है जीने का। कम-से-कम अपने लिए मैं यह ढंग नहीं अपना सकती। ममी कितनी बार तुम्हें लेकर कहती हैं, 'उसके सामने ऐसा मत कर। उसके सामने ऐसे मत बोल।' मैं इनसे फिर साफ कह देना चाहती हूं। मुझसे किसी भी तरह की दिखावे की जिंदगी जीने को ये कहेंगी, तो मैं बिलकुल नहीं जिऊंगी। उसके लिए मुझे अलग रहना पड़ेगा, तो मैं अलग जा रहूंगी।'

बीजी फ्ल्ले से आंख पोंछ रही थीं। सीमा ने एक बार उकताहट के साथ उन्हें देख लिया, 'तुम्हें रोना किस बात का आ रहा है, ममी?'

बीजी जबाब न देकर पल्ले को और ज़ोर से मलने लगीं। सीमा झुंझलाहट के हाथ उठ खड़ी हुई, 'तुम्हारे साथ यही दिक्कत है कि जहां बात नहीं सूझती, वहां तुम रोना शुरू कर देती हो। मैं इस वक्त बताकर जा रही हूं कि रात को मुझे लौटने में देर हो जाएगी। खाना मैं घर पर नहीं खाऊंगी। आकर मैं अपने कमरे में ही सोऊंगी। लौटने

पर कल रात की तरह मुझे परेशान मत करना।' और वह वहां से चली गई।

श्यामा कुछ देर बीजी को देखती बैठी रही। उनके लिए उसके मन में सहानुभूति उमड़ आई थी। बीजी नाक-मुंह पोंछकर स्वस्थ हो गई, तो वह बेबी की बांह पकड़े उठ खड़ी हुई, मैं आज जाकर इसे दाखिला करा आऊंगी।' उसने चलते हुए इतना ही कहा।

'देव आज होता, तो पूछता इससे।' बीजी के ये शब्द उसने पीछे से सुने पर लगा कि यह बात किसी दुख से नहीं, सिर्फ उससे और सहानुभूति पाने के लिए ही कही गई है।

□□

दिन का काफी भाग श्यामा ने घर से बाहर बिताया। स्कूल के आफिस से निकलकर बहुत दिनों बाद कुछ देर वह ग्राउंड में बेबी के साथ खेलती रही। फुटपाथ पर चलते हुए उससे पुराने स्कूल में सीखी पोइम्ज सुनती रही, गिनती के छोटे-छोटे सवाल पूछती रही। उसे अपराध का अनुभव हो रहा था कि वह ऐसा हर रोज़ क्यों नहीं करती रही। उस बच्ची की कुछ जरूरतें थीं, जिन्हें वह और अकेली वही पूरी कर सकती थी। यह उसके दिलचस्पी न लेने के कारण ही था जो बेबी उसे छोड़कर दूसरों की तरफ इतना उमड़ती थी। उसे लड़की के साथ नये सिरे से अपना एक सम्बन्ध स्थापित करना चाहिए। इससे वह लड़की के ही नहीं, अपने अन्दर के अभाव को भी कुछ हद तक भर सकती थी।

बस स्टाप पर बेबी के घर लौटने की जिद करने पर भी वह किसी तरह उसे फुसलाकर पैदल आगे चलती रही। बेबी के अलावा भी बहुत कुछ था जिसके साथ उसे नये सिरे से अपना सम्बन्ध स्थापित करना था। उस शहर की सड़कें, इमारतें, रास्ता चलती भीड़। आज तक वह बेगानी बनी उनके बीच से गुज़र जाती थी। जब भी बाहर आती थी लौटने की जल्दी मन में समाई रहती थी। इससे उबरकर उसे अपने को उस शहर में, उस शहर के साथ, देखने की आदत डालनी थी।

बिना कुछ भी खरीदने की जरूरत के वह एक दुकान के अन्दर जाकर छोटी-छोटी चीजों के दाम पूछती रही। बेबी को, उसकी उतावली से बचने से ज्यादा अपने अन्दर के मोह से, उसने एक टाफी का डिब्बा खरीद दिया। वह बेबी के साथ उस समय जैसे अकेली नहीं थी। एक और भी व्यक्ति उनके साथ था। किसी-किसी क्षण वह व्यक्ति देव का चेहरा लिए रहता था। जब उनकी भौंहें तनी होती थीं और वह 'हां' 'हूं' में हर बात का उत्तर देता पैदल चलने की पटरियां उनके साथ-साथ लांघता

आता था। श्यामा को अपने से कहीं ज्यादा उस व्यक्ति का ध्यान बेबी पर केन्द्रित लगता था कि कहीं बेबी अनजाने में सामने के खम्भे से न टकरा जाए, या उसका पांव सड़क पर न फिसल जाए। फिर किसी-किसी क्षण उस व्यक्ति का चेहरा कुमार का हो जाता था। तब वह बेबी की तरफ से उदासीन लगातार उसी से बात किए जाता था। अपनी ही कोई बात ज़िममें वह उसकी प्रतिक्रिया जानने के लिए भी नहीं रुकता था। बीच में अगर वह अपनी ओर में कोई बात करने लगती थी, तो वह बार-बार अपनी कलाई की घड़ी में वक्त देखने लगता था। आसपास की भीड़ से या भीड़ में उसके किसी से टकरा जाने से, उसे कोई मतलब नहीं था। वह सिर्फ अपनी किसी बात में उसे सहमत करना चाहता था और उस उलझन में खुद ही किसी चीज से ठोकर भी खा जाता था।

और फुटपाथ के किसी हिस्से में किसी उपाहारगृह से आती काफी की खुशबू के पास से गुज़रते हुए वह सहसा अपने में अकेली हो जाती थी। तब बेबी का हाथ थामे रहना उसी तरह हो जाता था जो टाफी के डब्बे को हाथ में संभाले रहना। उसे सोचना पड़ता था कि वह कहां है किस ओर जा रही है और उसके रुकने का बस-स्टाप कौन-सा है। समय से ध्यान न आ गया होता, तो शायद उसने घर की जगह कोलाबा जाने वाली बस पकड़ ली होती।

घर से चलते वक्त सोचा था आज फिर कुमार को फोन करेगी, पर टाफी की दुकान में फोन सामने रखा रहने पर भी उससे नंबर मिलाते नहीं बना। शायद इसीलिए कि उस समय मन से वह देव के साथ थी।

देव टाफी का डब्बा खोलकर उसमें से टाफी बेबी को खिलाना चाह रहा था और वह सोच रही थी कि बेबी का दाखिला करा देना के बाद अब इस शहर में के लिए उसे और कौन-सी चीज़ें ख़रीदनी होंगी। कुमार टेलीफोन दूसरे सिरे पर बैठा एक ऐसा व्यक्ति लगा था जिगसे वह उस स सिवाय मामूली हालचाल पूछने के और कोई बात नहीं कर सकती थी।

सीमा उसके लौटने तक घर से जा चुकी थी। बीजी अपने कमरे में दिन की नींद सो रही थीं। बेबी साय के फ्लैट में जाने की ज़िद कर रही थी, इसीलिए उसे जेनी के साय भेजकर वह हर तरह से खाली हो गई।

धूप ढल रही थी। खिड़की के बाहर भी और अपने अन्दर भी। वह दो कमरे का फ्लैट उम समय जितना अकेला था, अगर हर समय उसके लिए उतना ही अकेला रह सकता —तब क्या वह ज्यादा आसानी से यहां

के वातावरण से अपने को जोड़ सकती थी? जिस तरह उसे यहां दूसरों से घिरकर रहना पड़ता था, उससे कोई चीज मन को अन्दर से कसे रखती थी। ज्यों-ज्यों दिन ढलता जाता था, अन्दर की कसन और बढ़ती जाती थी। रात आने तक स्थिति यहां तक पहुंच जाती थी कि लगता था उस कसन के कारण उस के लिए वहां सांस लेना मुश्किल है। जब तक घर से बाहर थी, लग रहा था शायद आज ऐसा नहीं होगा। पर यह आज भी वैसा ही एक दिन था जैसा कि कल। उसके लिए यहां रहते, क्या उस कसन से छुटकारा पाने का कोई उपाय नहीं था?

अन्दर से कोई चीज हलके धुएं की तरह आंखों में उमड़ रही थी। लग रहा था उस चीज को बह जाने दे, तो अपने में कुछ हलकी महसूस कर सकती है। लेकिन बत्तीस की उम्र का इतना बड़ा आकार उसने कोशिश से आंसुओं को गले और आंखों में पी लिया। एक किताब पढ़ने के लिए हाथ में ले ली। उससे भी थोड़ी सहायता मिली। सीमा ने कहा था उन सबकी अपनी-अपनी ज़िंदगी है—हर-एक जिस तरह चाहे, उसे जिए —लेकिन व्यक्ति चाहने की स्थिति तक ही न पहुंच पाए, तो? बल्कि यह जानने की स्थिति तक भी कि वह क्या चाहता है? सीमा ऐसा कह सकती थी क्योंकि अपने लिए वह जानती थी। पर वह व्यक्ति क्या करे जिसे जानने-जानने में कई वर्ष बीत गए हों और फिर भी वह उसी स्थल पर हो जहां उसने पहली बार जानने का प्रयत्न किया था?

'देव आज होता, तो पूछता इससे,' कितने निरर्थक ढंग से बीजी ने यह बात कह दी थी! देव आज होता, सुबह से कितनी ही बार दह इन शब्दों के अर्थ को उसके अलग-अलग परिणामों के साथ सामने रखने की कोशिश कर चुकी थी। देव होता, तो यह शहर न होता, यह घर न होता, यह बात कही जाने की स्थिति न होती। तब क्या ये इतने वर्ष उन दोनों ने उसी सम्बन्धहीन सम्बन्ध में साथ-साथ जीते हुए काट दिए होते? या दोनों में से किसी एक ने अपने प्रयत्न से उस सम्बन्ध को तोड़ दिया होता? या वह सम्बन्ध समय के साथ धीरे-धीरे एक वास्तविक सम्बन्ध में बदल गया होता? देव होता, तो क्या सीमा आज जैसी न होकर कुछ और जैसी होती? या उस स्थिति में भी वह आज ही की तरह अपनी स्वतंत्र ज़िंदगी जीने की बात करती और बीजी की शिकायत का रूप आज जैसा न होकर बिलकुल और होता? देव होता, तो वे लोग साथ-साथ रहती या अलग होकर? उसका कुमार से परिचय हुआ होता या नहीं? हुआ होता, तो क्या वह फिर भी आज की तरह उसे फोन करने या न करने की अनिश्चित मनःस्थिति में होती? देव आज

होता, तो पूछता इससे , क्या सचमुच पूछता? या पत्नी की तरह अपनी बहन को लेकर भी वह अब तक उदासीन हो गया होता? उन दिनों पूछने की कितनी बातें होती थीं कम-से-कम उससे पूछने की, पर क्या कभी वह उससे पूछता था? उसकी देव से सबसे बड़ी शिकायत यही नहीं थी कि वह कभी उससे कुछ नहीं पूछता था और यह पूछने पर कि क्यों नहीं पूछता, वह केवल उसका कंधा थपथपा देता था? वह अगर जीवित होता और सीमा को लेकर भी उतना ही उदासीन हो रहता, तो क्या सीमा ही इसे झेल लेती? पर सीमा को लेकर शायद वह उदासीन हो ही न पाता। सीमा के साथ देव का सम्बन्ध वास्तविक था, जो कि उसके साथ नहीं था। सीमा देव से लड़ भी सकती थी, जो वह नहीं कर सकती थी। लड़ना अधिकार बनाए रखने के लिए होता है। बिना अधिकार की सीमा तक पहुंचे, किसी से लड़ा कैसे जा सकता है? वह लड़ने कोशिश भी करती, तो क्या यही न सुनने को मिलता, तुम अपनी जगह ठीक हो। मैं कोशिश करूंगा कि· · · ?'

आज भी अगर ऐसा होता, तो उसके लिए फैसला करना कितना आसान होता! वह भी एक दिन उतने ही उदासीन भाव से देव से कह देती कि उससे अब इस तरह नहीं जिया जाता। वह या तो एक निश्चित सम्बन्ध में उसके साथ जी सकती है या बिलकुल नहीं। जिस तरह पहले एक बार कोर्ट में हस्ताक्षर किए थे, उसी तरह फिर दूसरी बार भी किए जा सकते हैं। वह किसी के लिए मजबूरी बनकर और उसकी मजबूरी अपने पर लेकर ही पूरी ज़िंदगी नहीं काट देना चाहती। वह अलग होकर अपने लिए जिंदगी में कोई भी और रास्ता अपना सकती है। वह रास्ता चाहे बिलकुल अकेलेपन का हो, पर उसके मुंह से अलग होने की बात सुनकर भी क्या देव उसे रोकता? अपनी दूरी की मुसकराहट के साथ क्या फिर यह न कह देता, 'ठीक है तुम्हें इस तरह खुशी मिल सकती है, तो मुझे इसमें भी एतराज़ नहीं। कल-परसों आफिस से छुट्टी लेकर मैं कोर्ट में अर्जी दे देता हूं।'

उसके साथ देव का व्यवहार ऐसा ही था। पहले दिन से अन्तिम दिन तक, पर क्यों ऐसा था? इतनी तटस्थता से क्या आदमी की अपनी भी जिंदगी निकल सकती है? देव जीवित होता, वे लोग साथ-साथ जिंदगी काट रहे होते और ऐसे में कुमार से उसका परिचय हो जाता, सब-कुछ उसी तरह होता, जैसे कि हुआ था और वह देव के सामने पूरी बात उगल देती, तो भी क्या उसकी तटस्थता उसी तरह बनी रहती? चुपचाप सिर हिलाकर उसने कुछ ऐसा कह दिया होता, 'अच्छा किया तुमने

बता दिया। अब तुम्हें मन पर बोझ नहीं रखना चाहिए।'

क्या था देव के मन में? केवल उसे लेकर उदासीनता या विवाहित जीवन को लेकर ही? अगर उसे तकलीफ सिर्फ उससे थी, तो उससे छुटकारा पा लेने का रास्ता वह क्यों नहीं खोजता था? या उसे समझाने और अपने ढंग से ढाल लेने का प्रयत्न क्यों नहीं करता था? एक बार उसने सोचा था देव के नाम एक चिट्ठी सीमा को देकर घर से चली जाए। पर उस दिन भी इस विचार से मन सिहर गया था कि यह बात बताए जाने पर देव की प्रतिक्रिया शायद इतनी ही होगी, चिट्ठी मेज पर रख दो। अभी कपड़े बदल कर पढ़ लेता हूं।'

वह चाहने लगी कि देव सचमुच जीवित हो जाए, चाहे एक दिन के लिए ही। जो बात उसे देव से करनी थी, उसका अवसर दिए बिना उसका चल बसना, वही चीज़ थी, जिसे सह पाना सबसे मुश्किल था। वह अवसर देव ने आखिरी दिन भी नहीं आने दिया। उसके हाथ में पकड़े अपने ठंडे हाथ को बिना हिलाए-डुलाए केवल इतना ही कहा था, 'थोड़ा-थोड़ा प्रबन्ध मैंने सबके लिए कर रखा है। मुझे आशा है, तुम अपनी देखभाल ठीक से कर सकोगी।'

इन शब्दों का अर्थ क्या था? देव को किस तरह की आशा थी उससे? वह किस तरह सोचता था वह अपनी देखभाल ठीक से कर सकेगी?

□□

रात को सीमा के लौटने तक श्यामा के मन में योजना बन गई थी। उस घर में साथ-साथ रहने के लिए आवश्यक था कि रहने के आज के ढंग को बिलकुल बदल दिया जाए। दो कमरों में से एक कमरा उसका होगा, जिसमें वह बेबी के साथ रहेगी। बेबी, रात को बीजी के पास न सोकर उसी के पास सोया करेगी। दूसरे कमरे में सीमा को बीजी के साथ रहने की आदत डालनी होगी। न हो, तो बीजी रात को गैलरी में सो सकती थीं। सभी घरों में दो-एक लोगों को ऐसे ही सोना होता था। आज के लिहाज से पूरा फ्लैट बीजी और सीमा के अधिकार में था। वह और बेबी दोनों कमरों में एक-एक मेहमान की तरह सोती थीं। यह भी एक कारण था जो वहां वह अपने को इस तरह उखड़ी-उखड़ी महसूस करती थी। सीमा को अपने ढंग से अपनी जिंदगी जीने का मान था, तो वह भी अपने ढंग से जीने की कुछ शर्तें उन लोगों के सामने रख सकती थी। एक कमरा सीमा का 'अपना' था और दूसरा बीजी का, तो वह पूछ सकती थी कि उस घर में उसकी अपनी जगह

कौन-सी है? वे लोग यह मानकर ही नहीं चल रही थीं कि वह कुछ दिनों से ज्यादा वहां नहीं रहेगी। वह इस स्थिति को हरगिज़ स्वीकार नहीं करेगी कि बेबी वहां रह जाए और वह खुद अपनी उसी मनहूस नौकरी में लौटकर उनकी मांग का खर्चा जटा कर उन्हें भेजती रहे। वह आज यह बात स्पष्ट कर देगी कि उससे ऐसी आशा उन्हें नहीं रखनी चाहिए। बह रहने के इरादे से आई है, तो अब वहां रहेगी ही। इसमें उन लोगों को असुविधा होती है, तो वह कुछ नहीं कर सकती।

सीमा देर से आने को कह गई थी, फिर भी खाना खाने के बाद से ही वह उसकी प्रतीक्षा करने लगी थी। खाना खाते हुए बीजी से उसने इस बारे में कोई बात नहीं की।

बीजी रोना शुरू करके बात की पूरी शक्ल ही बदल दे सकती थीं। उनसे वह ऐसे ही इधर-उधर की बातें करती रही। बेबी की प्रिंसिपल के बारे में, बसों की भीड़ के बारे में, जेनी और दरबान के बारे में। बीजी जेनी से खुश नहीं थीं और चाहती थीं उसकी जगह कोई दूसरी नौकरानी ढूंढ ली जाए, 'लेकिन आजकल इतने पैसे मांगती हैं ये लोग।' बीजी हर बात में महंगाई का ज़िक्र लाकर उसे घर की बढ़ती आवश्यकताओं के बारे में सचेत करती रहती थीं, 'अगर आते ही यहां सीमा की नौकरी न लग जाती, तो पता नहीं किस तरह चल पाता।' बीजी उन छोटे-मोटे कर्जों का भी ज़िक्र करती रही थीं, जो जब तक उन्हें अपने सम्बन्धियों से लेने पड़े थे, बालू इतना प्यार करता है सीमा को। बिलकुल सगी बहन की तरह मानता है, पर इधर उसने अपनी बड़ी कोठी बनवाई है, इसलिए इन दिनों उसका भी हाथ खाली है।'

बहुत दिनों के बाद वह बीजी के पास देर तक बैठ पाई थी। बेबी बीजी से कहानी सुनने की इंतजार करती कुर्सी पर ही सो गई थी। दस बजे से करवटें बदलते उसने ग्यारह बजते सुने, फिर बारह। सीमा के लौटकर आने तक उसके बाद भी पंद्रह-बीस मिनट गुज़र चुके थे।

सीमा को कोई छोड़ने के लिए माथ आया था। सीमा ने आकर घंटी नहीं बजाई, जिसका मतलब था फ्लैट की एक चाबी उसके पास भी थी। और बीजी ने आने के दिन ही उससे कहा था कि घर में एक ही चाबी है, दूसरी बाबी उन्हें बनवानी पड़ेगी। इसका भी अर्थ यही था कि शुरू से ही उसे वहां एक अस्थायी मेहमान से ज्यादा कुछ माना ही नहीं गया था।

साथ आया व्यक्ति कुछ देर गैलरी में रुका रहा। कुछ अस्पष्ट स्वर में कहे गए शब्द, एक हल्की खिलखिलाहट और दो-दो बार की गई 'गुड नाइट।' सीमा अन्दर आते ही हल्के से उसकी तरफ मुसकराकर सीधे

आईने के सामने चली गई। एक झटके में अपनी साड़ी उतारकर उसने पलंग पर डाल दी और एक-एक करके ब्लाउज़ की हुकें खोलने लगी।

श्यामा पलंग से उठ खड़ी हुई। उसे लगा उसकी खुली आंखों के सामने भी सब कपड़े उतारने में सीमा को संकोच नहीं होगा। उसे दरवाजे की तरफ बढ़ते देख सीमा ने पूछ लिया, 'क्या बात है? उठ क्यों गईं?'

'तुम कपड़े बदल लो', श्यामा रुकी नहीं, मैं एक मिनट में आ जाऊंगी। मुझे तुमसे बात भी करनी है।'

गैलरी में बिछी अकेली बेंत की कुर्सी तक जाकर भी उसका बैठने को मन नहीं हुआ। जैसे कि वहां बैठने का अर्थ था अपने लिए भी उस कुर्सी की 'बाहरी' स्थिति को स्वीकार कर लेना। पास के कमरे से बीजी के खर्राटों की आवाज़ आ रही थी। खिड़की का पर्दा हटा रहने से गैलरी की रोशनी में उनका झुर्राया चेहरा नींद में भी किसी चीज़ से जूझता लग रहा था। बेबी उनके पेट पर सिर रखे, ऊपर को बांहें फैलाए सो रही थी। कोने की दोनों कुर्सियां एक-दूसरी से सटी हुई थीं। थोड़ी देर पहले वहीं बैठकर वह बीजी से बात कर रही थी। पास की साइड टेबल बेबी ने औंधी कर दी थी, वह उसी तरह औंधी पड़ी थी। लगता था उसके उस कमरे से आने के साथ ही बेबी को उठाकर पलंग पर डालते हुए बीजी खुद भी सो गई थीं।

बाहर के दरवाजे के पास कोई चीज़ चमक रही थी। उसने उठाकर देखा। सीमा का इयररिंग। उसे हाथ में लिए वह वापस आ गई।

सीमा ने कपड़े बदले नहीं थे। ब्रेसियर और पेटीकोट में आईने के सामने खड़ी वह ब्रश से अपने बाल ठीक कर रही थी।

'तुम्हारा इयर रिंग है।' उसने हाथ सीमा की तरफ बढ़ा दिया।

'थैंक्स।' सीमा ने इयर रिंग लेकर ड्रेसिंग टेबल पर रख लिया।

'तुम्हें कितनी देर लगेगी अभी?'

'तुम्हें क्या बात करनी थी?' सीमा के स्वर में जानने की उत्सुकता बिलकुल नहीं थी। उसका पूछना उसी तरह था, जैसे उसके हाथ से इयर रिंग उठना या अपने बालों को झटक लेना।

'मैंने बेबी का एडमिशन करा दिया है आज।'

'अच्छा किया। बस, इतनी ही बात थी?'

'नहीं, बात इससे आगे की है। मैं समझती हूं मुझे यहां रहना है, तो मुझे अपने लिए एक अलग कमरे की ज़रूर होगी।'

सीमा के हाथ जल्दी-जल्दी चलने लगे। ब्रश रखकर उसने बालों में रबड़ बैंड लगा लिया और अलमारी से अपनी नाइटी निकाल लाई,

'यहां से बाहर अलग कमरे की?'

'नहीं, इसी घर में एक अलग कमरे की।'

'मैं तुम्हारा मतलब नहीं समझी।' सीमा ने ड्रेसिंग टेबल की दराज से छोटी तौलिया निकाल लिया और उससे होंठों से लिपस्टिक साफ करने लगी।

'मेरा मतलब है मुझे इस घर में अपने लिए एक ऐसी जगह चाहिए, जहां से तुम्हारे कपड़े बदलने के वक्त मुझे उठकर बाहर न जाना पड़े।'

'मैंने तुमसे जाने को नहीं कहा था,' सीमा ने तौलिया दराज में पटक कर दराज बंद कर दिया, 'मुझे तुम्हारे सामने कपड़े बदलने में कोई एतराज़ नहीं है। यू आर नाट ए मैन।'

श्यामा को अपनी सांस खिंचती महसूस हुई, 'मैं तुम्हारे एतराज़ की बात नहीं कर रही। मुझे एतराज़ है।'

'आई सी।' सीमा आंखों में सुरमा डालने लगी।

'तुम्हीं ने सुबह कहा था, हम सबकी अपनी-अपनी ज़िंदगी है और हमें उसे अपने-अपने ढंग से जीना चाहिए, क्योंकि हम लोगों के ढंग एक-दूसरे से अलग हैं, इसलिए⋯।'

सीमा ने अब पहली बार सीधे उसकी तरफ देखा, 'तुम यह बात कहने के लिए ही अब तक जाग रही थीं?'

सीमा की आंखों के भाव से श्यामा का स्वर पहले से सख्त हो गया, 'मुझे बात करनी थी, इसीलिए जाग रही थी। तुम्हें अपने ढंग से जीने का जितना अधिकार है, उतना ही दूसरों को भी है। तुम्हें पता है, घर हम लोगों का साझा है।'

सीमा कुछ देर चुप रहकर उसे देखती रही फिर नाइटी में बांहें उलझाए स्टूल खींचकर पलंग के पास ले आई, घर में सिर्फ दो ही कमरे हैं, यह तुम्हें पता है।'

फिर वही कल वाली गन्ध। श्यामा और कस गई, 'पता है इसीलिए तो बात करने की जरूरत है।'

'तुम्हारा मतलब है, तुम इस कमरे में अकेली रहोगी और मैं ममी के साथ उस कमरे में?'

'मैं भी अकेली इस कमरे में नहीं रहूंगी। बेबी मेरे साथ इसी कमरे में सोया करेगी।'

सीमा के चेहरे पर सुर्खी दौड़ गई थी। 'मुंह खुला रहने से उसका चेहरा भी कुछ-कुछ बीजी के नींद के चेहरे जैसा लग रहा था, 'मैं बीजी के साथ उस कमरे में नहीं सो सकती' कहते हुए उसने अपना ब्रेसियर

निकालकर परे डाल दिया और नाइटी के दोनों पल्ले आधे समेट लिए।

'तुम अपने फीते कस लो पहले।' श्यामा से रहा नहीं गया।

'मेरे फीतों की फिक्र तुम क्यों करती हो?' सीमा तनकर बैठ गई, 'तुम अपनी बात करती रहो। मैंने तुमसे कह दिया है, मैं ममी के कमरे में नहीं सो सकती।'

'क्यों?'

'मुझसे उनके खर्राटे बरदाश्त नहीं होते और और जो भी बजह हो, मैं रह ही नहीं सकती एक कमरे में उनके साथ।'

'अगर मैं भी कहूं कि?'

सीमा उठ खड़ी हुई, 'वह तुम ममी के साथ तय कर लो। मैंने अपनी बात तुमसे कह दी है।'

पर उसके चेहरे पर एक बुझापन जरूर घिर आया था। और कमजोर पड़ने से बचने के लिए ही शायद वह उठ गई थी। श्यामा को लगा एक छोटे-से निर्णय से स्थिति का वजन उसकी तरफ झुक आया है। उसे इस हासिल को अब खोना नहीं चाहिए, 'मैं बात उनसे भी कर सकती हूं,' वह बोली, 'लेकिन अलग से नहीं। सवाल उतना उनसे नहीं जुडा है जितना हम दोनों से।'

सीमा ने जाकर हाथ बिजली के बटन पर रख लिया था, 'बत्ती बुझा दूं? मुझे नींद आ रही है।'

श्यामा उबल गई, 'नींद मुझे भी आ रही थी कल, जब आकर तुमने बत्ती जला दी थी।'

सीमा के हाथों ने अनायास नाइटी के फीते कस दिए और वह श्यामा के पास लौट आई। उपकी आंखों में एक चुनौती थी। हलकी पड़कर भी वह अपने को हलकी स्थिति में नहीं देखना चाहती थी, 'देखो, अगर हमें बात करनी ही है, तो बहुत खुलकर और साफ बात कर लेनी चाहिए।' वह श्यामा के पलंग पर ही उसके सामने बैठ गई, तुम मुझसे कुछ साल बड़ी हो, पर बेहतर होगा कि हम उम्र के फर्क और आपसी रिश्ते को भूलकर दो फ्रेंड्स की तरह बात कर लें।'

उम्र की बात से नीमा ने अपना वजन कुछ बढ़ा लिया था। श्यामा ने ईर्ष्या के साथ बार-बार तन जाते नाइटी के फीतों को देख लिया।

सीमा ने भी उसकी आंखों में अपने शरीर के प्रभाव को देखा और होंठों पर एक सिकुडी-सी मुसकराहट ले आई, 'हम दोनों की कुछ कामन प्राबलेम्ज हो सकती हैं और आपसी अंडरस्टैंडिंग से हम उन्हें हल भी कर सकते हैं। मैं बहुत फ्रैंकली बात कर रही हूं। मैं जान सकती हूं,

तुम्हारे इस हठ की वजह क्या है?'

लड़की के चेहरे और आंखों में एक-सी चमक थी। श्यामा के अंदर ईर्ष्या के कई एक घूंट उतर गए, 'वजह सिवाय इसके क्या हो सकती है कि कल तक मैं अपने मन में अनिश्चित थी कि मुझे यहां रहना चाहिए या नहीं और आज मैंने फैसला कर लिया है।'

'फैसले के पीछे भी तो कोई वजह होगी?'

'मैंने कहा है, मैंने स्कूल में बेबी का एडमिशन करा दिया है आज।'

'एडमिशन कराना तो फैसला ही है। मैं तुमसे वजह पूछ रही थी।'

श्यामा को लगा, यह उसे कोने में खड़ा करने की कोशिश है। उसने सामना करने की अपनी शक्तियां इकट्ठी कर लीं, 'वजह लड़की का भविष्य है। मैंने अकेले रहने की आदत डाल ली है, पर मैं नहीं चाहती कि उसे भी वहां रहकर यही आदत डल जाए।'

सीमा ने उसके घुटने पर हाथ रखकर जैसे एक नयी आत्मीयता का विजिटिंग कार्ड उसकी तरफ बढ़ा दिया, 'तुम फ्रैंक नहीं हो। मैं तुमसे फ्रैंकली बात कर रही हूं। तुम यहां नहीं थीं, मैं कभी तुम्हारे बारे में ज्यादा नहीं सोचती थी। तुम सचमुच यहां आकर रहना चाहोगी, इस पर भरोसा ही नहीं होता था। लगता था कि आओगी, तो महीना-बीस दिन काटकर चली जाओगी। बुरा मत मानना, पर जिस तरह इतने सालों से तुमने अपने को काट रखा था, उससे फ्लैट के लिए तुम्हारे रुपया भेजने पर भी इस तरह की प्राबलेम दिमाग में आती ही नहीं थी, पर आज मैं सोच सकती हूं कि तुमने जो इतना सब तरद्दुद किया, उसके पीछे तुम्हारी अपनी कुछ जरूरत हो सकती है। हम एक-दूसरे की जरूरत को समझकर रह सकें, तो यह मुश्किल बीच से निकल जा सकती है।'

श्यामा की सांस तेज होने लगी। उसने अपना घुटना सीमा के हाथ के नीचे से हटा लिया, 'मुझे लगता है पिछली बार जब मैं तुमसे मिली थी तब से अब के बीच तुम कुछ ज्यादा ही बड़ी हो गई हो।'

सीमा ने उसके झटकने को महसूस किया, पर कोशिश से उसे झेल लिया, 'तुम मेरी तरह खुलकर बात नहीं करोगी, तो चीजें सुलझ नहीं सकेंगी। जरूरत पड़ने पर मैं यहां से छोड़कर गर्ल्स होस्टल में जा सकती हूं, लेकिन सवाल ममी का है। न तो तुम अकेले उन्हें सपोर्ट कर सकती हो, न मैं ही। इसलिए बेहतरी सबकी साथ रहने में है। मैं पहले तुम्हें अपनी प्राबलेम बता देती हूं। मैं यहां मम्मी के साथ रहते हुए भी एक तरह से उनके साथ नहीं रहती, क्योंकि छोटी-छोटी बातों को लेकर उनका चिड़-चिड़ाना मुझे बरदाश्त नहीं है। इन दो कमरों में साथ रहने के अलावा

हमारा कुछ साझा नहीं है। मैं अपने वक्त से घर से जाती हूं, अपने वक्त से लौटकर आती हूं। पहले वे बड़बड़ाया करती थीं, अब समझ गई हैं कि मुझे ज्यादा तंग करेंगी, तो मैं उनके साथ नहीं रहूंगी। यही चीज है जिससे वे डरती हैं। मैं रात-बरात देर सबेर जब भी आऊं, जिसके साथ भी आऊं, अब उन की नींद नहीं टूटती। मेरे दो-एक बाय फ्रेंड हैं, जिनके साथ मैं शाम को बाहर जाती हूं। मैं जानती हूं ममी उनमें से किसी को भी पसंद नहीं करतीं। खास तौर से अख्तर को। वह बहुत कल्चर्ड लड़का है, ममी से बहुत मीठा बोलता है, पर उन्हें वह इसलिए नहीं भाता कि उसका नाम सुरेश या रमेश नहीं, अख्तर है और वह नमस्ते की जगह आदाब अर्ज कहता है। मुझे इस दकियानूसीपन से बहुत चिढ़ होती है। आदमी को नाम और जात पूछकर पसंद नहीं किया जाता। अब वे जागती भी हों तो मैं अख्तर को उनके सामने नहीं पड़ने देती, क्योंकि वे अपनी चुप्पी से भी बेचारे को अपमानित कर देती हैं। नहीं रहा जाता, तो अब भी मुझसे पूछ लेती हैं, 'तुम मुसलमान से ब्याह करोगी?' मैं कहती हूं, 'ब्याह करना हो, तो भी हर्ज क्या है?' हालांकि किसी से दोस्ती रखने का यही एक मतलब नहीं है। मैं तुमसे जो कहना चाहती हूं, वह यह है कि मैं अगर घर में फ्रैंकली अपने ढंग से रह सकती हूं, तो एक अंडरस्टैंडिंग के साथ तुम भी फ्रैंक होकर जैसे चाहो रह सकते हो। कम-से-कम मेरी तरफ से तुम्हें किसी तरह की दिक्कत नहीं होगी। ममी दो-चार दिन कुढ़ लेंगी, फिर अपने-आप चुप कर जाएंगी। यू नो, उनके लिए सवाल उनके लड़के का है। तुम दूर रहकर चाहे जैसे रहो, पर अपनी आंखों के सामने उन्हें लग सकता है कि उनके लड़के की इज्जत खराब हो रही है। वे तो मेरे लिए भी समझती हैं 'कि मैं भाई के न रहने से ही इस तरह बिगड़ गई हूं। कई बार उनका नाम लेकर रोने लगती हैं पर मैं जानती हूं देव भैया आज होते, तो भी मैं उसी तरह जीती जैसे आज जीती हूं। मैं उन्हें बहुत प्यार करती थी और आज भी मेरे मन में उनके लिए बहुत इज्जत है। मगर फ्रैंकली स्पीकिंग, मैं तुम्हारी सिचुएशन को भी अच्छी तरह समझ सकती हूं। यू आर स्टिल यंग एंड।'

श्यामा के दिमाग में एक भंवर-सा घूम गया। सीमा का चेहरा उस भंवर के केन्द्र में था और कई और चेहरे उसके इर्द-गिर्द मंडराते एक-साथ बात कर रहे थे। बीजी का चेहरा ज़ोर-ज़ोर से चिल्ला रहा था। कुमार का चेहरा हलके-हलके कुछ फुसफुसा रहा था। देव का चेहरा आंखें दूसरी तरफ किए कह रहा था, 'कोई बात नहीं, ऐसा भी हो जाता है कभी।' इनके अतिरिक्त और भी कितने ही चेहरे। प्रोफेसर मल्होत्रा। सजीव।

गोपाल जी। 'पिलोड अपान माई स्वीट लव्'ज राइपनिंग ब्रेस्ट'। सिंदूरी। जेनी। दरबान। लेडी डाक्टर बना। रमेश्वरी। सबकी आंखों का, शब्दों का, एक ही अर्थ। 'यू आर स्टिल यंग एंड।' तीन तरफ से पुरुष शरीरों का एक-सा दबाव। पीठ पर, जांघ पर, कमर के पास। 'यू आर स्टिल यंग एंड।'

सीमा तड़पकर उसके पास से उठ खड़ी हुई। श्यामा के दिमाग का भंवर किसी अन्दर की सतह में डूब गया। उसका हाथ एक बार उन सब चेहरों से जा टकराया था। हारते हुए उसने देखा, जिस चेहरे पर उंगलियों के निशान उभर आए हैं, वह चेहरा सीमा का है।

"यू··· यू··· यू···।' सीमा की आवाज़ नुकीली हो आई थी।

श्यामा पल-भर देखती रही, जैसे सीमा के गाल पर लगा तमाचा किसी और का हो। फिर सहसा उसके मन में खेद भर आया। यह क्या कर दिया उसने? 'आई एम सारी!' यह उसने जैसे सीमा से नहीं, अपने से कहा। शरीर में उसे ऐसे शिथिलता महसूस होने लगी, जैसे उसी को किसी ने पीटकर वहां डाल दिया हो।

'अपनी यह पारसाई तुम किसे दिखाना चाहती हो? मुझे?' सीमा के स्वर का नश्तर उसे अन्दर तक काटता गया, वहां अकेली रहकर क्या करती हो, इसका तुम समझती हो किसी को पता नहीं है?'

श्यामा के माथे पर पसीने की बूंदे झलक आई, 'अच्छा हो अगर अब रात-भर के लिए सो रहें। और जो बात करनी हो, सुबह कर लेना।' उसकी आवाज उत्तरोत्तर कमजोर पड़ती गई।

'यह किसकी चिट्ठी है?' सीमा ने अलमारी से एक पुराना लिफाफा निकाल लिया, 'तुम्हारी या किसी और की? कौन है, जिसे वहां दशहरा देखने के लिए बुलाया था?'

लिफाफा श्यामा के मुंह से आ टकराया। तमाचे के बदले में तमाचा। वह पथराई आंखों से सामने देखती रही। एकदम सन्नाटा। सारी आवाज़ें एक-साथ कहां गुम हो गईं? दीवार। अलमारी। ड्रेसिंग टेबल। स्कूल। सीमा। पलंग। वह। कांपता हाथ। लिफाफा। कल कुमार से मिलने जाते समय लिफाफा सूटकेस से क्यों निकाला था? फिर रात को उसे अलमारी में कपड़ों की तह के अन्दर क्यों छोड़ दिया था?

उसने कहना चाहा कि किसी की चिट्ठी निकालकर पढ़ना कमीनी हरकत है, पर इससे पहले कि एक शब्द भी कह पाती, एक प्रेत-सी छाया दरवाजे से हट गई। उसकी आंखें दरवाजे के बाहर बेंत की खाली कुर्सी पर अटक रहीं। बीजी कब से वहां खड़ी थीं, वह अनुमान नहीं लगा सकी।

अन्तराल-3

डे-लाइट ट्यूब की रोशनी में कुमार अपने को एनेमल पलास्क में बंद-सा महसूस कर रहा था। कोई विचार था, जो पकड़ में नहीं आ रहा था। विचार नहीं, कुछ और था वह। पता नहीं किस चीज का आभास। एक जुगनू-सा क्षण-भर के लिए चमकता और दिमाग के अंधेरे में गुम हो जाता। वह उसका पीछा करता, उसे दबोच लेने की कोशिश करता पर कौंध इतनी क्षणिक होती कि वह हर बार अंधेरे में भटकता रह जाता।

रूबी डिक्टेशन ले रही थी। हमेशा की तरह सिर झुकाए, कापी को सूंघती सी। वही मोम की पुतली का-सा निर्जीव भाव। एक-सी गति से चलता हाथ। कुमार को आश्चर्य हो रहा था कि कैसे उसके मुंह से निकले शब्द पूरे-पूरे वाक्य बन जाते हैं, बिलकुल सही। कैसे रूबी बिना आंख उठाए उन्हें आड़ी-तिरछी लकीरों में बदलती जाती है। बिना एक बार भी पूछने के लिए रुके। जैसे कि बोलने वाली जबान और लिखने वाला हाथ दोनों एक ही यन्त्र के हिस्से हों और वह यन्त्र अपने-आप चलता जा रहा हो। न उसमें उसका कुछ प्रयत्न हो, न रूबी का।

फिर वही कौंध। चेतना के स्तर पर दिन के अखबार की दो छोटी-छोटी सुर्खियां। एक तीसरे-चौथे पन्ने पर, दूसरी छठे-सातवें पर। बड़े समाचारों के समुद्र में एक-दूसरे से दूर और अलग दो अनचीन्हे द्वीप। वर्ली सी फेस पर एक युवा स्त्री की आत्महत्या। सचिवालय में एक सरकारी अफसर की हृदय-गति रुक जाने से मृत्यु। एक सफेद टेबल पर सफेद कपड़े से ढकी दो लाशें। स्त्री का चेहरा श्यामा का। सरकारी अफसर का उसका अपना। डिक्टेशन के शब्द उन चेहरों के ऊपर मंडरा रहे थे, वी रिग्रेट टु स्टेट दैट इन्स्पाइट आफ सो मेनी अर्लियर रिमइंडर्ज आन द पाइंट

रूबी के स्कर्ट का रंग गहरा सुर्ख था। उस रंग ने चेहरे को अपने में डुबा लिया था। वह ऐसा भड़कीला रंग क्यों पहनती है?

दिमाग में फिर वही आभास, इस बार नीलकान्त के चेहरे के साथ। नीलकान्त सरकारी अफसर की अरथी के साथ-साथ चल रहा है। दाह-कर्म से लौटकर चाय पिएगा। रूबी के साथ, कैंटीन में। रूबी के स्कर्ट को छूकर उसके रंग की प्रशंसा करेगा। रूबी खुद भी सुर्ख पड़कर उसका हाथ हटा देगी। नहीं, वह हाथ नहीं हटाएगी। सुर्ख भी नहीं पड़ेगी। उसी तरह पीला चेहरा लिए चाय के घूंट भरती रहेगी। वी हैव नाट रिसीव्ह

एनी कम्यूनिकेशन फ्राम योर साइड।'

रूबी के चेहरे पर हलकी झाइयां क्यों हैं? डिक्टेशन लेते वक्त वह वैसी क्यों नहीं लगती, जैसी उस दिन कैंटीन के बाहर? उसके सामने आकर वह भी फ्लास्क में बन्द क्यों हो जाती है?

वर्ली सी फेस पर ऊंची उठती लहरें। लहरों में डूबता-उतरता शरीर। सी फेस के साथ-साथ कारों की लम्बी पंक्ति। शरीर एक एम्बुलेंस में डाला जा रहा है। ट्रैफिक की भीड़ में से एम्बुलेंस तेजी से गुज़रती जाती है। श्यामा अपने बेबस हिलते शरीर को देखकर डरी हुई है। वह। एम्बुलेंस के दरवाजे पर दस्तक दे रही है, मुझ अपना पोस्ट-मार्टम नहीं चाहिए। ट्रैफिक सिग्नल। सिनेमा के बड़े-बड़े होर्डिंग। ट्रांजिस्टरों की ऊंची आवाज़ें। रंग-बिरगी रोशनियां। मेजों पर पटकी जा रही तश्तरियां। राइस प्लेट आलू चाहे।

पोस्ट-मार्टम के लिए ले जाया जाता शरीर सरकारी अफसर का है। अर्थात् उसका अपना। साथ तीन लड़के हैं। ये लड़के किसकी औलाद हैं? एक लड़का कह रहा है, बाबा दफ्तर की केबिन में स्टेनो को डिक्टेशन दे रहे थे, जब अचानक—। 'वी मे फर्दर ड्रा योर अटेंशन दैट।' पोस्ट-मार्टम की टेबल पर चीर-फाड़ होने वाली है। रोशनियां जला दी गई हैं। 'एका-डिंग टू सेक्शन नाइन ए आफ अवर एग्रीमेंट।'

अचानक दरवाजे का खुलना और श्यामा का सामने आ खड़ी होना उसे कुछ अटपटा-सा लगा। उसके और रूबी के बीच का स्विच झटके से आफ हो गया, 'अरे।'

श्यामा उसकी हड़बड़ी पर मुसकरा दी, 'मैंने डिस्टर्ब तो नहीं किया?'

'नहीं-नहीं, आओ, बैठो।'

श्यामा के बैठने के साथ ही रूबी ने कापी-पेंसिल समेट ली, 'शैल आई···!'

'हां, तुम अब थोड़ी देर में···नहीं, रहने दो कल तक। इस वक्त शायद मुझे बाहर जाना पड़े।'

रूबी चली गई। श्यामा सामने की कुर्सी पर बैठ गई। कहीं बाहर जा रहे हो?'

'नहीं, हां सोच रहा था शायद···।'

'मेरे साथ जाना पड़े?'

पहली नजर में लगा था, श्यामा काफी बदल गई है। चेहरा उसका पहले से दुबला लगा था, रंग ज्यादा सांवला, पर मेज के उस तरफ बैठी

अब वह फिर उन्हीं दिनों-सी लग रही थी। आंखों में वही चमक, चेहरे पर वही उतार-चढ़ाव। साधारणतया इसकी आशा नहीं की जा सकती थी, खास तौर से तीस पार के सालों में।

'दफ्तर ढूंढ़ने में दिक्कत तो नहीं हुई?'

'नहीं, बल्कि बहुत आसानी से पहुंच गई।'

क्षण, दो क्षण, समय बढ़ रहा था, परन्तु वे लोग जैसे जहां-के-तहां स्थिर थे। श्यामा की आंखें उसके कंधे पर टिकी थीं, उसकी श्यामा के माथे पर।

कुमार उठ खड़ा हुआ। कुर्सी की पीठ पर लटका कोट उसने कंधे पर डाल लिया, 'आओ, चलें।'

श्यामा और भी दो-एक क्षण उसी विराम पर रुकी रही, फिर वह भी उठ गई, 'कहां चलोगे?'

'कहीं भी।' कुमार ने दरवाजा खोल दिया। श्यामा ने बाहर निकलकर बन्द दरवाजे पर नजर डाल ली, 'तुम्हारा यहां दम नहीं घुटता?'

कुमार को लगा यह कोई पहले की सुनी बात है, जो फिर से उसके सामने दोहरा दी गई है।

'दम कहां नहीं घुटता?' कहकर वह लिफ्ट की तरफ चलने लगा।

□□

टी सेंटर में खम्भे के पास की मेज। 'कौन-सी चाय लोगी?'

'चाय और चाय में भी फर्क करना होगा यहां?'

'बिटिया कैसी है तुम्हारी?'

'पहले से बड़ी हो गई है,' 'पर बेसमझ उतनी ही है।'

'मैंने तो उसे तब भी नहीं देखा था।'

'नहीं देखा था?'

'तुम कभी लाती ही नहीं थीं उसे साथ।'

'तुम्हें यहां आए कितने दिन हो गए?'

'डेढ़ साल। तुम्हें कैसे पता चला?'

'जीजा जी ने लिखा था।'

'हां, एक बार चिट्ठी लिखी थी मैंने उन्हें। कालेज की नौकरी का सर्टिफिकेट चाहिए था।'

'उनका अम्बाला ट्रांसफर हो गया है।'

'मुझे लिखा था उन्होंने।'

दोनों जैसे एक-दूसरे की तरफ चिड़िया उछाल रहे थे। तुम्हारी

बारी। लो अब तुम्हारी। आखिर श्यामा ने ही बात उठाई, 'यहां जी लग गया है?'

कुमार ने होंठ सिकोड़ कर खोल लिए, 'यह सब सोचता नहीं। सोचने की फुरसत नहीं रहती।'

चाय इतनी गरम थी कि श्यामा को होंठ छुआते ही हटा लेना पड़ा, फिर भी वह आंखों को प्याली की टेक दिए उसे देखती रही, 'दूसरी तरफ हम जैसे लोग हैं जिन्हें सिवाय सोचने के कोई काम ही नहीं रहता।'

'कम से-कम देखने से तो ऐसा नहीं लगता।' यह पुरुषोचित शिष्टाचार श्यामा के चेहरे को छू गया। चेहरे की रंगत बदल गई, 'देखने में बिलकुल जड़ नजर आती हूं।'

'इसका मतलब है जो लोग नहीं सोचते, वे··· ?'

श्यामा हंस दी। बंधी-बंधी-सी हंसी, 'तुम्हारे चेहरे से तो लगता है, रात-दिन तुम्हें चिन्ताएं-ही-चिन्ताएं घेरे रहती हैं।'

कुमार कुछ देर चुप रहकर दीवार पर बनी आकृतियों को देखता रहा। उन आकृतियों से जोड़कर श्यामा को। जैसे वह भी उन्हीं की तरह दीवार पर अंकित आकृति हो, फिर बोला, 'काम से सिर इस तरह पथराया रहता है कि समझ में नहीं आता, दिमाग में कुछ सोचने की शक्ति रह भी गई है या नहीं।'

श्यामा का हाथ जरा-सा हिला। उसकी तरफ बढ़ आने को, पर अपनी जगह पर रुका रह गया, 'तुम्हारी उसका क्या हाल है?'

'किसका?'

'कलकत्ते में ही है?'

'वह? शायद मद्रास में है। किसी से पता चला था!'

'खुश है?'

'खुश ही होगी। दो-एक बच्चे भी हो गए हैं अब तक।'

'बच्चे तो,' श्यामा अटक गई। चेहरे की रंगत फिर बदल गई। उसन चाय के दो-एक घूंट भर लिए।

'क्या कह रही थीं?'

'बच्चे अपनी जगह हैं। आदमी को उसके अलावा भी तो खुशी की जरूरत होती है।'

कुमार की उंगलियों ने प्याली के हत्थे का सहारा ले लिया, 'मुझे तो यह सब सोचना ही बेकार लगता है। जो खुश रह सकते हैं, वे खुशी की परिभाषा नहीं ढूंढ़ते। जिन्हें खुशी नहीं मिलती, वही इस बारे में चिन्ता किया करते हैं।'

श्यामा का चेहरा कुछ उतर गया। प्याली नीचे रखकर उसने अपने को किसी चीज से मुक्त कर लेना चाहा, 'अन्दर-ही-अन्दर इस तरह उलझे रहने से फायदा? एक बार अपने को सुलझा क्यों नहीं लेते?'

'सुलझाना किस तरह से होता है? किसी मानसिक चिकित्सालय में जाकर?'

श्यामा का हाथ बढ़कर उसके हाथ के ऊपर आ गया। हाथ की नसों में एक पुराना सम्पर्क उभर आया, 'मेरा मतलब है, यह अकेलापन कब तक ढोओगे? कोई ठीक-सी लड़की ढूंढ कर ब्याह क्यों नहीं कर लेते?"

कुमार के चेहरे पर एक विकृत-सी रेखा आ गई। बीच से अन्तराल का पर्दा हटाकर क्या उसे श्यामा को इस तरफ देख लेने देना चाहिए?

श्यामा को लगा वह रेखा व्यंग्य की है। वह अपनी कुहनी पर पहले से ज्यादा झुक गई, 'मैंने एक बार तुम्हें पत्र लिखा था।'

'किसे लिखा था, मुझे?'

'तुम्ही को लिखा था पर वह तुम्हें मिला नहीं। मेरे पास लौट आया था। तुम कब तक वहां से चले गए थे।'

कुमार ने प्याली के हत्थे से उंगलियां छुड़ा लीं, कब की बात है यह?

जब तुम्हारे पास से गई थी, उससे दो-अढ़ाई महीने बाद की। मैंने दशहरे की छुट्टी में तुम्हें आने को लिखा था। उस दिन स्टेशन पर तुम बहुत उदास थे। मेरे मन को यह बात सालती रही थी कि उस उदासी का कुछ कारण शायद मैं भी हूं।'

दीवार की तसवीरों से श्यामा अब अलग हो आई थी। वह उसके सामने बैठी थी। उसकी तरफ देख रही थी, फिर उसे लगने लगा कि श्यामा की आंखें उसकी अपनी आंखें हैं, जिनसे वह अपने-आप को देख रहा है। एक उलझे बालों वाला मुरझाया चेहरा। कंधे जरा-जरा झुके हुए। क्या उन झुके कंधों से यह भी अनुमान हो सकता था कि उसकी रीढ़ की हड्डी हमेशा दर्द करती रहती है? 'यह ठीक है, मैं तब तक चला आया था वहां से।'

'मैं नहीं सोचती थी, तुम सचमुच इतनी जल्दी छोड़-छाड़कर चल दोगे।'

'मैंने तुमसे कहा था।' कुछ था कि देर तक सीधे एक-दूसरे की तरफ देख पाना सम्भव नहीं होता था। जब वह देखता था, तो श्यामा की आंखें हट जाती थीं। श्यामा देखती थी, तो वह आंखें हटा लेता था, फिर भी बीच के शून्य में एक एकटक दृष्टि भी थी। शायद उसी दृष्टि का वे सामना

नहीं कर पा रहे थे।

'उस दिन तुम्हें दिखाने के लिए मैं वह पत्र साथ लाई थी,' मेज पर गिरी चाय की बूंदों से उंगलियां छुआ-छुआकर श्यामा लकीरें खींचने लगी, पर तुम शायद आकर चले गए थे या···।

'तुम आई थीं उस दिन?' श्यामा सिर हिलाकर चुप रहो।

'मैं छह बीस तक इन्तजार करके गया था यहां से।'

श्यामा के होंठ पल-भर खुले रहकर बन्द हो गए, 'मुझे लगा था कि···।'

साथ आडिटोरियम में शो शुरू हो रहा था। चाय-सम्बन्धी फिल्में और विज्ञापन। पास की मेज पर बैठा एक आदमी जम्हाई रोक कर घड़ी देखता उधर चला गया, 'यहां से और कहीं चलें?' कुमार की आंखों में अस्थिरता भर आई थी।

'कहां?'

'किसी दूसरे रेस्तरां में या बाहर फुटपाथ पर ही।'

'क्यों?'

'ऐसे ही। बैठे-बैठे एक जगह से मन उखड़ जाता है।'

'मन जगह मे उखड़ रहा है या···?'

कुमार ने घड़ी के फीते को कलाई पर घुमा लिया, 'तुम्हें गलत लगा है। मुझे आदत हो गई है कि दफ्तर के सिवा और किसी जगह देर तक नहीं बैठ पाता। यह एक जगह थी जहां कभी बैठ लिया करता था, पर उस दिन यहां भी नहीं बैठा गया और आज भी लग रहा है कि।'

'दोनों बार की वजह एक ही नहीं हैं?'

'वजह तुम नहीं हो। अगर सचमुच कोई वजह है, तो वह अपना-आप ही है।'

श्यामा की उंगली ने मेज पर पानी की कितनी ही जालियां बना दी थीं। अब वह दायरे खींच-खींचकर जालियों को मिटा रही थी। इतनी सावधानी से कि कहीं कोई रेखा बनी न रह जाए। सब मिट जाएं, यहां तक कि गोलाइयों की रेखाएं भी। 'उतावलापन उन दिनों भी तुम्हारे स्वभाव में कम नहीं था।' वह ध्यान उंगली पर केन्द्रित किए रही।

'तुम उतावलापन कह लो, लेकिन उतावलापन से ज्यादा पता नहीं क्या चीज है, कह नहीं सकता।'

'उस दिन तुम्हें अच्छा लगा था मैं नहीं आई?'

कुमार अन्दर से चौंक गया। यह बात श्यामा ने किस तरह जान ली थी? 'यह क्यों पूछा तुमने?'

'ऐसे ही।'

'तुम यही सोचती हो?'

'मैं सिर्फ पूछ रही थी।'

'उस दिन यहां आया था, तो तुमसे मिलने की उत्सुकता नहीं थी मन में, ऐसा नहीं, पर बाद में, कह नहीं सकता था वह। जब यहां से उठा, तब यह भी खयाल था कि हो सकता है, तुम्हें बारिश ने देर करा दी हो, संभव है और दस-बीस मिनट में आ जाओ तुम, पर मन ने और रुकने की हामी नहीं भरी, हालांकि कहीं जाने की जल्दी नहीं थी। यह शायद वही चीज थी, जिसे उतावलापन कहती हो तुम या उससे हटकर और कुछ जिससे मन बचना चाह रहा था। कुछ देर बाहर बरामदे में खड़ा था, तो सचमुच अन्दर से यही चाह रहा था कि तुम न आओ, तो अच्छा है। रुकना चाहता, तो रुक भी सकता था और, लेकिन जो भी था, चला तो गया ही था। इसे कुछ भी कह सकती हो तुम।'

जालियां मिट गई थी और मेज के एक-तिहाई हिस्स पर पानी का नन्हा-सा द्वीप बन गया था। आसपास के कई रंग उसमें झलक रहे थे।

कुमार ने अपने स्वर से श्यामा की झुकी आंखों को ऊपर उठा देने की कोशिश की, 'यह क्या कि अब तक मेरे-ही-मेरे बारे में बात हो रही है। मुझे तुम्हारे बारे में भी तो जानना चाहिए कुछ।'

'क्या जानना चाहते हो मेरे बारे में?' श्यामा रंगों को उंगली से सहलाती रही, जिस तरह पहले स्कूल में पढाती थी, अब भी पढ़ाती हूं। जिस तरह उन दिनों शाम को घूम लेती थी, उसी तरह अब भी घूम लेती हूं।'

'कभी मन घबराता, ऊबता, छटपटाता नहीं?'

श्यामा ने पानी के द्वीप से फिर कुछ रेखाएं बाहर को निकाल दी, 'बहुत बार बल्कि हर रोज, लेकिन किया क्या जा सकता है? बहुत-सी समस्याएं हैं, जिनका कोई हल नहीं होता। अपना-आप मुझे ऐसी ही समस्या की तरह लगता है।'

'कोई इतनी आसानी से स्वीकार कर सकता है इसे, ईर्ष्या होती है।'

'दूसरे शब्दों में तुम्हें विश्वास नहीं है—।'

'विश्वास न हो, तो ईर्ष्या क्यों होगी? मैं सोचता था, समस्या का हल आदमी को ढूंढ़ना ही चाहिए और नतीजा है कि···।'

श्यामा अपनी गीली उंगली को सूखी उंगलियों से सुखाने लगी, 'कुछ साल बड़े हो जाने के सिवा क्या नतीजा है?'

'कितना अच्छा होता, अगर सिर्फ इतना ही नतीजा होता!'

उंगलियां सूख गई थीं, फिर भी श्यामा उन्हें और मलती रही, 'और

क्या नतीजा है? कुछ बाल सफेद हो गए हैं, यह?'

श्यामा के स्वर में एक प्रश्न था, जिसे वह शब्दों में नहीं रख रही थी। कुमार अपने से संघर्ष कर रहा था कि जिस क्षण उसे बात को उड़ेल देना चाहिए, वह क्षण यह नहीं है, 'तुम ठहरी कहां हो?'

'सेंटा क्रुज।'

'कोई परिचित है वहां?'

'घर के लोग हैं। बीजी और सीमा पूना से यहां आ गई हैं।'

'तो घर अब यहीं है?'

'कह भी सकते हो।'

कुमार को लगा कि जितना उसने अपने में रोक रखा है, श्यामा शायद उससे ज्यादा रोके हुए है 'इन दिनों छुट्टी बिताने आई थीं?'

श्यामा ने अनिश्चित भाव से उसे देखते हुए सिर हिला दिया।

'छुट्टी काफी बाकी होगी?'

'हां, लेकिन,' कुमार देखता रहा, 'तय नहीं कितने दिन और रहूंगी।'

'क्यों?'

श्यामा की आंखें उस पर स्थिर हो गईं। 'क्योंकि साथ रहना निभेगा नहीं। फ्लैट हालांकि इसीलिए खरीदा था कि वहां से बिलकुल छोड़कर आ जाना चाहती थी।'

'तुमने फ्लैट खरीदा है?'

'साझा फ्लैट है। मेरे और बीजी के नाम से।'

'फिर भी लौट जाने की सोच रही हो?'

'सोच कितना कुछ रही हूं, पर होगा क्या, यह अभी नहीं कह सकती।' कुमार ने उंगलियों से पकड़ कर उसका हाथ थोड़ा ऊपर उठाया, तो वह बेजान-सा उठ गया। रख दिया, तो उसी तरह नीचे रह गया। कुमार कई साल पीछे जाकर कुछ क्षण वहां रुका रहा।

'तुम्हें लौटने की जल्दी तो नहीं है?'

'एक तरह से है ही।'

'माने?'

'उधर के खयाल से। देर हो जाने से···। अच्छा है, तुमसे मिल लिया। इसके बाद पता नहीं।'

'आजकल में ही तो नहीं जा रही हो?'

'कुछ भी पता नहीं। देखना होगा।'

'तो···?'

'बिल मंगवा लो। अब चलना चाहिए।' श्यामा ने जिस तरह अपने

को समेट लिया, उससे कुमार का और कुछ कहने को मन नहीं हुआ।

□□

टी सेंटर से निकल कर चर्चगेट स्टेशन की तरफ बढ़ते हुए श्यामा ने पूछ लिया, 'तुम कहां रहते हो?'

कुमार का ध्यान बात में नहीं था। वे लोग वहां से गुजर रहे थे, जहां उस दिन पी॰ एन॰ पन्त ने उसे रोका था। इस वक्त भी उस आदमी को वहीं कहीं होना चाहिए था। इतनी देर के बाद उसे अपने दिमाग में फिर वही कौंध महसूस हुई और वह उसका पीछा करने लगा। एक डूबता-उतराता शरीर, एक बहता परनाला, 'क्या कहा?'

पर पूछने के साथ ही सवाल उसके दिमाग में स्पष्ट हो गया, 'मैं? हां, बांद्रा में रहता हूँ मैं।'

'अकेले?'

'रहता अकेले ही हूं। वैसे—।'

अब उन्हें सड़क पार करनी थी। उसने श्यामा की बांह को हाथ का सहारा दे दिया। ट्रैफिक ज्यादा होने से सड़क के बीचों-बीच उन्हें रुक जाना पड़ा। एक बात तुम्हें बताई नहीं मैंने। 'दो साल हुए मैंने ब्याह कर लिया था।' इतना वक्त था कि सड़क पार की जा सके। वह श्यामा की लगभग खींचकर सामने के फुटपाथ तक ले आया।

'यह बात इस तरह क्यों बताई तुमने?' श्यामा रुकना चाहती थी, पर वह स्टेशन की तरफ चलता गया। वे लोग स्टेशन की सीढ़ियों पर थे। श्यामा उसकी चाल से नहीं चल पा रही थी, ब्याह कर लिया है, तो भी अकेले क्यों रहते हो?'

कुमार दौड़कर बुकिंग आफिस की तरफ बढ़ गया, 'तुम्हारे लिए टिकट ले आऊं, फिर बात करते हैं।' और घिसटती तेज चाल से चलते हुए श्यामा को पल-भर के लिए लगा कि कुमार आसपास की दौड़ती भीड़ में खो गया है, जब कि फिर से वही हाथ उसकी बांह पर नहीं आ गया।

□□

वे लोग लगभग चलती गाड़ी में चढ़े। अलग-अलग डब्बों में। पहला डब्बा लेडीज का था, पर पता चलने तक श्यामा उसमें चढ़ चुकी थी। कुमार दौड़कर साथ के डब्बे में दाखिल हो गया। भीड़ इतनी थी कि उसे ठीक से खड़े होने की जगह भी नहीं मिली। ग्रांड रोड आने तक धक्के खाते-खाते वह पीछे के एक कोने में जा लगा।

बांद्रा तक गाड़ी को कहीं रुकना नहीं था। घरड़ गड़-घरड़ गड़-घरड़ गड़ ···सड़के, मकान, लोग। उतनी ही तेजी से दूसरी तरफ से आती गाड़ियां।

भीड़ को लांघती भीड़। रफ्तार को काटती रफ्तार। आसपास की मद्धिम आवाज। बाहर का तीखा शोर। और उस सबके बीच अपने अन्दर की धुकधुकी। श्यामा का टिकट उसकी जेब में है और श्यामा साथ के डब्बे में है। उसे बांद्रा पहुचकर जैसे-तैसे जल्दी से नीचे उतरना है और टिकट श्यामा को दे देना है। उन दोनों के बीच शायद अब इतना ही सम्बन्ध, इतनी ही घटना शेष है। एक पीछे को दौड़ता प्लेटफार्म, बांबे सेंट्रल। दूसरा, महालक्ष्मी। खट् खटाक-खट्, खटाक्-खट्-खटाक्। बांद्रा तक कितने प्लेटफार्म और निकलेगे?

कुमार ने अपना ध्यान अपने डब्बे तक सीमित कर लेना चाहा। एक राजनीतिक बहस। अगले चुनाव के बाद महाराष्ट्र का मुख्यमन्त्री कौन होगा? शिव सेना को चुनाव में कितनी सीटें मिलेंगी? बांबे साउथ कान्स्टीचुएंसी से इस बार कौन जीतेगा? एक घुड़दौड़-सम्बन्धी मतभेद। कल की तीसरी घुड़दौड़ में कौन-सा घोड़ा आगे आएगा? इस बार का जैक पाट कितने का होगा? साथ के डब्बे की समस्याएं कौन-सी थीं? वहां की राजनीति क्या थी? खटाक्-खटाक्-खटाक्।

गाड़ी की रफ्तार धीमी होने के साथ ही वह दरवाजे की तरफ बढ़ने लगा, फिर भी उतरने में उसे काफी समय लगा। उतरकर साथ के डब्बे में देखा, तो श्यामा कहीं नजर नहीं आई। गाड़ी ह्विसल देकर आगे चल दी। अब श्यामा के टिकट का क्या होगा? 'गाड़ी में कुछ खो गया है क्या?' उसने घूमकर देखा। श्यामा उसके पास ही खड़ी थी।

'तुम उतर गई? मैं सोच रहा था कि —'

'सोच रहे थे और देख नहीं रहे थे। मैं तुमसे पहले से उतरकर खड़ी हूं।'

कुमार ने टिकट निकालकर उसकी तरफ बढ़ा दिया, 'उस वक्त जल्दी में तुम्हें दे नहीं सका। अभी दो-चार मिनट में दूसरी गाड़ी आ जाएगी।'

'यहां कोई बैठने की जगह नहीं है?'

'यहां?'

'नहीं है?'

'स्टेशन के बाहर बहुत-सी जगहें हैं।'

'तुम्हारा घर दूर है?'

'दूर ही है। बस से पन्द्रह मिनट का रास्ता है।'

'और टैक्सी से?'

'छह-सात मिनट का।' श्यामा की उंगलियां टिकट के किनारों पर 'घूम रही थीं, जैसे कि उसकी धार देख रही हों। उसकी आँखें इंडीकेटर

की सूइयों पर रुकी थीं। 'घर चलोगी?'

इंडीकेटर से हटकर श्यामा की आंखें इंडीकेटर की ही तरह उसकी आंखों में देखने लगीं, 'तुमने क्यों नहीं कहा चलने के लिए?'

कुमार को लगा वह स्वर बेबसी का है। वैसा श्यामा के मुंह से पहले नहीं सुना था, 'तुमने कहा था तुम्हें लौटने की जल्दी है।'

'फिर भी एक बार तुम कह तो सकते ही थे।'

कुमार ने इस बार बच्चे का हाथ पकड़ने की तरह उसका हाथ अपने हाथ में ले लिया, 'आओ चलें।'

पर श्यामा के पांव उतने से नहीं चले। शायद अपना स्वर स्वयं उसे भी खल गया था, 'आने-जाने में कुल कितना समय लग जाएगा?'

कुमार के हाथ का दबाव बढ़ गया, 'आने-जाने में कुल बीस मिनट और वहां तुम जितनी भी देर रुको।'

श्यामा फिर इस तरह चली जैसे बहुत आहिस्ता से पैरों की ब्रेक खुल पाई हो, 'चाहती थी एक बार चल कर देख लूं कहां रहते हो, किस तरह रहते हो। अगर आध-पौन घंटे में लोट सकूं, तो ठीक है। सात से पहले घर पहुंच जाऊंगी।'

कुमार ने सिर हिला दिया।

□□

एक पुराने बंगले में गैरेज के ऊपर का कमरा। लकड़ी का जीना इतना सड़ चुका था कि पहली पैड़ी पर कदम रखते ही श्यामा ठिकक गई, 'इस शहर में भी इस तरह के जीने बचे हैं क्या?' कुमार जल्दी-जल्दी ऊपर चढ़ गया। जैसे यह बताने के लिए कि जीना फिर भी काफी मजबूत है। श्यामा संभाल-संभालकर कदम रखती चढ़ी, 'इससे तो ऊपर जाकर ठिकाना नहीं कि वापस नीचे उतर भी सकेंगे या नहीं।'

कुमार ने ताला खोलकर सांकल हटा दी, 'आजकल के फ्लैट्स से मुझे फिर भी ज्यादा पसंद है। ऐसी जगह रहकर आदमी कम-से-कम अपने में अपनी तरह तो महसूस कर सकता है।'

दरवाजा खुल गया था। श्यामा ने अन्दर कदम रखकर देखा। एक बड़ा-सा पलंग। तीन-चार उतनी ही बड़ी-बड़ी गद्देदार कुरसियां। सेल्फ में और मेज पर बहुत-सी बेतरतीब किताबें। एक कोने में रखी मेज पर स्टोव और चाय का सामान। मोजे, टाइयां और पता नहीं क्या कुछ बिस्तर पर। लगता था कई दिनों से कमरा बुहारा नहीं गया। उसे मंडी के अपने क्वार्टर और इस कमरे में काफी समानता लगी। जब से सिंदूरी को निकाल दिया था, उसके घर की भी लगभग यही हालत रहती थी, 'कोई नौकर

नहीं रखा?' उसने पूछ लिया।

'एक बहुत अच्छा नौकर था, पर वह इस बात से नाखुश होकर छोड़ गया कि उसके लिए इस घर में काफी काम नहीं है।'

एक कुर्सी से कपड़े हटाकर उसने श्यामा के लिए बैठने की जगह कर दी, पर श्यामा बैठने से पहले बाहर बालकनी पर चली गई। नीचे थोड़ें फासले पर सड़क के उस तरफ समुद्र था। ढलते दिन का पीलिया हर चीज पर फैल गया था। बड़ी-बड़ी मछलियों-से साये सड़क के आरपार फैले थे। सड़क पर गाड़ियां थीं, लोग भी थे, फिर भी लग रहा था, जैसे समुद्र और बालकनी के बीच सिवाय खालीपन के कुछ न हो।

वह लौटकर कमरे में आई, तो देखा कुमार ने स्टोव पर केतली रख दी है और स्लाइस काटने की कोशिश कर रहा है। स्लाइस बहुत भद्दे ढंग से कट रहे थे, रोटी दाना-दाना होकर बिखर रही थी। श्यामा सीधे उसके पास चली गई, 'लाओ, मैं काट देती हूं।' उसने कुमार के हाथ से चाकू ले लिया।

'मुझे आज तक रोटी काटना नहीं आया।' कुमार झेंप मिटाने के लिए हंसने लगा।

'तुम बैठ जाओ। मैं चाय बनाकर ले आती हूं।'

'मैं थोड़ी मदद तो कर ही सकता हूं।'

'कहा है, तुम बैठ जाओ। तुम जिस तरह की मदद करोगे, उसके बगैर भी चल सकता है।' कुमार कुर्सी पर आ गया। श्यामा ने नये स्लाइस काटकर मक्खन लगाया और प्यालियां धोकर उनमें चाय डाल ली, फिर इधर-उधर देखकर पूछा, 'दूध कहां है?'

कुमार उठ खड़ा हुआ, 'दूध शायद नहीं है। मैं अभी जाकर ले आता हूं।'

'अब रहने दो। इसी तरह पी लेंगे।' श्यामा प्लेट और प्यालियां ट्रे में रखकर ले आई, रखने की कोई जगह भी तो नहीं है,' उसने पूरे कमरे पर फिर एक नजर डाल ली, 'अब कह दो कि अभी जाकर एक तिपाई ले आता हूं।'

'तिपाई है, कुमार ने जाकर कोने में रखी तिपाई से जल्दी-जल्दी किताबें हटाई और उसे उठाकर पलंग और कुर्सियों के बीच ले आया, यह लो।'

ट्रे रखकर श्यामा पलंग पर बैठ गई, मैं सोचती थी मैं ही इस तरह फूहड़ ढंग से रहती हूं, पर तुम तो मुझसे भी···।'

उनकी आंखें देर तक मिली रहीं। जैसे कोई शुरुआत होने को थी,

जिसकी दोनों को प्रतीक्षा थी। इस घर में मच्छर-अच्छर बहुत होंगे।

'हां, बहुत हैं।'

'फिर भी नींद आ जाती है?'

'आ ही जाती है।'

एक अर्ध-विराम। कुर्सी और पलंग के बीच के शून्य में वही प्रतीक्षा।

'शाम को दफ्तर से लौटकर क्या करते हो?'

'कुछ भी नहीं।'

'कुछ भी नहीं माने?'

'माने कुछ भी नहीं। पहले पढ़ा करता था। अब पढ़ना भी छूट गया है।"

'किसी से दोस्ती नहीं है?'

'किस तरह की?'

'किसी लड़की के साथ?'

'वह दोस्ती यहां इतनी आसानी से हो जाती है और इतनी मामूली शर्तों पर कि मन उससे ऊब गया है। सिर्फ एक दोस्ती है, जिसके सहारे चल जाता है।

'किसके साथ?'

'किसी स्त्री या पुरुष के साथ नहीं।'

'तो किसके साथ?'

'तुम हंसोगी।'

'फिर भी?"

आसपास की आवाजों के साथ। समुद्र की आवाज, ट्रैफिक की आवाज बच्चों के खेलने की आवाज। और भी तरह-तरह की आवाजें। उनसे लगता है जिंदगी चल रही है।' एक और अर्ध-विराम। दोनों की आंखें एक-दूसरे से हटकर कमरे में कोई दूसरा सहारा खोजती रहीं।

'नोकरी में मन लग गया है?'

'नहीं।'

'तो यहां से भी छोड़ दोगे?'

'नहीं, छोड़ने की बात अब नहीं सोचता—कहीं-न-कहीं, कोई-न-कोई नौकरी तो करनी ही है।'

'उसे पास क्यों नहीं रखते?'

'किसे?'

'जिससे ब्याह किया है।'

'बुलाया था उसे।

'फिर?'

'निभा नहीं।'

'क्यों?'

'नहीं निभा।'

'इस तरह अपनी तो जिंदगी ख्वार कर ही रहे हो, साथ में उसकी भी।'

सिवाय अपने आदमी किसी की जिदगी ख्वार नहीं करता,' कुमार के स्वर में तीखापन आ गया, 'अगर किसी को लगता हो, उसकी जिंदगी दूसरे की वजह से ख्वार हो रही है, तो उसे बदल लेने का हक उससे किसी ने नहीं छीना।'

'यह इतना ही आसान है क्या?' श्यामा को लगा उसका स्वर अस्वाभाविक हो गया है।

'आसान नहीं है, यह भी एक झूठा विश्वास नहीं?' दो आदमी जिस आसानी से जिंदगी-भर के रिश्ते में अपने को बांध सकते हैं, उसी आसानी से उससे मुक्त क्यों नहीं हो सकते? इसलिए कि बांधने में उन्हें समाज का समर्थन प्राप्त था और मुक्त होने में वे अपने को अकेले महसूस करते हैं?'

श्यामा की आंखों में विद्रोह और तिरस्कार का भाव आया, जो तुरन्त ही आत्मीयता के भाव से ढक गया, 'देखो, मैंने उसे देखा नहीं और न ही उसके बारे में कुछ जानती हूं। न जानने के कारण विश्वास ही नहीं होता कि कोई है, जिसके साथ तुमने उस तरह की स्थिति को भोगा है या उसके बीच से होकर निकले हो, पर यह तुम कैसे कहते हो कि दो व्यक्ति उस विशेष सम्बन्ध से एक-दूसरे के निकट आने, साथ रहने और कई-कई क्षण साथ बांटने के बाद भी एक-दूसरे से कोरे हो सकते हैं?

कुमार श्यामा के चेहरे के उतार-चढ़ाव को देखता कुछ देर चुप रहा। फिर बोला, 'एक बात पूछूं?' श्यामा ने आंखें झपक लीं।

'तुम इस तरह अपनी ही जिंदगी की वकालत नहीं कर रहीं?'

'मैं डर रही थी, तुम यही बात कह दोगे,' श्यामा का भाव पहले से स्थिर हो गया, मैं इन कार नहीं करती कि मेरे यह कहने के पीछे मेरी अपनी जिंदगी है। पर तुम विश्वास के साथ कह सकते हो कि अकेले रहकर भी तुम उस जिंदगी से कोरे हो सके हो? आज यहां बैठकर बात करते हुए भी तुम उसके प्रभाव से मुक्त हो? ऐसा होता, तो तुम्हारे स्वर में इतनी कड आहट न होती।

कुमार के चेहरे पर फिर विकृत-सी मुसकराहट फैल गई, बात लम्बी

हो जाएगी,' वह बोला, 'और तुम्हारे पास समय नहीं है। तुम्हें याद दिला दूं, स्टेशन से आए हमें पौन घंटे से ज्यादा हो चुका है।'

'मुझे पता है,' श्यामा ने प्याली रखकर रूमाल से मुंह पोंछ लिया, उस तरफ मैं वक्त से बंधी हूं, तो इस तरफ, किसी-न-किसी चीज से इस तरफ भी तो बंधी ही हूं।'

कुमार की मुसकराहट हलको खुश्क हंसी में बदल गई, 'हंसने की क्या बात है इसमें?' कुमार जिस तरह उसे देखता रहा, उससे श्यामा की आंखें झुक गईं।

'जो बात मन में है, कह क्यों नहीं देते?'

'यह सच है, आदमी किसी भी सम्बन्ध से कोरा नहीं होता, फिर भी कुछ सम्बन्धों को सम्बन्ध मानने से डरता जरूर रहता है।'

श्यामा आंखें मूंदकर कुछ देर सिर पीछे किए रही। कुमार उसकी गरदन की हिलती लकीरों में उमड़ते भाव को देखता रहा। 'डरने की बात सही नहीं है,' श्यामा ने आंखें खोल लीं। पल-भर कुमार के चेहरे की बढ़ती बेसब्री को देखती रहकर बोली, 'असल बात कुछ दूसरी ही है।'

'असल बात हमेशा कुछ दूसरी ही नहीं होती? हमेशा?'

'मैं तुम्हें समझा नहीं सकूँगी, क्योंकि हर बात शब्दों में नहीं कही जा सकती।'

'बचने के सौ-सौ बहानों में से एक यह भी नहीं है?'

'नहीं, बहाना नहीं है यह। हो सकता है, मुझी को शब्द नहीं मिल रहे, पर तुमसे एक बात जान सकती हैं?'

'पूछ तो सकती ही हो।'

'तुमने ब्याह क्यों किया था?'

कुमार इस तरह हो रहा जैसे इसके बाद अब उसे उठ जाना हो।

'सिर्फ इसलिए कि यह भी करके देख लिया जाए, या मन में अपने को उस जिंदगी के लिए तैयार कर लिया था?'

कुमार उठा नहीं। उसका एक हाथ तिपाई पर श्यामा के हाथ के बहुत पास रखा था। वह हाथ थोड़ा पीछे हट गया। उसके अन्दर एक लकीर-सी खिंच रही थी। उसे हर चीज से वितृष्णा होने लगी। अपने-आप से, श्यामा से और उस क्षण से, जिसमें यह बात उससे पूछी जा रही थी।

'दूसरा सवाल तुम्हारा फिर वही होगा कि किया था, तो निभा क्यों नहीं सके? मैंने ब्याह किया था, अपनी इच्छा से, पर एक समझौते के रूप में। करने का कारण शायद वह उतावलापन ही था, जिसका दोष तुम

मुझ पर लगाती हो, पर समझौता छह महीने से ज्यादा नहीं चल पाया, इतनी-सी बात है।'

श्यामा जितना सुन रही थी, उससे ज्यादा अपनी आंखों के हर क्षण बदलते भाव से कहना चाह रही थी, 'यह केवल एक पक्ष है, तुम्हारा पक्ष, पर दूसरे का भी तो अपना पक्ष हो सकता है?'

शब्दों की अदालती ध्वनि ने कुमार की बेसब्री और बढ़ा दी, उसका पक्ष इतना ही था कि किसी ने बहुत दिन लटका रखने के बाद उससे कन्नी काट ली थी और वह जल्दी-से-जल्दी ब्याह करके उस व्यक्ति को छोटा करना चाहती थी। वह उद्देश्य पूरा होने के साथ ही उसके लिए ब्याह का उद्देश्य समाप्त हो गया था। शेष था एक नये व्यक्ति के साथ रात-दिन जूझना, जिसके लिए सिवाय विरोध के उसके मन में कोई भावना नहीं थी।'

'वह पहले से तुम्हें जानती नहीं थी?'

'ब्याह से चार महीने पहले तक परिचय नहीं था। उसके पिता के एक मित्र मुझे जानते थे। उनके सुझाव पर ही दोनों ने पहली बार एक-दूसरे को देखा था। देखने के बाद मैंने उस व्यक्ति को लिख दिया था कि मेरी इस सम्बन्ध में रुचि नहीं है। उस पत्र का उत्तर उस व्यक्ति की ओर से नहीं आया। उत्तर आया इसकी ओर से। लिखा था, केवल एक बार चेहरा देखकर व्यक्ति किसी के बारे में राय कैसे बना सकता है? वह शायद मेरी समझौते की ही भावना थी, जिसने मुझसे उस पत्र का उत्तर दिला दिया। उसके बाद उसके कई पत्र आए। पत्रों की भाषा बहुत अच्छी थी। एक पत्र की इतनी अच्छी कि उसे पढ़कर ही मैंने ब्याह की स्वीकृति भेज दी। यह पता बाद में चला कि वह भाषा किन-किन पुस्तकों से नकल की गई थी। उनमें से अधिकतर पुस्तक उसे भेंट में दी गई थीं, पहले परिचय के दिनों में, उसी व्यक्ति द्वारा।'

श्यामा जड़ होकर उसे देख रही थी। बहुत प्रयत्न से वह शब्द होंठों पर ला पाई, 'फिर भी जब चाह कर उसने तुमसे ब्याह किया था, तो···?'

'इसका उत्तर तुम्हें वही दे सकती है, मैं नहीं। मुझे उससे सिवाय शरीर के कुछ नहीं मिला। उसे भी मुझसे केवल इतना ही मिला होगा। केवल इतने के भरोसे साथ-साथ जीवन वह शायद ढो सकती थी। मुझसे नहीं ढोया गया।'

'लेकिन···।' श्यामा के स्वर में कुछ था, अपराध-सा, जिससे कुमार ने अपने से बाहर आकर एक बार उसे देख लिया।

'लेकिन?'

'यह कैसे कह सकते हो कि सिवाय परीर के तुम दोनों के सम्बन्ध में और कुछ नहीं था?'

'और जो था, वह था केबल एक डर। बात अपने तक रहे, किसी को पता न चले। जितना सड़ना है, अंदर-ही-अंदर सड़ो। जो जहर चखना हैं, अंदर-ही-अंदर चखो। उसी सड़ांध और जहर से बच्चे पैदा करो और उन्हें भी उसी ढंग से जीने की शिक्षा दो। अपनी स्वाभाविकता के साथ विश्वासघात करो और ऐसा करने की परम्परा को बनाए रखो। जिनसे निभता है, निभ जाता है। मुझसे नहीं निभ सका। उससे कहीं आसान है, आठ घंटे मशीन की तरह दफ्तर में काम करना और नींद आने तक किसी-न-किसी शोर में मन को डुबा रखना। आज को कल करने की समस्या इस तरह भी हल हो जाती है और कुछ बेहतर ढंग से ही हल हो जाती है।'

श्यामा की आंखें बेसहारा हो गई थीं। उन्हें सहारा देने के लिए ही जैसे उसने अपना हाथ बढ़ाकर कुमार के हाथ पर रख दिया, 'यह तुम सचमुच विश्वास के साथ कह रहे हो या···?'

उसकी उंगलियों में भी हलकी धड़कन महसूस की जा सकती थी। कुमार ने कुछ क्षण अपना हाथ पड़ा रहने दिया, फिर आहिस्ता से परे हटा लिया, 'हो सकता है यह सिर्फ बौखलाए मन की बकवास ही है और कुछ नहीं, पर यह जिंदगी जानवरों से भी बदतर नहीं कि जिसे आदमी अंदर से नफरत करे, उसके साथ रात-दिन एक घर में रुंधा रहे? जिसके शरीर की गन्ध तक से जी मितलाए, उसके साथ एक बिस्तर में सोने का नाटक करता रहे?'

श्यामा के होंठ सूख गए थे और चेहरा फीका पड़ गया था। वह कुछ क्षण जैसे ठीक से सांस लेने की कोशिश करती बैठी रही, फिर एक दबाव को अपने से हटाने की तरह बांहें झटक कर उठ खड़ी हुई। उसे उठते देख कुमार के होंठ सिकुड़ गए, 'सारी। मैं भूल ही गया था तुम्हें जल्दी लौटना भी है।'

'मैं जा नहीं रही,' श्यामा कुछ क्षण उसे देखती रहकर स्टोव की तरफ चली गई, 'सोचती हूं एक-एक प्याली चाय और बना ली जाए।'

'लेकिन तुम्हें सचमुच देर हो रही है, इसलिए···।'

'देर तो हो ही रही है, बल्कि हो चुकी है। कुछ और हो जाएगी।'

'पर मैं नहीं चाहूंगा कि मेरी वजह से···।'

श्यामा ने थकी-सी आत्मीयता के साथ उसे देख लिया, 'नहीं, तुम्हारी वजह से नहीं। रुकी हूं, तो अपनी ही वजह से। तुमने जो कुछ अभी कहा

है, उसे सुनकर सोच रही थी कि।'

वह स्टोव में हवा भरने लगी। उसके स्वर में एक भीगापन था, जिससे कुमार उठकर उसके पास आ गया, 'क्या सोच रही थीं?'

'ठक् ठक् ठक् ठक्।' पंप को धकेलता हाथ और जलते स्टोव का तेज होता शोर। श्यामा ने उसकी तरफ आंखें नहीं उठाई, 'तुम बैठे रहो वहीं। मैं अभी चाय बनाकर ला रही हूं।'

कुमार फिर भी रुका रहा, 'लेकिन मुझे जानना चाहिए न···।'

श्यामा की आंखों में एक लपक उठकर मद्धिम पड़ गई, 'क्या जानना चाहिए?'

'कि एकाएक तुम्हारा भाव इस तरह का क्यों हो गया?'

श्यामा केतली चढ़ाकर चायदानी साफ करने लगी। इस तरह अभ्यस्त ढंग से जैसे वहां खड़े होकर वह सब करना रोज का काम हो। कुमार ने केतली छुड़ा कर उसका हाथ अपने हाथ में ले लिया, 'बताओगी नहीं?'

'क्या?'

'कि एकाएक तुम्हें···?'

'मुझे कुछ भी नहीं हुआ एकाएक,' श्यामा ने हाथ छुड़ा लिया, 'तुमसे कहा है, तुम वहां जाकर बैठो।' और वह जाकर तिपाई से प्यालियां उठा लाई।

'अगर तुम्हें मेरी बात से यह लगा है कि।'

'मुझे तुम्हारी बात से क्या लग सकता था?' श्यामा लगातार आंखें झपक रही थी और अन्दर से उमड़ आती किसी चीज को पी जाने की कोशिश में थी।

'मैं अपने जीवन की दुर्घटना को लेकर तुम्हें दोषी नहीं ठहरा रहा था।'

बेसिन में नल के खुलने और बंद होने की आवाज। प्यालियों के धुलने की आवाज। 'मैं तुम्हारी दुर्घटना के विषय में नहीं सोच रही थी।'

'अगर यह सोच रही थीं कि एक पुरुष के रूप में मैंने।'

'संसार में तुम्ही एक पुरुष नहीं हो।' धुली चायदानी में चाय की पत्ती और ऊपर से उबलता पानी, मैं जो बात सोच रही थी, वह किसी और ही को लेकर थी। सोच रही थी कि उस आदमी ने भी मन में जाने क्या सोचकर एक लड़की से ब्याह करने की हामी भरी थी, पर बाद में चलकर उस लड़की से उसे···।'

'तुम्हारा मतलब है···?'

चायदानी ढकने से ढक गई। श्यामा की आंखों ने फिर इधर-उधर दूध की खोज की और नये सिरे से निराश हो गई, 'मतलब तुम समझ ही रहे हो। हम दोनों भी बहुत दिन साथ-साथ रहे थे, परन्तु लगभग ऐसी ही स्थिति में। देव पहले दिन से ही मेरी ओर से जिस तरह उदासीन रहा, सोच रही थी कि उसका कारण, उसका भी कारण क्या यही नहीं था? उसने कभी इस तरह बौखला कर बात नहीं की, मुझे छोड़कर अलग भी नहीं हुआ, पर बहुत कुछ है, जिससे अनुमान हो सकता है कि उसकी खामोश मृत्यु का कारण, वास्तविक कारण···।' वह प्यालियों में चीनी डालने लगी, पर चीनीदानी और चम्मच, दोनों उसके हाथों में कांप रहे थे। कुमार ने चाय प्यालियों में उड़ेलनी चाही, तो उसने रोक दिया, 'तुमसे कहा है, तुम वहां जाकर बैठ जाओ।'

खिड़की के बाहर आकाश का रंग राख-जैसा था, जो कांपता हुआ अब गाढ़ा होता जा रहा था। खुट् खुट् खुट् जाने कहां पर एक खुटक-बढ़ैया किसी काठ को चोंच से काट रही थी। कुमार आकर कुर्सी पर बैठ गया। सामने एक दरार थी जो आकाश के कांपते रंग के साथ-साथ कांप रही थी। उसे आश्चर्य हुआ कि वह दरार आज तक उसे क्यों नजर नहीं आई, हालांकि वह कुर्सी के बिलकुल सामने थी और वह रोज़ कितनी-कितनी देर उस कुर्सी पर बैठा रहता था। दरार से हटकर उसकी आंखें श्यामा की पीठ पर स्थिर हो रहीं। श्यामा जिस मानसिक स्थिति में थी उसका बहुत कुछ अनुमान उसकी पीठ से हो रहा था। उसे उस दिन की याद आई, जिस दिन खेतों में से गुज़रते हुए उस पीठ पर बनी बूंदों की जालियां देखी थीं। उस दिन उन जालियों के नीचे खाल के रूखेपन में एक बेचैनी-सी महसूस हुई थी। पर इस समय न तो वे जालियां थीं, न ही उस तरह की बेचैनी, फिर भी कोई चीज वहां छटपटा रही थी और छटपटाते हुए धीरे-धीरे निढाल पड़ती जा रही थी। श्यामा प्यालियां लिए हुए आई, तो उसकी आंखों में एक बीमार-सा सूनापन था। प्याली देने के लिए बढ़ा हुआ हाथ भी जैसे उसका नहीं, किसी और का था। एक लंबी खामोशी में चाय पी ली गई। चाय पीते हुए दोनों एक-दूसरे के सामने बैठे दो अभियुक्त थे। अपने-अपने लिए भी और एक-दूसरे के लिए भी।

पहली बात श्यामा ने की। प्याली रखते हुए उसी तरह रुमाल से मुंह पोंछकर, 'सचसुच देर हो गई है, इसलिए सोचती हूं अब मुझे चलना ही चाहिए। ऐसा न हो कि उस दिन की तरह आज भी···।'

कुमार की खामोशी फिर भी बनी रही। शब्द उसके दिमाग में धीरे-धीरे आकर जुड़े, फिर उसने पूछ लिया, 'उस दिन कोई खास बात

हुई थी?'

श्यामा ने एक बार पलकें झपक लीं, 'नही, खास बात कुछ नहीं हुई। ऐसे ही···।' और वह चलने के लिए उठ खड़ी हुई।

'तुम सचमुच जाना चाह रही हो?'

'सचमुच नहीं तो क्या?' कुमार ने अनजाने उसका हाथ अपने हाथ में ले लिया, जैसे उसे रोकने के लिए, पर साथ खुद भी उठ खड़ा हुआ।

'ठीक है। अगर लौट जाने का ही तय किया तुमने, तो जाने से पहले फोन करोगी एक बार?'

'कह नहीं सकती। कब जाऊंगी, इस पर है। अगर कल-परसों ही जाने का तय कर लिया, तो···।'

कुमार के हाथ का तनाव बढ़ गया, 'इसका मतलब है, तुमसे अब भेंट होने की सम्भावना नहीं।'

श्यामा का सिर हिलने के साथ उसका हाथ हटने लगा, तो श्यामा ने अपने हाथ के दबाव से उसे रोक लिया, 'एकाध दिन तो सामान बांधने में ही चला जाएगा। आते हुए इतना सारा सामान साथ उठा लाई थी, फिर बेबी के लिए कुछ शापिंग भी करूंगी शायद।'

कुमार की उंगलियां उसकी उंगलियों में उलझ गई, 'एक बात तुमने नहीं बताई।' श्यामा सुनने के लिए देखती रही।

'वहां स छोड़कर यहां आ जाने की बात तुमने क्यों सोची थी?'

'वहां अपने-आप को सहना मुश्किल पड़ रहा था, इसलिए।'

'तो फिर लौटकर जाने से स्थिति वही नहीं रहेगी?'

श्यामा की आंखें भर आने को हुई, पर अपने को रोकने के लिए उसने सिर हिला लिया, 'स्थिति तो जो थी, वही रहेगी।'

'तो?'

'फिर भी लौट जाना है।'

'क्यों?'

'क्योंकि मन हो रहा है ऐसा।'

कुमार ने अब उसके दोनों हाथों में उंगलियां उलझा लीं, पर क्यों हो रहा है?'

'क्योंकि, पता नहीं। सोचा था मन लग जाएगा यहां, नहीं लगा।'

'पर थोड़ी देर पहले तुमने कहा था कि और भी कुछ सोच रही हो, अभी तय नहीं है।'

'नहीं, तय ही है अब।'

'वजह उस घर के लोग हैं या···?'

'जो भी सोच लो।'

"पर तुम खुद क्या सोचती हो?'

'मैं?...मैं तो जब भी सोचने लगती हूं, मुझसे कुछ भी सोचा नहीं जाता।'

'उस दिन की कुछ बात कह रही थीं तुम। उस दिन उन लोगों से किसी बात पर झगड़ा हुआ था?'

श्यामा के होंठ कांप कर रह गए। कहा उसने कुछ नहीं। 'इसका मतलब है मेरा अंदाजा गलत नहीं है।' कुमार के हाथों की कसन बढ़ गई।

'क्या अंदाजा गलत नहीं है?'

'कि तुम मन में इस निष्कर्ष तक पहुंच पाइ हो कि तुम्हारा अब उन लोगों के साथ कुछ भी साझा नहीं है, कि किसी तरह की साझेदारी बना रखने की चेष्टा अपने में एक धोखा है। पर इतने दिन उस धोखे में काट लेने के बाद तुम्हारा स्वाभिमान ही इसे स्वीकार करने से तुम्हें रोकता है।'

श्यामा ने अपने हाथ छुड़ा लेने की कोशिश की, पर कुमार ने छुड़ाने नहीं दिए, 'तुम्हारी कोशिश यहां से दूर जाकर फिर किसी तरह उस धोखे को बनाए रखने की ही नहीं है?'

हथेलियों से हथेलियों में जाता एक प्रश्न और कसमसाती खाल, 'हाथ छोड़ दो।' श्यामा अनुरोध के साथ फुसफुसाई। कुमार की उंगलियों के जाल में उसकी उंगलियां दर्द कर रही थीं।

'तुम समझती हो, इस तरह के धोखे में जिंदगी काट देना सचमुच बड़ी बात है?'

'जिंदगी अब बची ही कितनी है जो...।' श्यामा ने अब काफी जोर लगाकर अपने हाथ अलग कर लिए, पर कुमार के कांपते हाथ उसकी बांहों पर कस गए, 'यह भी धोखे का तार और फैलाने की ही कोशिश नहीं है?'

कुमार की सांस तेज हो रही थी और चेहरा एक स्त्री को पा लेने के पुरुष-भाव से जड़ होता जा रहा था। श्यामा के शरीर में एक-साथ सहानुभूति और वितृष्णा की झुरझुरी दौड़ गई। उसकी बांहें थोड़ा उसके वक्ष की ओर सिमट गईं, 'देखो, अब मुझे चलना चाहिए।'

'क्यों चलना चाहिए?' कुमार का स्वर कांपने लगा, 'तुम्हें विश्वास नहीं है कि तुम सचमुच यहां से जाना चाहती हो। तुम जानती हो, जिंदगी अन्तिम दिन तक जी जाती है। तुम भी उतना ही जीना चाहती हो,

'जितना मैं या और कोई व्यक्ति। इसलिए तुम्हारे इस हठ के कोई माने नहीं हैं।'

कुमार के बहुत पास आ गए चेहरे को श्यामा ने फिर भी शब्दों से ही परे हटाने की चेष्टा की, 'आदमी जो कुछ भी करता है, जीने के लिए ही करता है, पर एक और दूसरे के लिए जीने का अर्थ अलग-अलग हो सकता है।'

'तुम्हारे लिए जीने का अर्थ क्या है? जैसे-कैसे जीवित रह लेना?'

'और तुम जीने का अर्थ केवल यह समझते हो कि···?' पर श्यामा की बात उसके संघर्ष में खो गई। पहले उसने अपने पैरों का सन्तुलन बनाए रखने का प्रयत्न किया, क्योंकि कुमार की बांहों ने एकाएक उसे अपने में कस लिया था और उसके होंठों को बार-बार चुमते दो होंठ लगातार धौंकनी के-से स्वर में कहे जा रहे थे, जीने का अर्थ है···जीने का अर्थ है···।' फिर उसका संघर्ष एक पुरुष के आवेश से बचने के संघर्ष में बदल गया। वह अब अपने पैरों पर नहीं थी, एक शरीर के बोझ के नीचे बिस्तर पर थी जब कि आंख कान, नाक, होंठ, इन सबके आस-पास वही शब्द दांतों की चुभन के साथ बुदबुदाए जा रहे थे, जीने का अर्थ है जीने का अर्थ है।'

एक अंधेरा-सा था। उस अंधेरे में उसका सिर चकई की तरह घूम रहा था। लगता था अभी वह किसी चीज से टकरा जाएगी, परन्तु टकराने का क्षण आ-आकर निकल जाता था। दो हाथ थे, जो उसकी पीठ और कंधों की खाल में कुछ टटोल रहे थे। जैसे कि खाल के अन्दर उन्हें हड्डियों के जोड़ों को छू लेना था। दो घुटने थे जो उसके घुटनों के ऊपर जांघों के मांस को गूंध रहे थे, 'जीने का अर्थ है।' उन घुटनों की कोशिश थी अपनी टकराहट से उसे उधेड़ देने की। उसे निर्णय लेना था। अभी। इसी क्षण। एक क्षण की अतिरिक्त देर होने से पहले।

अंधेरा। अंधेरा घूम रहा है। वह घूम रही है। गाड़ी में शरीर से सटी भीड़ और साथ सटती जा रही है, 'कोई बात नहीं। ऐसा भी हो जाता है कभी।' देव के चेहरे पर कोई शिकन नहीं है। सीमा गाल पर हाथ रखे चिल्ला रही है, 'यू. यू···यू···।' मिसेज मोहन सिंह बात किए जा रही हैं, 'आई से शामो···!' बेबी बीजी की गोदी में सो गई है। सीमा का इयर रिंग दरवाजे के पास पड़ा है। टेलीफोन पर कुमार का नम्बर नहीं मिल रहा। देव की मरने के समय की टकटकी जिसके सामने कुछ भी नहीं है। कुमार की बस आने का समय हो चुका है। सीमा आईने के सामने खड़ी ब्लाउज की हुकें खोल रही है। खाल में धंसी-सी उसकी रीढ़ के नीचे छोटे-छोटे रोएं हैं। टब के गुनगुने पानी में बुलबुले उठ आए हैं। अंधेरे में आईने

के अन्दर से एक नंगा शरीर उसे ताक रहा है, 'मंमी दो-चार दिन कुढ़ लेंगी, फिर अपने-आप ठीक हो जाएंगी।' एक लम्बी शाम और अकेला बरामदा। केतली में पानी खौल गया है, पर दूधदानी में दूध नहीं है, 'कौन है, जिसे वहां दशहरा देखने के लिए बुलाया था?' देव ने कपड़े उतार दिए हैं और चुपचाप उसके शरीर को बांहों में जकड़ लिया है। वह तौलिये में मुंह लपेटे खिड़की के पास खड़ी है। रमेश्वरी की हंसी रुकने में नहीं आती, 'कहती थी आजकल एक नया तजरुबा कर रही हूं।' सीमा उसके ऊपर झुक आई है। उसकी सांसों में वैसी ही गन्ध है जैसी, देव दोस्तों के साथ कहीं चला गया है और उसके लौटने का पता नहीं है, 'तुम अभी नयी आई हो, इसलिए।' पुराने वाल-क्लाक में वक्त बीतता जाता है। रात के दो, तीन, चार। बीजी दरवाजे के पास खड़ी हैं। रजिस्टर का पन्ना सामने खुला है। उसपर अभी हस्ताक्षर होने वाले हैं, 'फ्रैंकली स्पीकिंग, मैं तुम्हारी सिचुएशन को भी अच्छी तरह समझ सकती हूं। यू आर स्टिल यंग एंड।'

कुमार का एक हाथ पीठ से सरकता हुआ बहुत नीचे आ गया था। उसके मुंह पर पता नहीं कितनी जगह दांतों के निशान बन गए थे। बस, यही वह क्षण था, यही। उसने अपनी घुटती सांस को किसी तरह अन्दर खींचा और उस घिर आए शरीर को पूरी शक्ति के साथ परे धकेल दिया।

□□

खिड़की के पर्दे पर सुबह का हलका रंग। दूर किसी दरवाज़े पर हलकी-सी दस्तक।

कुमार ने बिस्तर से निकलकर खिड़की खोल ली। ताजी हवा के साथ हलका उजाला कमरे में भर आया। सुबह का वह रंग उसके लिए नया-सा था। रोज़ तो सुबह खिड़की के आर-पार चमकती धूप की शकल में ही होती थी। चौखटे पर कुहनियां रख कर वह बाहर को झुक गया। चौखटा ठंडा और गीला था। शायद रात-भर बूंदाबांदी होती रही थी।

वातावरण में नमी थी। नमी, जो बाहर की खामोशी जैसी ही थी। समुद्र का फैलाव मैला और सपाट लग रहा था। रात-भर के उनीदेपन के बाद सुबह-सुबह जैसे वह बांहों में सिर छिपाकर सो गया था। दायीं तरफ गिरजाघर का क्रास, अपनी रात-दिन की पहरेदारी से ऊबा, जैसे एक लंबी अंगड़ाई ले रहा था।

कुमार कितनी ही देर खिड़की के पास खड़ा आकाश में घुलते धूप के रंग को देखता रहा। वह रंग एक-एक जर्रे के अन्दर से उमड़ रहा था। हवा में कांपते जैसे बिना पंखों के पक्षी थे, जो किसी अज्ञात दिशा में

उड़े जा रहे थे। एक-दूसरे में घुल-मिलकर भी एक-दूसरे से अलग और एक-एक पूरी दुनिया के दावेदार।

थोड़ी देर में समुद्र का पानी भी सुबह का रंग पकड़कर चमकने लगा। हलकी-हलकी लहरें उसे फिर किनारे की तरफ लाने लगीं। गिरजे का क्रास कुछ क्षण लहू के रंग में रंगा रहकर अब पीला पड़ रहा था। रोज़ जैसी एक सुबह की शुरुआत उसके लिए भी हो गई थी।

कल सुबह भी इसी तरह एक शुरुआत हुई थी। परसों भी। हर सुबह एक नयी शुरुआत की छटपटाहट लिए आती थी। नये सिरे से मन अपने को, अपने मन चाहे रूप में ढालने की कल्पना करने लगता था। उस कल्पना को सार्थक करने के लिए नये सिरे से संघर्ष आरम्भ होता था, हालांकि शाम होने तक फिर वही थकान शेष रह जाती थी। अगली सुबह आने तक की ऊब और उदासी, फिर उस उदासी को छा लेने वाली नींद, लेकिन नींद की दरारों में से झांकती एक आशा कि शायद आने वाली सुबह आज से कुछ दूसरी तरह की होगी और अगर आज-जैसी ही होगी, तो अब उससे लड़ने की और कोशिश नहीं की जाएगी। टूटते सपनों की नींद की पहरेदारी में रात काटकर फिर सुबह, फिर उसी तरह किनारे की तरफ लौटने का प्रयत्न, फिर वही गिरजे की पहरेदारी, फिर वही बिना पंखी धूप-रंगे आकाश में उड़ने की मजबूरी।

खिड़की से हटकर वह स्टोव के पास आ गया। चाय का सामान उसी तरह बिखरा था, जैसे श्यामा कल छोड़ गई थी। कमरे के अन्दर जैसे कल की शाम उसी तरह रुकी थी। धूप में चमकते और कांपते जर्रों के बावजूद। इस बीच एक रात आकर चली गई थी, लेकिन उस शाम को अपने में समेट कर नहीं ले जा सकी थी। आंखें नींद के खुमार से भारी थीं। रात-भर नींद आई ही नहीं थी। रात जैसे आकर भी कमरे की दहलीज नहीं लांघ सकी थी और अब सुबह खिड़की के बाहर समुद्रतट के उस तरफ रुकी थी।

स्टोव के पास से हटकर वह कुर्सी पर आ गया। सामने फिर वही दरार थी। कल की रुकी शाम की एक लकीर। तिपाई पर एक प्याली औंधी पड़ी थी जिससे बह आई चाय की तलछट सूख कर वहीं जम गई थी। श्यामा ने जब उसे झटक कर अपने को उससे अलग किया था, तभी उसका पांव टकरा जाने से वह प्याली औंधी हुई थी। वह एक क्षण था, अन्दर के सुलगते भाव ने एकाएक राख में बदल जाने का, जब उसे एक-साथ दोनों से घृणा हुई थी, अपने से भी और श्यामा से भी। उसके बाद उसने पाया था कि वह कुर्सी पर बैठा है और अपना चेहरा उसने दोनों हाथों से ढांप रखा

है। हथेलियों से उमड़ता एक बियाबान उसे अपने में गर्क किए ले रहा है। एक कुआं है, बहुत गहरा, जिसके के दलदली तल पर पहुंचकर वह दीवार का सहारा लेने की कोशिश कर रहा है, पर जिधर भी हाथ बढ़ते हैं उधर दीवार नहीं मिलती। पैरों के नीचे का दलदल उसे अपने में लीलता जाता है। बहुत देर उसी तरह बैठे रहने के बाद, जो कि उसके लिए अन्तहीन समय था, उसने आहिस्ता से हथेलियां आंखों से हटा लीं। खयाल था वह घटना तब तक बीत चुकी होगी। श्यामा जा चुकी होगी और उसे कमरे की खाली दीवारें ही सामने नजर आएंगी। मगर श्यामा गई नहीं थी। लगभग उसके सामने नीचे फर्श पर बैठी थी। उसके देखने पर भी श्यामा ने उसकी तरफ नहीं देखा। वह भी जैसे प्याली की तलछट की ही तरह फर्श से जम गई थी।

उसने अपने होंठों को हिलाकर देख लिया कि चाहे, तो उनसे शब्द बोले जा सकते हैं, पर कुछ बोल नहीं सका। दोनों तरफ की सांस की आवाज कानों में जाती रही। आखिर वह गले में स्वर ले आया, 'मुझे अफसोस है।'

श्यामा ने आंखें उसकी तरफ उठा लीं और चुपचाप उसे देखती रही।

वह फिर बोला, 'तुम्हें बहुत देर हो गई है। चलो, मैं चलकर तुम्हें स्टेशन तक छोड़ आता हूं।'

श्यामा फिर भी उसी तरह देखती रही, जैसे अपने को और आस-पास के वातावरण को समझने में उसे कठिनाई हो रही हो। काफी देर बाद उसके होंठ हिले, 'छोड़ने चलने की जरूरत नहीं। मैं चली जाऊंगी।'

फिर एक लम्बी खामोशी जिसमें श्यामा की आंखें उसे छीलती रहीं।

'मैं नहीं जानता क्यों मैंने···।'

'तुम जानते हो।'

'नहीं···।'

'तुमने सोचा था, मैं इसीलिए आई थी यहां।'

'मैंने पहले से सोचकर कुछ नहीं किया, फिर भी जो हुआ है, उसके लिए मैं।'

श्यामा की आंखें हवा के आर-पार कुछ टटोल रही थीं। निचले होंठ पर छलछलाई लहू की बूंद को उसने आंचल से पोंछ लिया, 'इसके लिए क्षमा मांग रहे हो मुझसे?'

'मुझे तुम्हारे साथ इस तरह नहीं करना चाहिए था।'

'मेरे साथ कुछ भी नहीं किया तुमने, क्योंकि जो जितना हुआ, उसमें

मैं तुम्हारे साथ नहीं थी। काटने को बच्चे भी काट लेते हैं कभी। जानवर भी काट लेते हैं।'

श्यामा की आंखों को झेलना मुश्किल हो रहा था उसके लिए। खिड़की का पर्दा खींचने के बहाने वह उठने को हुआ, तो श्यामा ने उसे रोक दिया, 'बैठे रहो। मुझे जाने से पहले एक बात कहनी है तुमसे।' उसकी कनपटियां धड़क रही थीं। वह घुटने जोड़े उन पर हाथ रखे बैठा रहा।

श्यामा की कुहनियां घुटनों पर थीं और चेहरा उलटी हथेलियों पर। वह उसी तरह हवा में देखती बात करती रही, मैंने तुम्हें बताया था, मैंने उन दिनों तुम्हें पत्र लिखा था अपने यहां आने के लिए। तब मेरे मन में कोई रुकावट नहीं थी। उस दिन तुम आए होते, तो सम्भव था कुछ भी हो जाता। मैंने अपने को बचाने का कुछ भी प्रयत्न न किया होता। वैसे यह बात भी गलत है शायद। कहना चाहिए कि मैंने तुम्हें बुलाया ही इसीलिए था कि मैं तुम्हारे साथ इस स्थिति को मन में स्वीकार कर चुकी थी। जो संस्कार मन को रोकता था, वह तब तक टूट चुका था। इस बार भी वहां से चली थी, तो शायद यही सबसे बड़ा प्रलोभन मन में था कि तुम यहां हो। सब छोड़-छाड़कर यहां आ रहने की सोचना, लगता है, इसके मूल में यही प्रलोभन था। तुमने एक बार कहा था कि सम्बन्धों को दिए गए सब नाम केवल सुविधा के लिए हैं। वास्तविक सम्बन्ध इतने सूक्ष्म होते हैं और व्यक्ति-व्यक्ति के साथ इतने अलग कि उन्हें नाम दिए ही नहीं जा सकते। मैं तुम्हारे और अपने सम्बन्ध को बिना नाम दिए उसमें से सब-कुछ पा लेना चाहती थी। उस दिन फोन पर तुमसे मिलने की बात तय की थी, तब भी काफी हद तक यही सोचती थी। आज भी मिलने आई थी, तो निश्चय नहीं कर सकी थी कि तुम मुझे रोक लेना चाहोगे, तो मैं लोट जाने का आग्रह बनाए रख सकूंगी या नहीं। मन में एक दुविधा थी, पर वह और ही कारण से थी। विश्वास कर सको, तो सचमुच यहां से लौट जाने का निश्चय मैंने आज तुमसे मिलने के बाद किया है, परन्तु इसी समय नहीं, यह मत सोचना कि तुम्हारा इस समय का पागलपन इसका कारण है, क्योंकि ऐसा नहीं है। इससे अलग परिस्थिति में यह पागलपन मेरा भी हो सकता था।

उसने कुछ कहना चाहा, पर श्यामा ने उसे अवसर नहीं दिया, 'तुम्हारे जीवन की परिस्थिति आज बदल गई है, यह भी इसका कारण नहीं। उस परिस्थिति को अस्वीकार करने का अधिकार किसी को भी है। मुझे भी था, परन्तु मैंने देव के रहते उस अधिकार का उपयोग नहीं किया। इसका अर्थ है, नहीं करना चाहा। देव ने जीवन-भर कड़वी बात मुझसे

नहीं की, फिर भी जानती हूं, मेरे साथ जीवन को लेकर कहीं उसके मन में गहरी वितृष्णा थी। मुझमें उसे वह नहीं मिला, जो एक स्त्री से उसे चाहिए था। क्या चाहिए था, यह मैं आज भी ठीक से नहीं सोच सकती। ब्याह से पहले उसने जिंदगी देख रखी थी, इसलिए तुम्हारी तरह स्त्री-शरीर की भूख उसमें नहीं थी फिर भी कोई भूख थी, जो मुझसे नहीं मिट पाई, इसीलिए मरने के दिन तक वह आदमी उदास रहा। मुझे तब लगता था उसने मेरे साथ अपने सम्बन्ध को सम्बन्ध के रूप में लिया ही नहीं। केवल मुझे सहते हुए कुछ वर्ष मेरे साथ काट दिए और चला गया, पर आज तुम अपने विवाहित जीवन की बात कर रहे थे, तो पहली बार मुझे देव की उदासीनता का कुछ-कुछ अर्थ समझ में आया। लगा कि उसने मेरे साथ अपना एक निश्चित सम्बन्ध न माना होता, तो शायद मुझसे उसे उतनी निराशा न होती। यह वह नहीं था, जिसने अपना सब-कुछ मुझे नहीं दिया, जिसने अपना बहुत कुछ अपने तक समेट कर रखे रखा, वह मैं थी। मैंने ही पहले दिन से खुलकर अपने-आप को उसे नहीं दिया। उसके साथ सम्बन्ध को सहने का सम्बन्ध मानने की शुरुआत मेरी ओर से ही हुई थी। उसने एक खुला पन्ना मेरे सामने रखा था, जिस पर मैं कभी ठीक से हस्ताक्षर नहीं कर पाई। मैंने जो कुछ उसे दिया या देना चाहा, उसमें बहुत कुछ कृत्रिम था, पर उसकी उत्तरोतर बढ़ती उदासी कृत्रिम न होकर वास्तविक थी। उसने ब्याह की पहली रात को मुझे एक तौलिये में सिर-मुंह लपेटे देखा था। शायद उसी क्षण से लगातार उसकी मृत्यु होने लगी थी। एक बार उसे किसी से कहते सुना था, 'हम जिन्हें सम्बन्ध कहते हैं, वे केवल एक मंच पर अभिनेताओं के आपसी सम्बन्ध हैं और कुछ नहीं।' तब यह बात मुझे अपने तिरस्कार की तरह लगी थी, पर आज उसकी दृष्टि से इसकी सचाई समझ में आ रही है। तुममें इतनी निर्ममता है कि तुमने एक अवास्तविक सम्बन्ध से अपने को बिलकुल काट लिया है। उसकी दुर्बलता थी कि वह मेरे साथ निर्मम नहीं हो सका। आज तक सोचती थी, सुख मुझे नहीं मिला, देव के कारण, पर इस समय लग रहा है, मुझसे कहीं अधिक वंचित व्यक्ति वह स्वयं था और कारण मैं थी। वह टाइफायड में पड़ा था, तो कभी उसने ठीक से दवाई भी नहीं खाई। वह शायद यह चाहता ही नहीं था कि।'

श्यामा का चेहरा काफी सुर्ख हो गया था और माथे पर पसीना झलक आया था। उसने एक बार अच्छी तरह रूमाल से माथे और गरदन को पोंछ लिया। वह श्यामा के चेहरे को देखता मुश्किल से अपने सूखे होंठों को हिला पाया, 'मुझे सचमुच अफसोफ है। पता नहीं क्यों और कैसे एक क्षण

आ जाता है, जब···।'

श्यामा ने अपने बालों को सहेज कर एक बार आंखों को भी रूमाल से छू लिया, 'मुझे दुःख नहीं है। दुख होता यदि मेरा भी इसमें सहयोग होता, जैसा कि उस बार था। उस बार मैंने ऊपर से बुरा माना था, पर अन्दर से मेरी भूख तुमसे कम नहीं थी, पर आज यह मेरे लिए केवल एक दुर्घटना थी, जिसमें मैं थोड़ी चोट खा गई हूं, बस। इस समय मुझे दुख है, तो और ही बात का है। वह तुम्हारे या अपने लिए नहीं, एक और ही व्यक्ति के लिए है। आज तक सोचती थी धोखा मेरे साथ हुआ है, पर आज सोच रही हूं वास्तविक धोखा जिसके साथ हुआ, वह अपनी खामोश आंखों से मुझे देखने के लिए इस समय जीवित ही नहीं है।'

एक लम्बा विराम जिसमें दोनों की आंखें काफी देर झुकी रहीं। जब उसने आंखें उठाई, श्यामा उठ कर चलने से पहले उसके अपनी ओर देखने को प्रतीक्षा में थी, मैं चल रही हूं अब। यह मत सोचना कि इस घटना के कारण तुम्हारा तिरस्कार करके या तुम्हारे साथ जितना सम्बन्ध था, उसे तोड़ कर जा रही हूं, पर इस समय तुम मुझे छोड़ने चलो, यह मुझे अच्छा नहीं लगेगा। एहसान मानूंगी अगर तुम मुझे यहां से अकेली चले जाने दो।'

वह बिना कुछ कहे उसके साथ दरवाजे तक आ गया। दरवाजे के पास श्यामा ने फिर एक बार उसका हाथ अपने हाथ में ले लिया, 'हो सकता है, फिर भी कभी तुम्हें आने के लिए लिखूं, पर आओ, तो कोई ऐसी-वैसी बात सोचकर मत आना।'

औंधी प्याली और चाय की सूखी तलछट। कुमार ने प्याली को सीधा करके तिपाई को अच्छी तरह कपड़े से पोंछ दिया, फिर जाकर प्यालियों को धोया और स्टोव जलाकर चाय का पानी रख दिया। खिड़की के पास आया, तो देखा किनारे का बहुत-सा भाग पानी के अन्दर चला गया है। गिरजाघर के क्रास ने भी तब तक रोज़ की तरह गम्भीरता का लबादा ओढ़ लिया था। 'हंह!' सूखा अस्पष्ट-सा स्वर उसके मुंह से निकला और वह स्टोव के पास लौट कर चाय बनाने लगा, पर चायदानी में पत्ती डालते हुए उसे अपना हाथ कांपता लगा। उसी तरह से कल श्यामा का हाथ कांप रहा था।

●●